O CÃO DE TERRACOTA

ANDREA CAMILLERI

O CÃO DE TERRACOTA

Tradução de Joana Angélica d'Avila Melo

Texto de acordo com a nova ortografia.

Título original: *Il cane di terracotta*

Tradução: Joana Angélica d'Avila Melo
Capa: Paul Buckley. *Ilustração*: Andy Bridge
Revisão: Guilherme da Silva Braga

CIP-Brasil. Catalogação na publicação
Sindicato Nacional dos Editores de Livros, RJ.

C19c

    Camilleri, Andrea, 1925-2019
       O cão de terracota / Andrea Camilleri; tradução Joana Angélica d'Avila Melo. – Porto Alegre [RS]: L&PM, 2022.
    288 p. ; 21 cm.

    Tradução de: *Il cane di terracotta*
    ISBN 978-65-5666-220-6

    1. Ficção italiana. I. Melo, Joana Angélica d'Avila. II. Título.

21-74010   CDD: 853
                      CDU: 82-3(450)

Leandra Felix da Cruz Candido - Bibliotecária - CRB-7/6135

© *Il cane di terracotta* 1996 © Sellerio Editore
Publicado mediante acordo especial com a Sellerio Editore em conjunto com os agentes indicados por eles Alferj e Prestia e The Ella Sher Literary Agency

Todos os direitos desta edição reservados a L&PM Editores
Rua Comendador Coruja 314, loja 9 – Floresta – 90.220-180
Porto Alegre – RS – Brasil / Fone: 51.3225.5777

Pedidos & Depto. Comercial: vendas@lpm.com.br
Fale conosco: info@lpm.com.br
www.lpm.com.br

Impresso no Brasil
Verão de 2022

I

A julgar pelo amanhecer, o dia seria de esporádicos raios de sol e respingos gélidos de chuva, temperado por ventanias repentinas. Um daqueles dias nos quais quem é sensível à brusca mudança de tempo, e sofre com isso no corpo e na alma, é capaz de mudar continuamente de opinião e de rumo, como aqueles pedaços de latão em forma de bandeira ou de galo, que, no alto dos telhados, giram em todos os sentidos à menor lufada.

O comissário Salvo Montalbano sempre pertencera a essa infeliz categoria humana, por herança da mãe, mulher muito enferma que frequentemente se fechava no escuro do quarto, com dores de cabeça, e então não se podia fazer barulho nenhum em casa: tinha-se de caminhar pé ante pé. Já o pai mantinha sempre a mesma saúde, na tempestade ou na bonança, e encasquetava sempre com a mesma ideia, chovesse ou fizesse sol.

Também dessa vez, o comissário não desmentiu sua natureza. Mal havia parado o carro no quilômetro 10 da rodovia provincial Vigàta–Fela, como lhe disseram que devia fazer, veio-lhe de repente o impulso de dar partida novamente, mandando a operação às favas. Com esforço, porém, conseguiu se controlar. Encostou melhor o carro à beira da estrada e abriu o porta-luvas para pegar a pistola, que geralmente não levava consigo. Mas parou a meio caminho e, imóvel, estupefato, pôs-se a observar a arma.

"Nossa Senhora! É isso mesmo!", pensou.

Na noite anterior, horas antes de receber de Gegè Gullotta o telefonema que havia provocado todo o rebuliço – Gegè era um traficantezinho de drogas leves e cafetão de um bordel a céu aberto conhecido como curral –, o comissário andara lendo um romance policial de um escritor barcelonês que o intrigava bastante e que usava um sobrenome igual ao dele, mas na forma espanhola, Montalbán. Uma frase havia lhe chamado particularmente a atenção: "a pistola dormia com aquele jeito de lagartixa fria." Retirou a mão, com um pouquinho de nojo, e fechou o porta-luvas, deixando a lagartixa dormir em paz. Afinal, se toda a história que estava para começar fosse uma tramoia, uma emboscada, de nada adiantaria levar a pistola: aqueles sujeitos o massacrariam, como e quando quisessem, a tiros de AK-47, e passar bem, até logo. Só lhe restava esperar que Gegè, em nome dos anos passados na mesma carteira da escola primária, um ao lado do outro – uma amizade continuada na idade adulta –, não tivesse resolvido, por interesse próprio, vendê-lo como carniça, contando-lhe uma mentira qualquer para fazê-lo cair na esparrela. Ou melhor, qualquer, não: aquela história, se verdadeira, viraria algo grande e rumoroso.

Montalbano inspirou profundamente e começou a subir devagarinho, pé ante pé, por uma trilha pedregosa entre amplos vinhedos. Era uva de mesa, comestível, de bago redondo e robusto, chamada, sabe-se lá por quê, de "uva Itália", a única que vingava naquele tipo de terreno: ali, com outras cepas destinadas a fazer vinho, mais valia se poupar da despesa e do trabalho.

A casinha de dois andares e dois cômodos, um embaixo e outro em cima, ficava bem rente à pequena colina, um pouco escondida por quatro enormes oliveiras sarracenas que a circundavam quase por inteiro. Era como Gegè a descrevera. Porta e janelas desbotadas e sem tranca; na frente, uma enorme touceira de alcaparreiras, umas touceiras menores de pepinos-de-são-gregório – daqueles que explodem ao menor toque, espalhando sementes –, uma cadeira de palha sem assento, de pernas para o ar, e um velho balde de zinco para apanhar água, inutilizado pela ferrugem que lhe comera uns pedaços. O mato havia encoberto o restante. Tudo colaborava para dar a impressão de que o lugar estava desabitado havia anos, mas essa aparência era enganosa. Montalbano era experiente e esperto demais para se deixar iludir. Ao contrário: tinha certeza de que alguém o espiava de dentro da casinhola, avaliando suas intenções a partir dos gestos que fizesse. Parou a três passos da porta, tirou o paletó, pendurou-o num ramo de oliveira, para deixar claro que não estava armado, e chamou sem erguer muito a voz, como um amigo que vai visitar outro amigo.

– Ô de casa!

Nenhuma resposta, nenhum ruído. O comissário tirou do bolso da calça um isqueiro e um maço de cigarros, pôs um na boca e o acendeu, protegendo-se do vento com uma meia-volta sobre si mesmo. Assim, quem estivesse dentro da casa poderia observá-lo facilmente por trás, como antes o observara de frente. Deu duas tragadas, caminhou decidido até a porta e bateu forte com o punho, a ponto de lhe doerem os nós dos dedos, machucados pelas crostas endurecidas de tinta sobre a madeira.

– Tem alguém aí? – chamou de novo.

Podia esperar qualquer coisa, menos a voz calma e irônica que o pegou de surpresa, pelas costas.
– Tem, sim. Estou aqui.

– Alô? Alô? Montalbano? Salvuzzo! Sou eu, Gegè.
– Já percebi, calma. Como vai você, meus olhinhos de mel e flor de laranjeira?
– Vou bem.
– Tem feito muito boquete ultimamente? Sempre aperfeiçoando a chupada?
– Salvù, não fique desmunhecando, isso não é do seu feitio! Eu posso até não trabalhar, e você sabe disso, mas faço com que usem bem aquelas bocas.
– Mas você não é o professor? Não é você que ensina suas putas, de tudo quanto é cor, a usar os beiços para dar uma mamada bem gostosa?
– Salvù, se fosse como você diz, elas é que deviam me dar aula. Com 10 anos já chegam ensinadas, com 15 são todas especialistas. Tem uma albanesa de 14 anos que...
– Vai começar a fazer propaganda da mercadoria?
– Olha aqui, não estou com tempo para piadinhas. Tenho uma coisa para lhe entregar, um pacote.
– A esta hora? Não pode ser amanhã de manhã?
– Amanhã não vou estar por aqui.
– Você sabe o que tem o pacote?
– Claro que sei. *Mostazzoli di vino cotto**, daqueles de que você gosta. Minha irmã Mariannina fez especialmente para você.
– E ela, como vai dos olhos?
– Bem melhor. Em Barcelona fazem milagres.

---

* Docinhos feitos de farinha misturada com mel ou mosto cozido, chocolate, uvas-passas, figos secos e amêndoas moídas. (N.T.)

— Em Barcelona também se escrevem belos livros.
— O que foi que você disse?
— Nada. Assunto meu, deixa pra lá. A gente se encontra onde?
— No lugar de sempre, daqui a uma hora.

O lugar de sempre era a prainha de Puntasecca, uma pequena faixa de areia ao pé de uma colina de marga branca, quase inacessível por terra, ou melhor, acessível somente para Montalbano e Gegè, que desde o primário tinham descoberto um caminho que, difícil de se fazer a pé, era também perigoso de se percorrer de carro. Puntasecca ficava a poucos quilômetros da casa à beira-mar, quase fora de Vigàta, onde morava Montalbano, que por isso não se apressou. Mas, justamente quando abria a porta para ir ao encontro de Gegè, o telefone tocou.

— Oi, amor. Estou ligando na hora combinada. Como foi seu dia hoje?
— Como sempre. E o seu?
— Também. Escuta, Salvo, pensei muito naquilo que...
— Livia, desculpe interromper. Estou com pouco tempo, aliás nenhum. Você me pegou já na porta, de saída.
— Então saia, e boa noite.

Livia desligou e Montalbano ficou segurando o fone. Depois lembrou-se de que, na noite anterior, havia pedido a ela que telefonasse à meia-noite em ponto, porque a essa hora os dois certamente teriam tempo para conversar com calma. Ficou indeciso entre ligar logo de volta para a namorada, em Boccadasse, ou deixar para mais tarde, depois do encontro com Gegè. Com uma pontinha de remorso, repôs o fone no gancho e saiu.

Quando chegou, com alguns minutos de atraso, Gegè estava à espera, andando nervoso de um lado para outro, ao lado do seu carro. Os dois se abraçaram e se beijaram; fazia tempo que não se viam.

— Vamos sentar no meu carro, a noite está bem friazinha — disse o comissário.

— Me botaram no meio — desabafou Gegè, assim que se sentou.

— Quem?

— Gente a quem eu não posso negar um favor. Você sabe que eu, como qualquer comerciante, pago o *pizzo* para trabalhar em santa paz e não deixar que alguém apronte no meu bordel. Todo santo mês que Deus dá, vem um que pega e leva.

— A mando de quem? Você pode me dizer?

— A mando de Tano Grego, parece.

Montalbano estranhou, embora sem deixar que o amigo percebesse. Gaetano Bennici, vulgo "o grego", jamais vira a Grécia nem de binóculo, e das coisas da Hélade não sabia nada, mas era chamado assim por causa de um vício que o povo dizia ser extremamente apreciado nas terras da Acrópole. Tinha seguramente três homicídios nas costas, ocupava no seu meio um posto um pouco abaixo dos maiores chefões, mas não se sabia que atuasse na área de Vigàta e arredores — território que era disputado pelas famílias Cuffaro e Sinagra. Tano pertencia a outra paróquia.

— Mas o que Tano Grego tem a ver com estes lados?

— Que pergunta mais de merda é essa? Que merda de tira você é? Então não sabe que ficou decidido que para Tano Grego não existe lado nem área, quando o assunto é mulher? Deram a ele o controle e a renda da putaria na ilha toda.

— Eu não sabia. Continue.

— Ali pelas 20 horas, chegou o mesmo cidadão para receber. Era a data marcada para pagar o *pizzo*. Ele pegou o dinheiro que eu dei, mas, em vez de ir embora, abriu a porta do carro e me mandou entrar.

— E você?

— Fiquei apavorado, suando frio. Mas o que eu podia fazer? Me sentei e ele arrancou. Bem, encurtando a história: pegou a estrada de Fela, parou com menos de meia hora de viagem...

— Você perguntou para onde estavam indo?

— Claro.

— E ele disse o quê?

— Mudo, como se eu não tivesse falado. Depois de uma meia hora, me mandou descer num lugar onde não se via nem alma penada e me fez sinal para entrar por um atalho. Não passava nem cachorro. Lá pelas tantas, e não sei de que porra de buraco saiu, me aparece pela frente Tano Grego. Me deu um troço, a perna mole que parecia ricota. Veja bem, não é cagaço, mas aquele lá tem cinco homicídios nas costas.

— Como, cinco?

— Por quê? Sua conta é de quantos?

— Três.

— Não senhor, cinco, tenho certeza.

— Tudo bem, continue.

— Eu fui logo fazendo contas na minha cabeça. Sempre paguei em dia, então achei que Tano queria era aumentar o preço. Não posso reclamar dos negócios, e eles sabem. Mas não era nada disso, não era assunto de dinheiro.

— E o que ele queria?

— Sem nem me cumprimentar, já foi perguntando se eu o conhecia.

Montalbano achou que não tinha entendido bem.

— Se você conhecia quem?

— Você, Salvù, você.

— E você disse o quê?

— Eu, já me cagando nas calças, falei que conhecia, mas só assim, de vista, bom-dia e boa-noite. Ele me encarou, pode acreditar, com um olhar parado, morto, parecia de estátua, depois jogou a cabeça para trás, deu uma risadinha safada e me perguntou se eu queria saber quantos pelos tenho no cu, podendo errar no máximo em dois. Queria dizer com isso que a meu respeito conhecia vida, milagres e morte, esta eu espero que bem mais para a frente. Aí eu grudei o olho no chão e calei o bico. Ele então me mandou dizer que quer ver você.

– Quando e onde?
– Esta noite mesmo, de madrugada. Onde, eu digo já.
– Você sabe o que ele quer comigo?
– Isso eu não sei nem quero saber. Falou para eu lhe garantir que você pode confiar nele como num irmão.

Como num irmão. Essas palavras, em vez de tranquilizarem Montalbano, deram-lhe um desagradável frio na espinha: todo mundo sabia que o primeiro dos três – ou cinco – homicídios de Tano havia sido o do seu irmão mais velho, Nicolino, primeiro estrangulado e depois, por uma misteriosa regra semiológica, meticulosamente esfolado. O comissário foi tomado de pensamentos ruins, que ficaram se possível ainda piores com as palavras que Gegè lhe cochichou, pondo a mão em seu ombro:

– Olho vivo, Salvù. Aquilo é uma besta-fera.

O comissário estava voltando para casa, dirigindo devagar, quando os faróis do carro de Gegè, que o seguia, piscaram várias vezes. Chegou para o lado, Gegè emparelhou e, debruçando-se pela janela do lado de Montalbano, passou-lhe um pacotinho.

– Tinha esquecido os *mostazzoli*.
– Obrigado. Achei que fosse uma desculpa sua, um pretexto.
– E eu sou o quê? Gente que diz uma coisa e faz outra?
E acelerou, ofendido.

O comissário passou uma noite pavorosa. A primeira ideia que lhe ocorreu foi a de telefonar ao chefe de polícia, acordá-lo e informá-lo, respaldando-se quanto às consequências que a situação poderia trazer. Mas, nesse particular, Tano Grego tinha sido bem claro, conforme Gegè havia relatado. Montalbano não devia contar nada a ninguém, e tinha de ir sozinho ao encontro. A situação, porém, não era uma brincadeira de mocinho e bandido. Seu dever era fazer o seu dever, ou seja, avisar os seus superiores e combinar com eles, nos mínimos detalhes, as operações de cerco e captura, inclusive com o auxílio de substanciais reforços. Tano estava foragido havia quase dez anos, e ele iria encontrá-lo, tranquilo e sereno, como se fosse um amigo que voltou da América? Nem pensar, não era o caso. O chefe tinha de ser informado de qualquer maneira. Montalbano discou o número da casa dele em Montelusa, a capital.

– É você, amor? – atendeu Livia, de Boccadasse, Gênova.

Por um momento, Montalbano perdeu a voz. Era óbvio que seu instinto o estava levando a não falar com o chefe, fazendo-o errar o número.

– Desculpe por agora há pouco, eu recebi um telefonema inesperado que me obrigou a sair.

– Deixa pra lá, Salvo, eu sei como é o seu trabalho. Você é que precisa me desculpar pela irritação, estava aborrecida.

Montalbano consultou o relógio: dispunha de pelo menos três horas antes de ir encontrar Tano.

– Se você quiser, a gente pode conversar agora.

– Agora? Desculpe, Salvo, não é por birra, mas agora não. Tomei remédio para dormir, mal consigo abrir os olhos.

– Tudo bem, tudo bem. Até amanhã. Eu te amo, Livia.

A voz de Livia mudou no ato, ficou desperta e agitada.

– Hein? O que foi que aconteceu? O que foi que aconteceu, Salvo?

– Não aconteceu nada, o que é que devia acontecer?
– Ah, não, meu querido, você não está me contando tudo. Você vai fazer alguma coisa perigosa? Não me deixe preocupada, Salvo.
– Mas que ideia é essa que lhe deu na cabeça?
– Fale a verdade, Salvo.
– Não vou fazer nada de perigoso.
– Não acredito.
– Mas por quê, meu Deus?
– Porque você disse eu te amo, e desde quando nos conhecemos, você só disse isso três vezes, eu contei, e a cada vez foi por alguma situação incomum.

A única saída era desligar: com Livia, a conversa podia varar a madrugada.

– *Ciao*, amor, durma bem. Não seja boba. *Ciao*, tenho que sair de novo.

E agora, como passar o tempo? O comissário tomou uma chuveirada, leu algumas páginas do livro de Montalbán, assimilando muito pouco, perambulou de um cômodo a outro, ora endireitando um quadro, ora relendo uma carta, uma nota fiscal, uma anotação, mexendo em tudo o que estava ao alcance da mão. Tomou outra chuveirada, fez a barba, acabou arrumando um corte bem no queixo. Ligou a televisão, mas aquilo lhe deu uma sensação de enjoo e ele a desligou em seguida. Finalmente chegou a hora. Já pronto para sair, quis botar na boca um *mostazzolo di vino cotto*. Com autêntico espanto, percebeu que o pacote em cima da mesa estava aberto e que, dentro, não havia mais um doce sequer. De tanto nervoso, ele tinha comido todos, sem perceber. E, o que era pior, não tinha nem sentido o gosto.

2

Montalbano se virou bem devagarinho, quase para atenuar a raiva surda e repentina por ter-se deixado surpreender pelas costas, como um principiante. Por mais alerta que estivesse, não conseguira ouvir o menor ruído.

"Um a zero para você, corno", pensou.

Embora nunca o tivesse visto pessoalmente, reconheceu-o de imediato: em relação aos sinais particulares de alguns anos atrás, Tano havia deixado a barba e o bigode crescerem, mas o olhar continuava o mesmo, desprovido de qualquer expressão: "olhar de estátua", como Gegè eficazmente descrevera.

Tano Grego se inclinou ligeiramente, e nesse gesto não havia o menor indício de gozação ou de sarcasmo. Automaticamente, Montalbano retribuiu a meia inclinação. Tano jogou a cabeça para trás e riu.

— Estamos parecendo dois japoneses, aqueles guerreiros de espada e armadura. Como é mesmo o nome deles?

— Samurai.

Tano abriu os braços, parecia querer enlaçar o homem que estava à sua frente.

– Muito prazer em conhecer pessoalmente o famoso comissário Montalbano.

Montalbano decidiu interromper aquele cerimonial e atacar logo. Assim, o encontro passaria para o terreno adequado.

– Não vejo qual prazer o senhor pode sentir pelo fato de me conhecer.

– Pois é, mas um dos prazeres eu já estou sentindo agora.

– Explique-se melhor.

– Ser tratado por senhor, acha pouco? Não conheci um tira que fosse, e eu conheci muitos, que me tratasse por senhor.

– O senhor se dá conta, como espero, de que eu represento a lei, enquanto o senhor é um foragido perigoso e várias vezes homicida? E estamos nos encontrando cara a cara.

– Eu estou desarmado. E o senhor?

– Também.

Tano jogou novamente a cabeça para trás e riu com vontade.

– Nunca me enganei com as pessoas, nunca!

– Armado ou não, devo prendê-lo do mesmo jeito.

– E eu, comissário, estou aqui para que o senhor me prenda. Foi por isso que marquei o encontro.

Estava sendo sincero, não cabia dúvida. Mas foi justamente aquela sinceridade escancarada que levou Montalbano a ficar de sobreaviso, sem entender aonde Tano queria chegar.

– Podia ir ao comissariado e se apresentar. Aqui ou em Vigàta, é a mesma coisa.

– Ah, não, doutorzinho, não é a mesma coisa! Me admira o senhor, que sabe ler e escrever: as palavras não são todas iguais. Eu deixo que me prendam, não sou homem de me apresentar. Se o senhor pegar o paletó, a gente pode conversar ali dentro, eu vou abrindo a porta.

Montalbano puxou o paletó do ramo de oliveira, pendurou-o no braço e entrou na casa, seguindo Tano. Lá dentro, estava completamente escuro. O Grego acendeu uma lamparina a óleo e fez um gesto ao comissário para sentar-se numa das duas cadeiras que ladeavam uma mesinha. No cômodo havia apenas um catre com o colchão, sem travesseiro nem lençóis, e uma cristaleira com garrafas, copos, talheres, pratos, pacotes de massa, latas de molho e conservas. Havia também um fogão a lenha, com panelas e caçarolas em cima. Uma escada de madeira estropiada levava ao andar superior. Mas os olhos do comissário se detiveram num bicho muito mais perigoso do que a lagartixa que dormia no porta-luvas de seu carro. Aquele era uma verdadeira serpente venenosa: uma submetralhadora que cochilava em pé, encostada à parede ao lado do catre.

– Tem um vinho bom aí – informou Tano, como um dono de casa normal.

– Aceito, obrigado – disse Montalbano.

Com o frio, a noite varada, a tensão, o quilo e tanto de *mostazzoli* que tinha comido, ele realmente estava precisando de vinho.

O Grego serviu, ergueu o copo.

– Saúde.

O comissário levantou o dele, retribuiu os votos.

– À sua.

O vinho era de primeira, descia que era uma beleza, no fim dava conforto e calor.

– É realmente bom – comentou Montalbano.

– Mais um?

Para não cair em tentação, o comissário afastou o copo com um gesto brusco.

– Vamos conversar?

– Vamos conversar. Então, eu ia dizendo que resolvi ser preso...

– Por quê?

Feita assim de chofre, a pergunta de Montalbano deixou Tano embatucado. Mas só por um instante: ele logo se recuperou.

– Preciso me tratar, estou doente.

– Vai me desculpar, sem essa. Já que o senhor supõe me conhecer bem, deve saber que eu não sou homem de me deixar tapear.

– Disso eu tenho certeza.

– Então por que não me respeita e para de falar bobagem?

– Não acredita que eu estou doente?

– Acredito. Mas a mentira que o senhor quer me enfiar goela abaixo é que, para se tratar, precisa ser preso. Se lhe interessar, eu explico. O senhor se internou por um mês e meio na clínica Madonna di Lourdes, em Palermo, e depois por três meses na clínica Getsemani, em Trapani, onde até foi operado pelo professor Amerigo Guarnera. Se quiser, hoje mesmo, embora a situação esteja um pouquinho diferente de alguns anos atrás, vai encontrar mais de uma clínica disposta a fechar um olho e a não informar a polícia sobre sua presença. Portanto, o motivo pelo qual o senhor quer ser preso não é a doença.

– E se eu lhe disser que os tempos mudam e a roda gira acelerada?

– Isso me convence um pouco mais.

– Veja bem. Quando eu ainda era pequeno, o meu finado pai, um *omo d'onore*,* no tempo em que a palavra *onore* significava alguma coisa, me explicava que a carroça na qual os *uomini d'onore* viajavam precisava de muita graxa para fazer as rodas girarem, andarem depressa. Depois da geração do meu pai, quando era a minha vez de subir na carroça, algum dos nossos disse: mas por que temos que continuar esmolando dos políticos, dos prefeitos, dos donos de banco e

---

* Ou *uomo d'onore*, "homem de honra", indivíduo filiado à máfia. (N.T.)

coisa e tal, a graxa de que precisamos? Vamos fabricar nossa própria graxa! Muito bem! Ótimo! Todo mundo de acordo. Claro que sempre aparecia um para roubar o cavalo do parceiro, um que fechava uma certa estrada para o sócio, outro que se metia a atirar sem rumo nas carroças, nos cavalos e cavaleiros de outra confraria... Mas era tudo coisa que se podia resolver entre nós. Aí começou a aparecer mais carroça, mais estrada para se caminhar. Até que um mais esperto começou a pensar e se perguntar que história era aquela de continuar andando de carroça. Explicou que a gente era lento demais, estava levando surra em velocidade, que todo mundo agora andava de carro, não se podia ignorar o progresso! Muito bem! Ótimo! E corre todo mundo para trocar a carroça pelo automóvel, para tirar carteira de motorista. Mas um ou outro não conseguiu passar no exame da escola de motorista e saiu fora, ou então foi botado para fora. Não deu nem tempo de se acostumar com o carro novo e os mais novos de nós, que já andavam de automóvel desde pequenos e tinham estudado leis ou economia nos Estados Unidos ou na Alemanha, disseram que nossos carros andavam devagar demais, que agora a gente precisava de qualquer jeito pilotar um carro de corrida, uma Ferrari, uma Maserati, incrementada com telefone e fax, e sair correndo como um furacão. Esses pirralhos são bem jovens, falam com os aparelhos e não com as pessoas, nem o conhecem, não sabem quem você foi. E, se sabem, estão cagando solenemente. É capaz de nem conhecerem um ao outro, só se falam pelo computador. Para resumir, esses pirralhos não respeitam ninguém. É só ver você em dificuldade, com um carro lento, e já o jogam fora da estrada sem pensar duas vezes, e você se vê dentro de um buraco com o pescoço quebrado.

— E o senhor não sabe dirigir a Ferrari.

— Certo. Por isso, para não morrer num buraco, mais vale cair fora.

– Mas o senhor não me parece do tipo que cai fora por vontade própria.

– Por minha vontade, posso lhe garantir, por minha vontade. Claro, tem maneiras e maneiras de convencer uma pessoa a fazer as coisas livremente, por vontade própria. Uma vez um amigo meu que lia muito, era instruído, me contou uma história que eu transmito igualzinho ao senhor. Ele tinha lido isso num livro alemão. Um homem diz a um amigo: "quer apostar que o meu gato come mostarda picante, daquela tão picante que dá um rombo na barriga?". "Gato não gosta de mostarda", diz o amigo. "Mas o meu gato, eu faço ele comer mostarda", diz o homem. "Faz ele comer a pancadas?", pergunta o amigo. "Não senhor, sem violência, ele come livremente, por vontade própria", responde o homem. Fizeram a aposta. O homem pega uma bela colherada de mostarda, daquela que só de olhar a gente sente a boca ardendo, segura o gato e zás, passa a mostarda no cu dele. O pobre do gato sente aquela queimação e começa a lamber o cu. Lambe que lambe, acaba comendo livremente a mostarda toda. É isso, doutor.

– Entendi muitíssimo bem. Agora vamos voltar ao começo da conversa.

– Eu estava dizendo que quero ser preso, mas preciso de um pouquinho de teatro para manter as aparências.

– Não entendi.

– Então eu explico.

Explicou-se longamente, bebendo de vez em quando um copo de vinho. Por fim, Montalbano se convenceu das razões do outro. Mas seria possível confiar em Tano? Aí estava o X da questão. Quando jovem, Montalbano gostava de jogar baralho; depois felizmente essa mania havia passado. Por isso, sentia que o Grego estava jogando com cartas não marcadas, sem trapaça.

Não tinha outra opção senão confiar nessa sensação, esperando não estar enganado. Minuciosamente, tim-tim por tim-tim, os dois combinaram os detalhes da captura, para evitar que alguma coisa desse errado. Quando acabaram de falar, o sol já estava alto. Antes de deixar a casinhola e dar início à encenação, o comissário encarou Tano longamente, olhos nos olhos.

– Diga a verdade.
– Às ordens, doutor Montalbano.
– Por que escolheu logo a mim?
– Porque o senhor é um homem que sabe das coisas, e está dando provas disso.

Enquanto descia estabanadamente a trilhazinha entre os vinhedos, Montalbano se lembrou de que, no comissariado, quem devia estar de plantão era Agatino Catarella, razão pela qual a conversa telefônica que ele se preparava para ter ameaçava ser no mínimo difícil, ou mesmo fonte de desgraçados e perigosos equívocos. Esse Catarella, sinceramente, não era lá grande coisa. Lerdo de entendimento, lerdo de ação, fora aceito na polícia certamente por ser parente distante do ex-onipotente deputado Cusumano, o qual, depois de um verão passado no xadrez, na prisão do Ucciardone,* soubera reatar os vínculos com os novos poderosos a ponto de ganhar uma bela fatia do bolo, daquele bolo que de vez em quando se renovava miraculosamente: bastava trocar uns confeitos ou acender novas velinhas no lugar das já queimadas. As coisas com Catarella se complicavam ainda mais quando lhe dava na veneta – o que com frequência acontecia – de se meter a falar na língua que ele chamava *taliàno*.

Certa vez, apresentara-se a Montalbano com um ar circunspecto.

---
* Presídio de Palermo. (N.T.)

– Dotor, o senhor por acaso pode me dar o nome dum médico daqueles especialista?
– Especialista em quê, Catarè?
– Em doença venérea.
Montalbano, de espanto, deixara cair o queixo.
– Você? Doença venérea? E pegou quando?
– Me lembro que essa doença me vem de quando eu inda era menino, não tinha nem seis ou sete anos.
– Mas que história é essa, Catarè? Tem certeza de que é doença venérea?
– Absoluta, dotor. Vai e vem, vai e vem. Venérea.

No carro, nas proximidades de uma cabine telefônica que devia existir perto da bifurcação de Torresanta (devia existir, caso não tivessem arrancado e levado o fone, furtado o aparelho inteiro, ou mesmo a própria cabine), Montalbano decidiu não ligar nem mesmo para o seu vice, Mimì Augello, porque esse aí a primeira coisa que ia fazer, e não haveria santo para impedir, era avisar aos jornalistas, fingindo a seguir a maior surpresa com a presença deles. Restavam apenas Fazio e Tortorella, os dois *brigadieri** ou lá como diabos se chamassem agora. Escolheu Fazio, porque Tortorella havia levado um tiro na barriga algum tempo antes e ainda não estava recuperado, de vez em quando o ferimento lhe doía.

Miraculosamente a cabine ainda estava lá, miraculosamente o telefone funcionava, e Fazio atendeu antes de o segundo toque acabar.
– Fazio, já de plantão a esta hora?
– Pois é, doutor. Catarella me ligou, não faz nem meio minuto.
– O que é que ele queria?

---

* Agentes mais graduados da polícia civil. Hoje, a denominação *brigadiere* é reservada a um suboficial militar, espécie de sargento-mor. (N.T.)

— Eu pouco entendi, ele enveredou a falar *taliàno*. Pelo jeito, parece que esta noite saquearam o supermercado de Carmelo Ingrassia, aquele grande que fica um pouquinho afastado. Devem ter ido lá com uma carreta, ou pelo menos um caminhão grande.
— E o vigia, não tinha vigia?
— Tinha, mas sumiu.
— Era você quem estava indo para lá?
— Era.
— Esquece. Ligue agora para o Tortorella, diga a ele que chame Augello. Vão eles dois para lá. Fale que você não pode ir, conte uma besteira qualquer, que caiu da cama e bateu com a cabeça. Aliás, não: fale que os *carabinieri** vieram prender você. Ou melhor, telefone e diga para ele avisar a Arma, isso daí não é nada, um furto besta, e a Arma fica feliz porque foi chamada a colaborar. Em resumo, preste atenção: avise Tortorella, Augello e a Arma, chame Gallo, Galluzzo, santa mãe, parece que eu estou num galinheiro, e Germanà, e venham vocês quatro para o lugar que eu vou dizer. Todo mundo de metralhadora.
— Caralho!
— Caralho, sim, senhor. É coisa grande, deve ser feita com prudência. Ninguém pode falar nem uma palavrinha, principalmente Galluzzo, com aquele cunhado dele jornalista. Recomende ao panaca do Gallo que não se meta a dirigir como em Indianápolis. Nada de sirene nem pisca-alerta. Quando se faz barulho e marola, o peixe foge. E agora, escute bem, que eu vou dizer para onde vocês devem vir.

Os agentes chegaram discretamente, menos de meia hora depois do telefonema. Parecia em patrulhamento normal. Desceram

---

* Membro da Arma dei Carabinieri, também chamada Arma Benemérita ou simplesmente Arma, corpo do exército italiano que exerce funções de polícia militar, judiciária e civil. (N.T.)

do carro e caminharam na direção de Montalbano, que lhes fez sinal para segui-lo. Reuniram-se atrás de uma casa meio destruída, para que ninguém os visse da estrada.

— Na viatura tem uma metralhadora para o senhor — informou Fazio.

— Enfia no cu. Prestem atenção: se soubermos jogar bem esta partida, é capaz de levarmos Tano Grego.

Montalbano sentiu quase fisicamente que os seus homens pararam de respirar por um instante.

— Tano Grego por aqui? — surpreendeu-se Fazio, que se recuperara antes dos outros.

— Eu vi bem, é ele. Deixou crescer barba e bigode, mas dá para reconhecer que é ele mesmo.

— Como foi que o senhor achou ele?

— Fazio, não enche, eu explico mais tarde. Tano está numa casinhola em cima daquela colina, daqui não dá para ver. Ao redor tem umas oliveiras sarracenas. A casa tem dois cômodos, um em cima e um embaixo. Uma porta e uma janela na frente, mais uma janelinha no andar de cima, só que dando para os fundos. Fui claro? Entenderam tudo? Para sair, Tano só tem a estradinha da frente, ou então vai ter que pular desesperado da janela de cima, mas assim é capaz de quebrar uma perna. Vamos fazer o seguinte: Fazio e Gallo vão para o lado dos fundos; eu, Germanà e Galluzzo arrombamos a porta e entramos.

Fazio fez cara de dúvida.

— O que foi? Não concorda?

— Não seria melhor cercar a casa e mandar que ele se renda? Somos cinco contra um, ele não tem saída.

— Você tem certeza de que Tano está sozinho na casa?

Fazio embatucou.

— Ouçam — disse Montalbano, concluindo o rápido conselho de guerra —, é melhor a gente fazer uma bela supresinha.

3

Montalbano calculou que Fazio e Gallo já deviam estar a postos atrás da casa havia pelo menos uns 5 minutos. Quanto a ele, acachapado de bruços no meio do mato de pistola em punho, com uma pedra que lhe comprimia dolorosamente a boca do estômago, sentia-se profundamente ridículo; parecia um personagem de filme de gângster, e por isso não via a hora de dar o sinal para subirem a cortina. Virou a cabeça para Galluzzo, que estava ali ao lado – Germanà ficara um pouco mais longe, à direita –, e cochichou:

– Está pronto?

– Estou, estou – respondeu o agente, obviamente uma transpirante pilha de nervos. Montalbano sentiu pena dele, mas, claro, não podia revelar que aquilo era uma encenação, de êxito duvidoso, é certo, porém sempre de mentirinha.

– Vai! – ordenou.

Como se lançado por uma mola comprimida ao extremo, quase sem tocar o chão, com três saltos Galluzzo alcançou a casinhola e se grudou à parede, à esquerda da porta. Dava a impressão de não ter feito grande esforço, mas o comissário viu-lhe o peito subindo e descendo, a respiração acelerada. Galluzzo empunhou bem a metralhadora e fez sinal ao comissário, avisando que estava pronto para o segundo ato. Então Montalbano olhou na direção de Germanà, que parecia não apenas sereno, mas até relaxado.

– A-go-ra vou eu – disse ele sem som, movendo exageradamente os lábios, sílaba por sílaba.

– Eu dou co-ber-tu-ra – respondeu do mesmo jeito Germanà, indicando com um movimento de cabeça a metralhadora que segurava.

O primeiro pulo do comissário foi, se não de antologia, pelo menos de manual: uma decolagem decidida e equilibrada, digna de um especialista de salto em altura, uma suspensão de leveza aérea com uma aterrissagem precisa e correta, que teria maravilhado um bailarino. Galluzzo e Germanà, que o observavam de pontos de vista diferentes, também gostaram da presteza de seu chefe. A partida do segundo pulo foi mais perfeita do que a primeira, mas na subida aconteceu alguma coisa, de modo que Montalbano, de aprumado que estava, inclinou-se para o lado como a torre de Pisa, enquanto a descida foi um verdadeiro número de palhaço. Depois de oscilar esbracejando à procura de um apoio impossível, nosso homem estabacou-se pesadamente de flanco. Instintivamente, Galluzzo se moveu para ajudá-lo, mas se deteve a tempo e voltou a grudar-se à parede. Até Germanà se ergueu de estalo, mas depois se abaixou de novo. Ainda bem que a coisa era fingida, pensou o comissário; do contrário, Tano poderia naquele momento abatê-los a todos como pinos de boliche. Soltando os mais substanciosos palavrões do seu vasto repertório, Montalbano, de quatro, pôs-se a procurar a pistola, que na queda lhe escapara da mão. Viu-a finalmente sob uma moita de pepinos-de-são-gregório e, mal estendeu um pouco o braço para apanhá-la, todos os pepinos explodiram, inundando-lhe a cara de sementes. Com uma certa tristeza enraivecida, o comissário se deu conta de ter sido rebaixado de herói de história de gângster a personagem de filme de Abbott & Costello. Como não dava mais para se fazer de atleta nem de bailarino, percorreu os poucos metros que o separavam da casinhola a passos rápidos, limitando-se a se agachar um pouquinho.

Olhando-se nos olhos, Montalbano e Galluzzo se falaram sem palavras e se puseram de acordo. Postados a três passos da porta, que não parecia lá muito resistente, encheram os pulmões de ar e se jogaram contra ela com todo o peso de seus corpos. A porta revelou-se feita de papel de seda ou algo assim, um empurrãozinho teria bastado para fazê-la ceder, de modo que os dois acabaram projetados para dentro. O comissário conseguiu frear miraculosamente, mas Galluzzo, levado pela violência de seu próprio impulso, atravessou o cômodo inteiro e foi dar de cara contra a parede, amassando o nariz e vendo-se meio sufocado pelo sangue que começou a escorrer com força. Sob a luz fraca da lamparina a óleo, que Tano havia deixado acesa, o comissário pôde admirar a arte do Grego como ator consumado. Fingindo-se surpreendido enquanto dormia, Tano deu um pulo, gritando palavrões, e precipitou-se para o AK-47 que agora estava apoiado na mesa, longe do catre. Montalbano preparou-se para fazer seu papel de escada e dar a deixa, como se diz no teatro.

– Mãos ao alto! Em nome da lei, pare ou eu atiro! – gritou com toda a voz de que dispunha, disparando quatro vezes na direção do teto. Tano se imobilizou, braços erguidos. Convencido de que alguém se homiziava no cômodo de cima, Galluzzo alvejou a escada de madeira com uma rajada de metralhadora. Do lado de fora, Fazio e Gallo, ao escutarem

toda aquela fuzilaria, abriram um fogo de desencorajamento contra a janelinha. Todos dentro da casa estavam ensurdecidos pelos tiros quando, para arrematar a cena, Germanà entrou:
— Quieto todo mundo ou eu atiro.

Não teve nem tempo de concluir a ameaçadora intimação e já se viu atropelado pelas costas por Fazio e Gallo e obrigado a se jogar entre Montalbano e Galluzzo, o qual, depois de encostar a metralhadora na parede, puxara um lenço do bolso e tentava enxugar o nariz: o sangue lhe inundara a camisa, a gravata e o paletó. Ao vê-lo, Gallo ficou nervoso.

— Ele o acertou? Acertou, esse corno? — enfureceu-se, voltando-se para Tano, o qual, com a mais santa paciência, continuava de mãos para o alto, aguardando que as forças da ordem botassem ordem na trapalhada que estavam aprontando.

— Não, não me acertou. Eu bati na parede — articulou com dificuldade Galluzzo. Tano não olhava para ninguém, limitando-se a observar atentamente o bico dos sapatos.

"Ele vai começar a rir", pensou Montalbano, e deu uma ordem seca a Galluzzo:

— Bota as algemas.
— É ele mesmo? — cochichou Fazio.
— É ele, não reconheceu? — disse Montalbano.
— E agora, a gente faz o quê?
— Bota ele na viatura e leva para a chefatura em Montelusa. No caminho, telefone ao chefe de polícia, explique tudo e pergunte o que vocês devem fazer. Cuidado para ninguém ver nem reconhecer o elemento. Por enquanto, esta prisão tem que ficar totalmente em segredo. Podem ir.
— E o senhor?
— Eu vou dar uma olhada na casa, investigar, nunca se sabe.

Fazio e os agentes, com Tano algemado no meio, se mexeram para sair. Germanà segurava o AK-47 do prisioneiro.

Somente nesse instante Tano Grego levantou a cabeça e encarou Montalbano por um segundo. O comissário percebeu que a expressão de estátua havia desaparecido: agora aqueles olhos estavam animados, quase sorridentes.

Quando o grupo dos cinco sumiu de vista no fim da trilha, Montalbano voltou a entrar na casinhola a fim de iniciar a investigação. Na verdade, abriu a cristaleira, passou a mão na garrafa de vinho, que ainda estava quase na metade, e levou-a para a sombra de uma oliveira, a fim de entorná-la em santa paz. A captura do perigoso foragido estava concluída com sucesso.

Mal viu Montalbano entrar no comissariado, Mimì Augello, como se possuído pelo demônio, quase lhe caiu em cima.

— Mas por onde você andou? Onde você se meteu? Que fim levaram os outros homens? Mas isso é jeito de trabalhar? Puta que pariu!

Mimì devia estar realmente enfurecido para falar com tamanha finura: nos três anos em que trabalhavam juntos, Montalbano jamais havia escutado seu vice dizer palavrões. Ou melhor, não: naquela vez em que um filho da mãe tinha atirado na barriga de Tortorella, ele reagira da mesma maneira.

— Mimì, o que foi que deu em você?

— Como assim, o que deu em mim? Eu fiquei assustado, de verdade!

— Você se apavorou? Mas com o quê?

— Ligaram para cá no mínimo umas seis pessoas. Cada uma contava uma coisa diferente nos detalhes, mas todas concordavam no principal: um tiroteio com mortos e feridos. Uma falou em carnificina. Você não estava em casa, Fazio e os outros tinham saído com a viatura sem dizer nada a ninguém... Aí juntei as coisas, dois e dois são quatro. Estou errado?

— Não, não está errado. Mas não devia ter raiva de mim, e sim do telefone, a culpa é dele.

— O que o telefone tem a ver com isso?

— Claro que tem! Hoje em dia tem telefone em qualquer biboca no meio do mato. E aí o que fazem as pessoas com telefone ao alcance da mão? Telefonam. Contam coisas verdadeiras, coisas imaginadas, coisas possíveis, coisas impossíveis, coisas sonhadas, como na comédia de Eduardo,* como se chama, ah, *As vozes interiores*, aumentam, diminuem, e sempre sem nunca dizer nome e sobrenome de quem está falando. Por qualquer coisa chamam o disque-denúncia, no qual qualquer um pode contar as piores mentiras deste mundo sem assumir a responsabilidade! E, enquanto isso, os especialistas em máfia se empolgam: na Sicília o acobertamento está diminuindo, a cumplicidade está diminuindo, o medo está diminuindo! Diminuindo é o cacete, está é aumentando o faturamento da companhia telefônica.

— Montalbà, não me enrole com essa conversa! É verdade que houve mortos e feridos?

— Nada disso é verdade. Não houve conflito. Apenas demos uns tiros para o alto, Galluzzo amassou o nariz por sua própria conta e o elemento se entregou.

— O elemento, quem?

— Um foragido.

— Sim, mas quem?

A chegada de um ofegante Catarella livrou o comissário do embaraço da resposta.

— Dotor, o chefe de polícia no telefone. É para o senhor.

— Depois eu conto — safou-se Montalbano, escafedendo-se para o gabinete.

---

* Eduardo de Filippo (1900-1984), dramaturgo italiano. (N.T.)

– Meu prezado amigo, quero transmitir-lhe os meus mais sinceros parabéns!

– Obrigado.

– O senhor marcou um belo gol, não há dúvida!

– Tivemos sorte.

– Parece que o personagem em questão é bem mais importante do que ele mesmo sempre quis dar a perceber.

– Onde está ele agora?

– A caminho de Palermo. Na Antimáfia preferiram assim, não houve santo que desse jeito. Os seus homens, meu amigo, não puderam sequer parar em Montelusa: tiveram que seguir viagem. Eu mandei junto uma viatura de escolta com quatro dos meus.

– Então o senhor não falou com Fazio?

– Não houve tempo nem condições. Não sei quase nada sobre o caso. Por isso, agradeceria se o senhor pudesse aparecer aqui na chefatura hoje à tarde, para me contar os detalhes.

"Este é o estorvo", pensou Montalbano, lembrando-se de uma tradução oitocentista do monólogo de *Hamlet*. Mas se limitou a perguntar:

– A que horas?

– Digamos por volta das 17 horas. Ah, de Palermo recomendaram absoluto silêncio sobre a operação, pelo menos por enquanto.

– Se dependesse só de mim...

– Não falo por sua causa, eu o conheço muito bem, e posso garantir que, em comparação com o senhor, os peixes são uma raça loquaz. A propósito, escute.

Houve uma pausa, o chefe se interrompera, e Montalbano não sentia vontade de ouvi-lo falar. Uma incômoda campainha soava dentro de sua cabeça depois daquele elogio: "eu o conheço muito bem".

– Escute, Montalbano – prosseguiu o chefe, hesitante, enquanto, àquela hesitação, a campainha soava mais forte.
– Pode falar.
– Acho que desta vez não vou conseguir evitar sua promoção a subchefe de polícia.
– Santa mãe de Deus! Mas por quê?
– Não seja ridículo, Montalbano.
– Desculpe, mas por que eu deveria ser promovido?
– Que pergunta! Pelo que o senhor fez hoje de manhã.

Montalbano sentiu frio e calor ao mesmo tempo, testa suada e espinha gelada: a perspectiva o aterrorizava.

– Chefe, eu não fiz nada diferente do que os meus colegas fazem todo dia.
– Não tenho dúvidas. Mas essa prisão, especificamente, quando for divulgada, vai fazer barulho.
– Não temos esperança?
– Pare com isso, não seja infantil.

O comissário se sentiu como um atum recém-pescado: não conseguia respirar, abria e fechava a boca sem emitir som. Por fim, tentou uma saída desesperada.

– Não podemos dizer que a culpa foi do Fazio?
– Como assim, culpa?
– Desculpe, eu me enganei, queria dizer mérito.
– Até mais tarde, Montalbano.

Augello, que o espiava por trás da porta, fez um ar interrogativo.
– O que foi que ele disse?
– Falamos da situação.
– Hum...! Você está com uma cara...
– Que cara?
– Abatida.
– Não digeri bem a comida de ontem à noite.

– O que foi que você comeu?
– Um quilo e meio de *mostazzoli di vino cotto*.

Augello o encarou, espantadíssimo, e Montalbano, que sentia aproximar-se a pergunta sobre o nome do foragido capturado, aproveitou para mudar de assunto e botar o outro num rumo diferente.

– Vocês acharam o vigia?
– O do supermercado? Sim, fui eu que o encontrei. Os ladrões deram uma bela pancada na cabeça dele, botaram uma mordaça, amarraram mãos e pés e socaram ele dentro de um congelador enorme.

– Morreu?
– Não, mas acho que não deve estar se sentindo muito vivo. Quando a gente tirou ele de lá, parecia um bacalhau gigante.

– Você chegou a alguma conclusão?
– Eu tenho uma certa ideia cá comigo, o tenente da Arma tem outra diferente, mas uma coisa é certa: para levar aquilo tudo, eles usaram um caminhão dos grandes. Para carregar, devem ter precisado de uma tropa de pelo menos seis pessoas, comandadas por algum profissional.

– Escuta, Mimì, eu vou dar um pulo em casa, troco de roupa e depois volto.

Na altura de Marinella, Montalbano percebeu que a luzinha do tanque de gasolina tinha começado a piscar. Parou no posto onde algum tempo antes acontecera um tiroteio e ele precisara deter o frentista para fazê-lo contar tudo o que havia visto. O frentista, que não lhe guardava rancor, assim que o viu cumprimentou-o com aquela vozinha esganiçada que dava aflição. Depois que encheu o tanque, contou o dinheiro e por fim olhou para o comissário.

– O que foi? Dei a menos?

– Não, senhor, está certo. Eu queria era lhe dizer uma coisa.

– Então diga – disse Montalbano, impaciente. Se o sujeito falasse mais um pouquinho, ele teria uma crise nervosa.

– Veja aquele caminhão ali.

E apontou uma enorme carreta estacionada na praça atrás do posto, com o encerado bem esticado para esconder a carga.

– Hoje de manhã cedo – continuou o frentista –, quando eu abri o posto, o caminhão já estava aí. Já faz quatro horas e ainda não veio ninguém para pegar.

– Viu se tem alguém dormindo na cabine?

– Vi, não tem ninguém. Outra coisa estranha: deixaram a chave no lugar. O primeiro que passar pode dar partida e roubar o caminhão.

– Vou dar uma olhada – disse Montalbano, repentinamente interessado.

4

Baixinho, com bigodes de rabo de camundongo, sorrisinho antipático, óculos de armação de ouro, sapatos marrons, meias marrons, terno marrom, camisa marrom, gravata marrom, mais que qualquer outra coisa um pesadelo em marrom, Carmelo Ingrassia, o dono do supermercado, esticou com a ponta dos dedos as dobras da calça na perna direita, que mantinha cruzada sobre a esquerda, e repetiu pela terceira vez sua sintética interpretação dos fatos.
– Foi um trote, comissário, quiseram me pregar uma peça.
Montalbano mergulhou na observação da esferográfica que estava em suas mãos, concentrou-se na tampa, removeu-a, examinou-a por dentro e por fora como se jamais tivesse visto semelhante geringonça, soprou na parte interna para limpá-la de algum invisível grãozinho de poeira, perscrutou-a novamente, não se deu por satisfeito, soprou-a de novo, depositou-a na mesa, desatarraxou a ponteira, olhou-a um pouquinho, arrumou-a ao lado da tampa, considerou atentamente a parte central que continuava em sua mão, alinhou-a

junto às outras duas peças e suspirou profundamente. Dessa forma, havia conseguido se acalmar e dominar o impulso, que por um instante quase o possuíra, de se levantar, chegar perto de Ingrassia, meter-lhe a mão na cara e gritar:

"Sinceramente, me responda: em sua opinião, eu estou brincando ou falando sério?"

Tortorella, que estava presente ao encontro e conhecia certas reações de seu chefe, relaxou a olhos vistos.

– Vamos ver se eu entendi – fez Montalbano, com total autocontrole.

– E o que é que tem para entender, comissário? Está tudo claro e límpido como o sol. A mercadoria roubada estava toda no caminhão encontrado, não faltava nem um alfinete, um palito, um pirulito. Então, se não fizeram isso para roubar, foi de brincadeira, para se divertir.

– Eu sou um pouquinho lento de raciocínio, tenha paciência, sr. Ingrassia. Vamos aos fatos. Oito dias atrás, num estacionamento de Catânia, ou seja, na região diametralmente oposta à nossa, duas pessoas se apoderam de um caminhão com reboque pertencente à empresa Sferlazza. Naquele momento, o caminhão está vazio. Durante uma semana, esse caminhão fica malocado, escondido em algum lugar no trajeto Catânia–Vigàta, já que não foi visto em circulação. Portanto, pela lógica, o único motivo pelo qual o caminhão foi roubado e escondido era aparecer com ele na hora exata para pregar uma peça no senhor. Continuando. Ontem à noite, o caminhão se materializa e, por volta de uma hora, quando a rua está praticamente deserta, estaciona na frente do seu supermercado. O vigia pensa que aquilo é uma entrega de mercadoria, ainda que numa hora estranha. Não sabemos exatamente como tudo aconteceu, o vigia ainda não tem condições de falar. O certo é que o põem fora de combate, tomam-lhe as chaves e entram. Um dos ladrões despe o vigia e passa a usar o uniforme dele:

sinceramente, uma manobra genial. Segunda manobra genial: os outros acendem as luzes e começam a trabalhar escancaradamente, sem precauções, poderíamos até dizer à luz do sol, se não fosse de noite. Muita esperteza, não há dúvida. Porque, se um estranho aparece por ali e vê um vigia uniformizado, supervisionando algumas pessoas que estão carregando um caminhão, não lhe passa nem pelo vestíbulo do cerebelo que se trata de um roubo. Esta é a reconstituição feita pelo meu colega Augello, a qual é confirmada pelo testemunho do *cavaliere** Misuraca, que estava voltando para casa.

Ao escutar esse nome, Ingrassia, que parecia ir perdendo o interesse à medida que o comissário falava, deu um salto, como se picado por um marimbondo.

– Misuraca?!
– Sim, aquele que trabalhou no registro civil.
– Mas ele é um fascista!
– Não percebo o que as ideias políticas do *cavaliere* têm a ver com nosso assunto em questão.
– Mas claro que têm! Porque, quando eu fazia política, ele era meu inimigo.
– E agora o senhor não faz mais política?
– Fazer, como? Com aqueles quatro juízes de Milão que decidiram destruir a política, o comércio e a indústria, como?
– Escute, o que o *cavaliere* disse é apenas um puro e simples testemunho que confirma o *modus operandi* dos ladrões.
– Não me interessa o que o *cavaliere* confirma. Só digo que ele é um infeliz de um velho gagá, que já passou bastante dos 80 anos. É capaz de ver um gato e dizer que viu um elefante. E, além do mais, o que é que estava fazendo por ali àquela hora da noite?

---

* No período fascista, funcionário da administração comunal, caso do personagem em questão, que conservou o "título". (N.T.)

— Não sei, vou perguntar a ele. Vamos voltar ao assunto?
— Pois não.
— Concluído o carregamento em seu supermercado, depois de pelo menos duas horas de trabalho, o caminhão sai. Percorre cinco ou seis quilômetros, volta atrás e estaciona no posto de gasolina, permanecendo nesse local até eu aparecer. E, segundo o senhor, eles fizeram tudo isso, cometeram meia dúzia de infrações, se arriscaram a anos de cadeia, só para dar ou fazer o senhor dar algumas gargalhadas?
— Comissário, nós podemos ficar aqui falando até a noite, mas eu lhe juro que não consigo pensar em nada a não ser um trote.

Na geladeira, havia massa fria com tomate, manjericão e *passuluna*, azeitonas pretas, com um perfume de acordar um morto, e um segundo prato de anchovas com cebola e azeite. Montalbano confiava inteiramente na fantasia culinária, gostosamente popular, da cozinheira Adelina, a empregada que todo dia vinha cuidar da casa, mãe de dois filhos irremediavelmente delinquentes, um dos quais ainda estava em cana por mérito do comissário. Adelina não o decepcionara nem mesmo nessa ocasião. Sempre que ia abrir o forno ou a geladeira, ele sentia a mesma emoção de quando, em criança, corria nas manhãs de 2 de novembro a ver o cesto de vime no qual, durante a noite, os mortos tinham depositado seus presentes. Festa agora perdida, cancelada pela banalidade das lembrancinhas sob a árvore de Natal, assim como agora se cancelava facilmente a memória dos mortos. Os únicos que não os esqueciam, mas, ao contrário, faziam questão de mantê-los vivos na recordação, eram os mafiosos, mas os presentes que estes enviavam em memória dos finados certamente não eram trenzinhos de brinquedo ou frutas de martorana.* Em suma, a surpresa era um tempero indispensável aos pratos de Adelina.

Montalbano pegou os petiscos, uma garrafa de vinho, o pão, ligou a tevê e acomodou-se à mesa. Gostava de comer sozinho, saborear os bocados em silêncio. Entre os muitos vínculos que o ligavam a Livia, havia também este: o de não conversar enquanto comia. Ocorreu-lhe que, em matéria de gosto, ele era mais parecido com Maigret do que com Pepe Carvalho, o protagonista dos romances de Montalbán, o qual se empanturrava de pratos que fariam explodir a barriga de um tubarão.

As emissoras nacionais de tevê davam-lhe uma desagradável sensação de náusea. A própria maioria governamental se dividia em relação a uma lei que negava a prisão preventiva de gente que roubara meio país, os juízes que haviam descoberto as espertezas da corrupção política anunciavam pedidos de demissão em protesto, uma leve brisa de revolta animava as entrevistas das pessoas comuns.

Mudou para a primeira das emissoras locais. A Televigàta era governamental por fé congênita, qualquer que fosse o governo: vermelho, preto ou azul-celeste. O locutor não mencionava a captura de Tano Grego. Dizia apenas que alguns cidadãos atentos haviam informado o comissariado de Vigàta sobre um forte e misterioso tiroteio ao amanhecer, numa área campestre conhecida como "a culatra", mas que os investigadores, depois de acorrerem imediatamente ao lugar, não tinham encontrado nada de anormal. A prisão de Tano não foi mencionada nem mesmo pelo jornalista da Retelibera, Nicolò Zito, que não escondia ser comunista. Sinal de que, felizmente, a notícia não tinha vazado. Em contrapartida, e de modo totalmente inesperado, Zito falou do esquisito furto no supermercado de Ingrassia e

---

* Docinhos modelados em vários formatos (legumes, peixes, frutas) e distribuídos no Dia de Finados. (N.T.)

da inexplicável descoberta do caminhão com toda a mercadoria levada. Era opinião comum, relatou Zito, que o veículo fora abandonado depois de uma briga entre os cúmplices pela divisão do butim. Zito, porém, não concordava: segundo ele, as coisas deviam ter acontecido de outra maneira, e a questão era sem dúvida muito mais complexa.

– Comissário Montalbano, dirijo-me especialmente ao senhor. Não é verdade que essa história é mais complicada do que parece? – perguntou o jornalista, ao concluir.

Ao ouvir aquele apelo a sua pessoa, ao ver, enquanto comia, os olhos de Zito a encará-lo do aparelho de tevê, Montalbano sentiu o vinho descer mal, sufocou-se, tossiu, engasgou.

Terminada a refeição, vestiu o calção de banho e foi para a água. Estava gelada, mas o mergulho o recuperou.

O chefe de polícia, ao ver o comissário entrar em seu gabinete, levantou-se, foi ao encontro dele e o abraçou calorosamente.

– Conte-me exatamente o que aconteceu – pediu.

Montalbano tinha uma característica: era absolutamente incapaz de mentir, de contar alguma lorota a pessoas que ele sabia honestas ou tinha em alta estima. Em contrapartida, diante de delinquentes, de gente de quem não gostava, era capaz de soltar patranhas com a maior cara de pau, podia sustentar ter visto a lua em pedacinhos, toda recortada. Ora, não só estimava o seu superior como, certas vezes, havia lhe falado como a um pai, de modo que essa pergunta o deixou agitado: ele ficou vermelho, suando, mudou várias vezes de posição na cadeira, como se esta fosse desconfortável. O chefe notou o mal-estar do comissário, mas atribuiu isso ao verdadeiro sofrimento que Montalbano experimentava a cada vez que devia falar sobre alguma ação sua de sucesso. O chefe não esquecia que, na última coletiva à imprensa, diante das câmeras, o comissário se expressara, por assim dizer, com um longo e penoso balbucio, a soltar frases destituídas de qualquer sentido, com os olhos arregalados e as pupilas desnorteadas, como bêbadas.

– Eu queria um conselho, antes de começar a contar.

– Pode falar.

– O que devo escrever no relatório?

– Desculpe, mas que pergunta é essa? Nunca escreveu um relatório? Nos relatórios as pessoas escrevem os fatos ocorridos – respondeu secamente o chefe de polícia, com certa estranheza. E, constatando que o comissário ainda não se decidira a falar, continuou: – A propósito, o senhor soube, com habilidade e coragem, tirar proveito de um encontro casual e transformá-lo numa operação policial bem-sucedida, concordo, mas...

– Pois é, eu queria lhe dizer...

– Deixe-me concluir. Mas sou obrigado a assinalar que o senhor se arriscou muito e fez os seus homens correrem muito risco. Deveria ter pedido reforços consistentes, tomado precauções obrigatórias. Felizmente, tudo correu bem, mas foi jogar com a sorte, isso eu queria lhe dizer com toda a sinceridade. Agora, fale.

Montalbano examinou os dedos da mão esquerda como se estes tivessem brotado repentinamente e ele não soubesse para que serviam.

– O que é que há? – perguntou pacientemente o chefe.

– Há é que tudo isso é falso – explodiu Montalbano. – Não houve nenhum encontro casual, eu fui ver Tano porque ele tinha pedido para falar comigo. E, nesse encontro, fizemos um acordo.

O chefe esfregou os olhos.

– Fizeram um acordo?

– Exatamente.

E, já que havia começado, Montalbano contou tudo, desde o telefonema de Gegè até a encenação da captura.

– Mais alguma coisa? – quis saber finalmente o chefe.
– Sim. É que, do jeito como foram as coisas, eu não mereço nenhuma promoção a subchefe. Se eu fosse promovido, seria por uma falsidade, um engano.
– Isso quem decide sou eu – disse bruscamente o outro.
Levantou-se, pôs as mãos atrás das costas e ficou pensando algum tempo. Depois decidiu-se e virou-se para Montalbano:
– Vamos fazer o seguinte: o senhor me escreva dois relatórios.
– Dois?! – gemeu Montalbano, pensando na canseira que em geral sentia quando tinha de botar o preto no branco.
– Não discuta. O relatório falso eu vou deixar bem exposto, para o indefectível araponga que se dará o trabalho de transmiti-lo à imprensa ou à máfia. E o verdadeiro eu guardo no cofre.
O chefe sorriu.
– E, quanto ao assunto da promoção, que parece ser a coisa que mais o aterroriza, vá sexta-feira à noite à minha casa, falaremos disso com calma. Minha mulher inventou um estupendo molhinho especial para *àiola*,** sabe?

O *cavaliere* Gerlando Misuraca não desmentiu seus 84 anos belicosamente vividos: mal o comissário disse "Alô?", foi logo explodindo:
– Quem é esse telefonista retardado que me passou o senhor?
– Por quê? O que foi que ele fez?
– Não entendia o meu sobrenome! Não houve jeito de enfiar meu sobrenome naquela cabeça tapada! Só me chamava de Bisurada, como a magnésia!

---

* Nome siciliano do pagelo ou mórmiro (Pagellus mormyrus), peixe da família dos esparídeos. (N.T.)

O *cavaliere* fez uma pausa apreensiva e mudou o tom de voz:

— O senhor me garante, jura por sua honra, que ele não passa de um imbecil?

Sabendo que o atendente havia sido Catarella, Montalbano respondeu com convicção.

— Isso eu posso garantir. Mas, desculpe, por que o senhor quer essa garantia?

— Porque, se ele tinha a intenção de me gozar, ou de sacanear aquilo que eu represento, dentro de cinco minutos estarei no comissariado para rachar o rabo dele a pancada, isso eu lhe juro como Deus está no céu!

"Mas o que é que o *cavaliere* Misuraca representa?", perguntou-se Montalbano, enquanto o outro continuava a ameaçar coisas pavorosas. "Nada, absolutamente nada do ponto de vista, digamos assim, oficial. Funcionário comunal aposentado havia muito tempo, não exercia nem exercera cargos públicos, e em seu partido era um simples afiliado. Homem de honestidade inatacável, sobrevivia, quase pobremente, com dignidade. Nem nos tempos de Mussolini quisera se aproveitar: havia militado sempre como *fedele gregario*,* como se dizia então. Em contrapartida, de 1935 em diante, lutara em todas as guerras e se vira em meio às piores batalhas, não perdera uma sequer, parecia dotado de ubiquidade: de Guadalajara, na Espanha, a Bir el Gobi, na África setentrional, passando por Axum, na Etiópia. Depois, a prisão no Texas, a recusa a colaborar, uma prisão mais rígida como consequência, a pão e água. Representava, portanto", concluiu Montalbano, "a memória histórica de erros históricos, é certo, mas por ele vividos com fé ingênua, e pagos na própria pele: entre os ferimentos mais sérios, um o deixara manco da perna esquerda."

---

* Soldado raso. (N.T.)

– Mas o senhor, se estivesse em condições, teria ido combater em Salò, com os alemães e os republicanos? – perguntara certa vez, à queima-roupa, Montalbano, que à sua maneira gostava dele. Sim, porque diante daquele enorme desfile de corruptores, corruptos, peculatários, subornadores, achacadores, mentirosos, ladrões, perjuros, ao qual diariamente se acrescentavam novas fileiras, havia algum tempo o comissário começara a nutrir um certo afeto pelas pessoas que sabia incuravelmente honestas.

Depois de ouvir essa pergunta, o ancião parecera murchar. As rugas se multiplicaram em sua face, enquanto o olhar se enevoava. Montalbano, ao ver essa reação, compreendera que Misuraca já se fizera milhares de vezes a mesma pergunta, sem jamais conseguir dar a si mesmo uma resposta. Por isso, não tinha insistido.

– Alô? O senhor ainda está aí? – perguntou a voz irritada de Misuraca.

– Pode falar, *cavaliere*.

– Só agora me lembrei de uma coisa, por isso não a contei quando fui testemunhar.

– *Cavaliere*, não tenho motivos para duvidar. Estou ouvindo.

– Uma coisa estranha que me aconteceu, quando eu estava quase chegando à altura do supermercado, e à qual não dei importância naquele momento. Estava nervoso e agitado por causa daqueles cornos que...

– O senhor poderia dizer o que foi?

Se o comissário o deixasse falar, o *cavaliere* era capaz de iniciar a narrativa a partir da fundação dos *fasci di combattimento*.*

---

* Grupos de ação política a partir dos quais se organizou o fascismo. (N.T.)

– Por telefone, não. Só pessoalmente. É coisa muito séria, se eu tiver visto bem.

O velho era tido como uma pessoa que dizia sempre o que havia para ser dito, sem aumentar nem diminuir.

– Tem a ver com o furto no supermercado?

– Isso.

– O senhor já falou do assunto com alguém?

– Com ninguém.

– Isso mesmo. Bico calado.

– O senhor quer me ofender? Eu sou um túmulo. Amanhã, de manhã cedo, eu vou ao comissariado.

– *Cavaliere*, uma curiosidade. O que o senhor estava fazendo àquela hora da noite, de carro, sozinho e nervoso? Não sabe que depois de certa idade é preciso ser prudente?

– Estava vindo de Montelusa. Houve uma reunião do diretório provincial e eu quis estar presente, embora não faça parte dele. Ninguém tem peito de fechar uma porta nas barbas de Gerlando Misuraca. É preciso impedir que o nosso partido se desfigure e perca sua honra. Ele não pode estar no governo, com aqueles filhos espúrios de políticos espúrios, e concordar com eles que façam um decreto que permite tirar do xadrez aqueles filhos da puta que roubaram a nossa pátria! Comissário, o senhor precisa entender que...

– A reunião terminou muito tarde?

– Durou até a uma da manhã. Eu queria continuar, mas os outros não quiseram, estavam caindo de sono. Gente sem colhões.

– E quanto tempo o senhor levou para chegar a Vigàta?

– Uma meia hora. Eu ando devagar. Então, como eu ia dizendo...

– Desculpe, *cavaliere*, estão me chamando no outro telefone. Até amanhã – cortou Montalbano.

5

— Pior que delinquente! Pior que assassino, foi esse o tratamento que a gente recebeu daqueles filhos de uma puta gorda! Eles pensam que são o quê?! Babacas!

Não havia jeito de acalmar Fazio, recém-chegado de Palermo. Germanà, Gallo e Galluzzo faziam um coro ritmado, agitando em círculo o braço direito para significar um acontecimento nunca visto.

– Coisa de maluco! Coisa de maluco!

– Calma, calma, rapazes. Ordem nos trabalhos – intimou Montalbano, assumindo a autoridade. Depois, notando que Galluzzo estava com paletó e camisa limpos, sem vestígios do sangue que lhe escorrera do nariz amassado, perguntou:

– Você passou em casa e trocou de roupa antes de vir para cá?

A pergunta pegou mal: Galluzzo ficou roxo, e o nariz inchado pela pancada se encheu de estrias violáceas.

– Mas que casa que nada! Pois Fazio não está dizendo? A gente veio diretamente de Palermo. Quando chegamos à Antimáfia e entregamos Tano Grego, nos pegaram e nos meteram cada um num canto. O meu nariz ainda estava incomodando e eu queria botar em cima um lenço molhado. Depois de meia hora sem ninguém aparecer, abri a porta. E me vi na frente de um colega. Aonde vai? Vou buscar um pouco d'água para molhar o nariz. Não pode sair, volta para dentro. Entendeu, comissário? Eu estava era detido! Como se Tano Grego fosse eu!

– Não fale esse nome e baixe a voz! – recriminou Montalbano. – Ninguém deve saber que nós o pegamos! O primeiro que falar eu despacho a chutes no rabo para a Asinara.*

– Nós todos ficamos detidos – disse Fazio, com ar indignado.

Galluzzo continuou o relato:

– Depois de mais ou menos uma hora, apareceu um tal que eu conheço, um colega do senhor que agora entrou para a Antimáfia, o nome dele é Sciacchitano, acho.

"Um grande merda", pensou fulminantemente o comissário, mas não disse nada.

– Me olhou como se eu estivesse fedendo, como se eu fosse um infeliz pedindo esmola. Me olhou mais um pouquinho e falou: sabia que vestido desse jeito você não pode se apresentar ao governador da província?

Realmente ferido pelo tratamento absurdo, só a muito custo Galluzzo conseguia falar baixo.

– E o pior é que ele fez cara feia, como se aquilo fosse minha culpa! Saiu resmungando, e depois chegou um colega com um paletó e uma camisa limpos.

– Agora falo eu – interrompeu Fazio, valendo-se do seu posto. – Resumindo: das 15 horas até a meia-noite de ontem,

---

* Ilha próxima à da Sicília, onde fica uma das prisões italianas de segurança máxima. (N.T.)

cada um de nós foi interrogado oito vezes por oito pessoas diferentes.

— O que eles queriam saber?

— Como as coisas tinham acontecido.

— Eu, para falar a verdade, fui interrogado dez vezes — disse Germanà, com certo orgulho. — Vê-se que sei contar melhor as coisas, para eles parece cinema.

— Ali pela uma hora — prosseguiu Fazio —, nos juntaram e nos levaram para uma sala grande, uma espécie de escritório, com dois sofás, oito cadeiras e quatro mesas. Tiraram os telefones da tomada e levaram. Depois mandaram quatro sanduíches murchos e quatro cervejas quentes, parecia mijo. Nos acomodamos do jeito que deu e às oito da manhã veio um e falou que a gente podia voltar a Vigàta. Nem bom dia, nem xô, nem passa-fora, como se diz para enxotar cachorro. Nada.

— Entendo — disse Montalbano. — O que vocês querem fazer? Vão para casa, descansem e voltem aqui no fim da tarde. Essa história eu garanto que vou contar ao chefe.

— Alô? Aqui é o comissário Salvo Montalbano, de Vigàta. Queria falar com o comissário Arturo Sciacchitano.

— Um momento, por favor.

Montalbano pegou um pedaço de papel e uma caneta. Fez um desenho distraidamente e só depois percebeu que havia rabiscado uma bunda sentada num vaso sanitário.

— Lamento, mas o comissário está em reunião.

— Olha aqui, diga a ele que eu também estou em reunião, empatamos. Ele interrompe a dele por cinco minutos, eu interrompo a minha e ficamos os dois felizes e contentes.

Acrescentou algumas fezes à bunda que cagava.

— Montalbano? Que foi que houve? Desculpe, estou com pouco tempo.

– Eu também. Escuta, Sciacchitanov...
– Como, Sciacchitanov? Que babaquice é essa?
– Ah, não é o seu nome, não? Você não é da *kagebete*?
– Não estou para brincadeiras.
– E eu não estou brincando. Estou ligando do gabinete do chefe de polícia. Ele ficou indignado pelo modo típico da KGB com o qual você tratou os meus homens. Me prometeu que hoje mesmo vai escrever ao ministro.

O fenômeno era inexplicável, e no entanto aconteceu: através do fio do telefone, Montalbano viu empalidecer Sciacchitano, universalmente conhecido como um apavorado lambe-botas. Sua mentira havia surpreendido o outro como uma cacetada na cabeça.

– Mas que história é essa? Você precisa entender que eu, como responsável pela segurança...

Montalbano interrompeu.

– Segurança não exclui cortesia – disse, lapidar, sentindo-se como uma placa de sinalização rodoviária do tipo "preferência não exclui prudência".

– Mas eu fui delicadíssimo! Até mandei servir a eles cerveja e sanduíches!

– Lamento informar que, apesar da cerveja e dos sanduíches, a coisa terá desdobramento em altas esferas. Mas se console, Sciacchitano, a culpa não é sua. Pau que nasce torto, morre torto.

– O que você quer dizer com isso?

– Quero dizer que você, tendo nascido burro, não pode morrer inteligente. Eu exijo uma carta, endereçada a mim, na qual você elogie amplamente os meus homens. Quero ela aqui até amanhã. Passar bem.

– Você acha que, se eu escrever a carta, o chefe não vai em frente?

– Vou ser honesto: não sei se ele vai ou não vai em frente. Mas, se eu fosse você, escreveria a carta. Para me garantir. E talvez botasse a data de ontem. Fui claro?

Tinha desafogado e se sentiu melhor. Chamou Catarella.
– O doutor Augello está aí?
– Não senhor, mas telefonou agora há pouco. Diz que, calculando assim uma distância de uns dez minutos, daqui a uns dez minutos ele chega aqui.

Montalbano aproveitou para trabalhar no relatório de mentira: o de verdade ele já tinha escrito em casa, na noite anterior. A certa altura, Augello bateu e entrou.
– Estava me procurando?
– É muito difícil para você chegar um pouquinho mais cedo?
– Desculpe, mas o fato é que estive ocupado até às cinco da manhã. Depois voltei para casa, comecei a cochilar e apaguei.
– Estava ocupado com alguma daquelas putas de que você gosta? Daquelas com tonelagem de mais de 120 quilos de carne?
– Mas Catarella não lhe falou nada?
– Só disse que você ia chegar atrasado.
– Esta noite, ali pelas duas, houve um acidente com vítima fatal. Fui até lá e achei que devia deixar você dormir, já que a coisa não era relevante para nós.
– Para os mortos, talvez fosse.
– O morto, só um. Vinha a mil pela descida da Catena, evidentemente sem freios, e entrou embaixo de um caminhão que estava subindo em sentido contrário. Coitado, morreu na hora.
– Você o conhecia?

– Claro que conhecia, e talvez você também o conhecesse. Era o *cavaliere* Misuraca.

– Montalbano? Acabaram de me telefonar de Palermo. Não só é necessário dar uma coletiva, mas é importante que ela tenha uma certa repercussão. É útil para a estratégia deles. Vão vir jornalistas de outras cidades, os telejornais nacionais vão noticiar. Em resumo, coisa grande.

– Vão querer demonstrar que o novo governo não alivia a luta contra a máfia, que ela vai ser ainda mais acirrada, sem tréguas...

– Montalbano, o que foi que lhe deu?

– Nada, apenas estou lendo as manchetes de depois de amanhã.

– A coletiva está marcada para amanhã ao meio-dia. Eu quis avisá-lo a tempo.

– Obrigado, chefe, mas e eu com isso?

– Montalbano, eu sou uma boa pessoa, mas só até certo ponto. O senhor tem a ver, ora se tem! Não se faça de ingênuo!

– E eu devo dizer o quê?

– Mas santo Deus! O senhor vai dizer o que escreveu no relatório.

– Qual deles?

– Não escutei bem. O quê?

– Nada.

– Procure falar com clareza, sem despedaçar as palavras, sem baixar a cabeça. Ah, as mãos. Resolva de uma vez por todas o que vai fazer com elas e mantenha-as nessa posição. Não faça como da última vez, quando o jornalista do *Corriere* sugeriu em voz alta que elas deviam ser cortadas para deixá-lo mais à vontade.

– E se me fizerem perguntas?

– Mas claro que vão fazer, é até uma oportunidade para o senhor usar o seu italiano espúrio. Eles são jornalistas, não são? Bom dia.

Nervoso demais pelas coisas que estavam acontecendo e pelas que iriam acontecer no dia seguinte, Montalbano não conseguiu ficar em seu gabinete. Saiu, passou pela mercearia costumeira, comprou um saquinho consistente de petiscos e dirigiu-se para o quebra-mar. Quando chegou aos pés do farol e se virou para voltar, deu de cara com Ernesto Bonfiglio, proprietário de uma agência de viagens e grande amigo do recém-finado *cavaliere* Misuraca.

– Não há nada que se possa fazer? – quase o agrediu Bonfiglio.

Montalbano, que estava tentando livrar-se de um pedacinho de amendoim que ficara preso entre dois dentes, olhou-o espantado.

– Estou perguntando se não há nada que se possa fazer – repetiu soturnamente Bonfiglio, por sua vez olhando-o de banda.

– Fazer em que sentido?

– No sentido do meu pobre e pranteado amigo.

– Está servido? – fez o comissário, estendendo-lhe o saquinho.

– Aceito, obrigado – fez o outro, pegando um punhado dos salgadinhos.

A pausa serviu para Montalbano enquadrar melhor seu interlocutor: além de ser amigo fraterno do *cavaliere*, Bonfiglio era um homem que professava ideias de extremíssima direita e não regulava bem dos miolos.

– O senhor está falando de Misuraca?

– Não, do meu avô.

– E o que eu deveria fazer?
– Prender os assassinos. É o seu dever.
– E quem seriam esses assassinos?
– Seriam, não: são. Refiro-me ao diretório provincial do partido, que não era digno de tê-lo entre suas fileiras. Foram eles que o mataram.
– Desculpe, mas não foi um acidente?
– Ah, o senhor acha que os acidentes acontecem acidentalmente?
– Eu diria que sim.
– Mas está errado. Há quem atraia os acidentes e há sempre um outro pronto a induzi-los. Vou dar um exemplo, para ser mais claro. Mimì Crapanzano morreu afogado em fevereiro deste ano enquanto nadava. Morte acidental. Mas venho eu e pergunto: quantos anos tinha Mimì quando morreu? Cinquenta e cinco. Com essa idade, por que quis fazer aquela proeza de tomar banho em água gelada, coisa que ele fazia quando era criança? A resposta é a seguinte: porque, menos de quatro meses antes, ele tinha se casado com uma jovem milanesa de 24 anos e a jovem perguntou, quando eles estavam passeando à beira-mar: "Querido, é verdade que você tomava banho aqui em pleno mês de fevereiro?". "É verdade", respondeu Crapanzano. A jovem, que evidentemente estava cansada do velho, suspirou. "O que foi?", perguntou Crapanzano, como um idiota. "Pena que agora eu não possa mais ver você fazendo isso", disse a putinha. Sem pensar duas vezes, Crapanzano tirou a roupa e se jogou n'água. Fui claro?
– Claríssimo.
– Agora, vamos aos senhores do diretório provincial de Montelusa. Depois de uma primeira reunião concluída aos palavrões, ontem à noite fizeram uma outra. O *cavaliere*, e mais alguns com ele, queria que o diretório redigisse um comunicado,

a ser enviado aos jornais, contra o decreto do governo que poupa da prisão os ladrões. Já outros tinham um pensamento diferente. A certa altura, um disse a Misuraca que ele era um resto inútil, outro falou que ele parecia uma marionete, um terceiro o chamou de velho gagá. Essas coisas todas eu soube por um amigo que estava presente. No final, o secretário, um idiota que nem siciliano é, e tem por sobrenome Biraghìn, falou para ele fazer a gentileza de tomar o rumo da porta, considerando que não tinha nenhum direito de participar da reunião. Era verdade, mas ninguém tinha se permitido isso antes. O meu amigo pegou a Cinquecento* dele para retornar a Vigàta. Com certeza estava fervendo de raiva, mas isso porque os caras tinham feito aquilo de propósito, para ele perder a cabeça. E o senhor vem me dizer que foi um acidente?

A única maneira de conversar racionalmente com Bonfiglio era colocar-se exatamente ao nível dele: o comissário sabia disso por experiências anteriores.

– O senhor antipatiza especialmente com algum personagem da tevê?

– Com uns cem mil, mas Mike Bongiorno é o pior de todos. Quando ele aparece, meu estômago fica embrulhado, me dá vontade de quebrar o aparelho.

– Sei. E se, depois de assistir a esse apresentador, o senhor pegar o carro, entrar por um muro adentro e se despachar desta para melhor, eu deveria fazer o quê, em sua opinião?

– Prender Mike Bongiorno – disse o outro, decidido.

Montalbano voltou ao comissariado sentindo-se mais tranquilo. O contato com a lógica de Ernesto Bonfiglio o divertira e distraíra.

---

* Carro de 500 cilindradas, do tipo que no Brasil foi conhecido como Topolino ou Fiat Pulga. (N.T.)

— Alguma novidade? – perguntou ao entrar.

— Tem uma carta pessoal pra sua pessoa que o correio trouxe ind'agorinha – disse Catarella, sublinhando: – Pes-so-al.

Em cima da mesa de Montalbano havia um cartão de seu pai e alguns comunicados de serviço.

— Catarè, onde você botou a carta?

— Mas se eu disse ao senhor que era pessoal! – ressentiu-se o agente.

— E daí?

— Daí que, sendo que era pessoal, tinha que entregar pra pessoa.

— Pois muito bem, a pessoa está aqui na sua frente, mas a carta, cadê?

— Foi pra onde tinha que ir. Onde a pessoa mora pessoalmente. Eu falei pro carteiro que só entregasse na sua casa, dotor, em Marinella.

À porta da trattoria San Calogero estava o cozinheiro proprietário, tomando um pouco de ar fresco.

— Como é, comissário, esticando as pernas?

— Estou indo almoçar em casa.

— Bom, o senhor faz o que achar melhor. Mas eu tenho aqui uns lagostins para grelhar que a pessoa come e depois fica sonhando com eles.

Montalbano entrou, vencido mais pela imagem do que pelo apetite. Terminada a refeição, afastou os pratos, cruzou os braços sobre a mesa, apoiou neles a cabeça e adormeceu. Quando comia ali, quase sempre se instalava numa saleta com apenas três mesas, de modo que ao garçom Serafino não foi difícil desviar os clientes para o salão e deixá-lo em paz. Por volta das quatro, com a casa já fechada, ao perceber que Montalbano não dava sinal de vida, o proprietário fez-lhe uma xícara de café forte e acordou-o delicadamente.

6

O comissário havia esquecido por inteiro a carta pessoal pessoalmente anunciada por Catarella. Só veio a lembrar-se quando pisou nela ao entrar em casa: o carteiro a enfiara por baixo da porta. O endereço parecia de carta anônima: "montalbano – comissariado – centro". E, no canto superior esquerdo, o aviso: pessoal. O que, lamentavelmente, havia transtornado ainda mais o já conturbado cérebro de Catarella.

Mas não era anônima, ao contrário. A assinatura, que Montalbano procurou antes de ler, explodiu-lhe no cérebro como uma bomba.

> Ilustre comissário, ocorreu-me que muito provavelmente não poderei encontrá-lo amanhã de manhã, conforme combinado. Se por acaso, e como parece muito provável, a reunião do diretório provincial de Montelusa, à qual comparecerei assim que acabar de escrever esta missiva, terminar em insucesso para as minhas teses, creio ser do meu dever ir até Palermo para tentar sacudir os ânimos e as consciências dos

correligionários que ocupam cargos verdadeiramente decisivos dentro do Partido. Estou inclusive disposto a voar até Roma e a pedir audiência ao Secretário Nacional. Tais propósitos, se realizados, adiariam um pouco o nosso encontro, e por isso queira desculpar-me se comunico por escrito aquilo que preferiria dizer-lhe de viva voz, em sua presença.

Como o senhor certamente se lembrará, no dia seguinte ao do estranho furto não furto ao supermercado, compareci espontaneamente ao comissariado a fim de contar aquilo que havia visto por acaso, a saber: um grupo de homens a trabalhar tranquilamente, ainda que em hora incomum, com as luzes acesas e sob a vigilância de um indivíduo com um uniforme que me pareceu ser o de guarda noturno. Ninguém que por ali passasse poderia discernir algo de anormal naquela cena: eu mesmo, se tivesse notado alguma coisa insólita, teria pressurosamente ido avisar disso às forças da ordem.

Na noite seguinte a do meu depoimento, não consegui pregar o olho, em virtude do nervosismo que me causaram as discussões com alguns correligionários, e assim me pus a recapitular mentalmente a cena do furto. E me lembrei, só então, de um fato que talvez seja deveras importante. Ao retornar de Montelusa, agitado como estava, enganei-me na estrada de acesso a Vigàta, recentemente tornada dificultosa por uma série insensata de trechos em mão única. Assim, em vez de pegar a rua Granet, entrei pela velha estrada Lincoln, de modo que vim a descobrir-me na contramão. Cerca de 50 metros adiante, havendo percebido meu erro, decidi dar marcha à ré, manobra que executei até à altura do beco Trupìa, no qual deveria entrar, sempre em marcha à ré, para depois me situar na direção correta. Contudo, foi-me impossível entrar no beco, porque o encontrei literalmente bloqueado por um enorme veículo tipo Ulisse,* largamente propagandeado por estes dias mas ainda não à venda, exceto por raros exemplares, com a placa Montelusa 328280. A essa altura, só me restava prosseguir na infração. Depois de alguns poucos metros, desemboquei na praça Chiesa Vecchia, onde se encontra o supermercado.

Poupo-lhe investigações ulteriores: aquele carro, de resto o único por aqui, pertence ao sr. Carmelo Ingrassia. Ora, considerando que Ingrassia mora em Monte Ducale, o que fazia o seu carro a dois passos do supermercado, também de sua propriedade, que enquanto isso estava sendo aparentemente furtado? Cabe ao senhor a resposta.

Creia-me sempre seu devotado,

Cav. Gerlando Misuraca

"Mas que encrenca dos diabos o senhor foi me arrumar, *cavaliere*!", limitou-se a comentar Montalbano, olhando carrancudo para a carta que havia deixado sobre a mesa da sala de jantar. E de jantar, aliás, agora não era mais o caso de se falar. O comissário abriu a geladeira somente para prestar uma melancólica homenagem à sabedoria culinária da cozinheira. Homenagem merecida, porque logo sentiu o envolvente aroma de polvinhos refogados. Fechou a geladeira: não ia conseguir comer, tinha um bolo no estômago. Despiu-se e, pelado como estava, pôs-se a passear à beira-mar, porque àquela hora não

---

* Minivan da Fiat. (N.T.)

aparecia vivalma. Não sentia fome nem sono. Por volta das quatro da manhã, jogou-se na água gelada, nadou longamente e depois voltou para casa. Percebeu, rindo, que um certo alguém estava duro. Decidiu falar com ele, chamá-lo à razão:

"Não adianta ficar imaginando coisas."

O duro sugeriu que talvez um telefonema a Livia fosse boa ideia, Livia pelada e quentinha de sono, lá na cama dela.

"Você é um safado que só pensa em sacanagem. Isso é coisa de garoto punheteiro."

Ofendido, o duro recolheu-se. Montalbano vestiu uma cueca, jogou uma toalha seca nas costas, puxou uma cadeira e sentou-se na varanda que dava para a praia.

Ficou ali olhando o mar, que foi clareando muito lentamente e depois se coloriu, riscado por estrias amarelas de sol. Anunciava-se um belo dia, e o comissário sentiu-se reconfortado, pronto para agir. Depois da leitura da carta do *cavaliere*, tinha tido algumas ideias, e o banho servira para dar-lhes certa ordem.

— O senhor não pode se apresentar desse jeito na coletiva — sentenciou Fazio, esquadrinhando-o com severidade.

— Andou tomando aula com os caras da Antimáfia?

Montalbano abriu a volumosa sacola de náilon que carregava.

— Eu trouxe calça, paletó, camisa e gravata. Troco de roupa antes de ir para Montelusa. Ou melhor, me faça uma coisa: tire tudo da sacola e ponha numa cadeira, assim não vai amassar.

— Amassar já amassou. Mas eu não estava falando da roupa, estava falando da cara. Queira ou não queira, o senhor tem que ir ao barbeiro.

Queira ou não queira, dissera Fazio, que o conhecia bem e sabia o quanto custava ao comissário tomar essa providência. Passando a mão pela nuca, Montalbano se convenceu de que seus cabelos estavam precisando de uma aparada. Aborreceu-se.

– Hoje nada vai dar certo, nem por um cacete! – previu.

Antes de sair, recomendou que, enquanto ele se embelezava, alguém fosse procurar Carmelo Ingrassia e o acompanhasse ao comissariado.

– Se ele me perguntar por quê, eu respondo o quê? – quis saber Fazio.

– Não responda.

– E se ele insistir?

– Se ele insistir, você diz que eu estou querendo saber há quanto tempo ele não toma uma injeção pelo cu. Está bom assim?

– Precisa se irritar?

O barbeiro, seu ajudante e um cliente, sentado numa das duas cadeiras giratórias que mal cabiam no salão – na verdade, um vão de escada –, discutiam animadamente, mas emudeceram assim que viram surgir o comissário. Montalbano tinha entrado com a cara que ele mesmo definia como "cara de ir ao barbeiro", ou seja, boca reduzida a uma fissura, olhos suspeitosamente entrefechados, sobrancelhas crispadas, expressão ao mesmo tempo desdenhosa e severa.

– Bom dia. Vou precisar esperar?

Também a voz lhe saía baixa e rouca.

– Não, senhor comissário, queira sentar-se.

Enquanto Montalbano se instalava na cadeira vaga, o barbeiro, em ritmo acelerado como numa comédia de Carlitos, segurou um espelho por trás da nuca do outro cliente para que ele admirasse o trabalho concluído, removeu-lhe a toalha dos ombros, jogou-a numa cesta, pegou uma limpa e estendeu-a sobre os ombros do comissário. Recusando a costumeira escovadela por parte do ajudante, o cliente literalmente escafedeu-se depois de balbuciar um "bom dia".

O ritual do corte de barba e cabelo, desenvolvido em rigoroso silêncio, foi rápido e sombrio. Um terceiro cliente fez menção de entrar, afastando a cortina de continhas. Mas farejou o ar e reconheceu o comissário:

– Passo mais tarde – disse, e então desapareceu.

No caminho de volta, Montalbano sentiu flutuar ao seu redor um odor indefinível mas enjoativo, algo entre terebintina e certo tipo de pó de arroz que as prostitutas usavam uns trinta anos antes. Eram seus cabelos que estavam fedendo daquele jeito.

– Ingrassia está no gabinete do senhor – disse Tortorella, em voz baixa, como se se tratasse de alguma conspiração.

– Fazio foi aonde?

– Foi para casa trocar de roupa. Telefonaram da chefatura. Disseram que Fazio, Gallo, Galluzzo e Germanà também devem participar da entrevista.

"Vê-se que meu telefonema àquele merda do Sciacchitano surtiu efeito", pensou Montalbano.

Ingrassia, que desta vez estava vestido de verde-pálido da cabeça aos pés, fez menção de levantar-se.

– Não se incomode, fique à vontade – disse o comissário, por sua vez sentando-se atrás da escrivaninha. Distraidamente, passou a mão pelos cabelos e, de repente, o cheiro de terebintina e pó de arroz se fez mais forte. Alarmado, levou os dedos ao nariz, cheirou-os e confirmou sua suspeita. Mas não podia fazer nada: no banheiro do comissariado, ele não tinha xampu. Na mesma hora, voltou-lhe a "cara de ir ao barbeiro". Ao vê-lo assim carrancudo, Ingrassia inquietou-se, remexeu-se na cadeira.

– Algum problema? – perguntou.
– Em que sentido, por gentileza?
– Hum... Em todos os sentidos – embaraçou-se Ingrassia.
– Ahm – resmungou Montalbano, evasivamente.

Tornou a cheirar os dedos, e o diálogo estagnou ali.

– Soube do pobre *cavaliere*? – comentou o comissário, como se os dois estivessem falando entre amigos, numa reunião íntima.

– Ah! A vida! – suspirou o outro, consternado.
– Imagine, sr. Ingrassia: eu tinha perguntado se ele podia me dar outros detalhes sobre o que viu na noite do roubo. Tínhamos combinado de nos encontrar, e então...

Ingrassia abriu os braços num gesto largo, como se convidasse Montalbano a resignar-se perante o destino. Depois de uma obrigatória pausa para meditação, perguntou:

– Queira desculpar, mas que outros detalhes o pobre *cavaliere* podia contar ao senhor? Ele tinha dito tudo o que viu.

Montalbano fez sinal de não com o dedo indicador.

– O senhor acha que ele não disse tudo o que viu? – intrigou-se Ingrassia.

Novamente, Montalbano fez sinal de não com o indicador.

"Vai cozinhando em fogo brando, vai, corno", pensou.

O ramo verde que era Ingrassia estremeceu como se soprado pela brisa.

– Mas, então, o que o senhor queria saber dele?
– O que ele achava que não tinha visto.

A brisa mudou para vento forte, o ramo oscilou.

– Não entendi.
– Eu explico. O senhor certamente já viu aquele quadro de Pieter Bruegel chamado *Jogos infantis*, não?

— Quem? Eu? Não – preocupou-se Ingrassia.

— Tudo bem. Então, seguramente já viu alguma coisa de Hieronymus Bosch.

— Também não – alarmou-se Ingrassia, começando a transpirar. Agora estava realmente apavorado, enquanto sua cara ia ficando da cor da roupa: verde.

— Não tem importância, deixa pra lá – disse magnanimamente Montalbano. – Eu quis dizer que uma pessoa, depois de ver uma cena, recorda dessa cena a primeira impressão genérica que teve. Concorda?

— Concordo – fez Ingrassia, já se preparando para o pior.

— A seguir, pouco a pouco, é possível que retorne à mente dessa pessoa algum detalhe que ela tenha visto, registrado na memória, mas posto de lado como coisa sem importância. Vou dar um exemplo: uma janela aberta ou fechada, um barulho, sei lá, um assovio, uma canção, uma cadeira fora do lugar, um automóvel que estava onde não devia estar, uma luz se apagando... Coisas assim, detalhes, particularidades que acabam tendo extrema importância.

Ingrassia puxou do bolso um lenço branco de bainhas verdes e enxugou o suor.

— O senhor me chamou aqui só para me dizer isso?

— Não. Eu não iria incomodá-lo por uma bobagem, não me permitiria. Quero saber se o senhor teve notícias dos que, segundo afirma, organizaram o trote do furto de mentirinha.

— Ninguém se apresentou.

— Estranho.

— Por quê?

— Porque o bom de um trote é rir dele depois, junto com a pessoa que foi a vítima. De qualquer maneira, se por acaso eles se apresentarem, o senhor me informe. Bom dia.

— Bom dia – respondeu Ingrassia, levantando-se. Estava pingando, a calça tinha grudado em sua bunda.

Fazio apareceu todo arrumado, com o uniforme tinindo.
— Estou aqui – disse.
— E o papa em Roma.
— Tudo bem, comissário, já entendi, hoje não tem clima.
Fazio fez menção de se retirar, mas se deteve na soleira.
— O doutor Augello telefonou, disse que está com uma bruta dor de dente. Só vem se precisarem mesmo dele.
— Escuta, você sabe onde foi parar a carcaça da Cinquecento do *cavaliere* Misuraca?
— Sei, sim, ainda está aqui, na garagem. O senhor me escute: isso daí é inveja.
— Mas do que você está falando?
— Da dor de dente do doutor Augello. Isso é inveja.
— Inveja de quem?
— Do senhor, porque o senhor vai dar entrevista e ele não. E também deve estar chateado porque o senhor não quis dizer a ele o nome do cara que a gente prendeu.
— Me faz um favor?
— Tá, tá, já entendi, estou saindo.

Depois que Fazio fechou bem a porta, Montalbano discou um número. Atendeu uma voz de mulher que parecia paródia da dublagem de alguma africana.
— Bronto? Guem vala? Guem vala aí?

"Mas onde será que a família Cardamone vai buscar as empregadas?", perguntou-se Montalbano.
— A senhora Ingrid está?
— Zim, mas guem vala?
— Salvo Montalbano.
— Zenhor esbera.

A voz de Ingrid, em contrapartida, era idêntica àquela que a dubladora italiana havia emprestado a Greta Garbo, que aliás também era sueca.

– Oi, Salvo, como vai? Faz tempo que a gente não se vê.
– Ingrid, preciso de sua ajuda. Você está livre hoje à noite?
– Na verdade, não. Mas, se for alguma coisa importante para você, jogo tudo para o alto.
– É importante.
– Então, onde e a que horas?
– Às 21 horas, no bar de Marinella.

A coletiva à imprensa acabou sendo para Montalbano, como de resto ele mesmo já sabia, um longo e sofrido vexame. De Palermo viera o subchefe De Dominicis, da Antimáfia, que se instalou à direita do chefe de polícia. Gestos imperiosos e olhadelas firmes obrigaram Montalbano, que preferiria ficar no meio das pessoas, a sentar-se à esquerda de seu superior. Atrás, de pé, Fazio, Germanà, Gallo e Galluzzo. O chefe começou a falar, e a primeira coisa que disse foi o nome do preso, o maioral do segundo escalão: Gaetano Bennici, vulgo Tano Grego, que tinha vários assassinatos nas costas e estava foragido havia anos. Foi literalmente um choque. Os repórteres, que eram muitos, sem falar dos quatro cinegrafistas de tevê, pularam das cadeiras e começaram a falar entre si, a ponto de o chefe ter tido dificuldade de impor silêncio. Disse que o mérito da detenção era do comissário Montalbano, o qual, coadjuvado pelos seus homens – e, aqui, o chefe apresentou-os um a um –, tinha sabido, com habilidade e coragem, aproveitar uma ocasião propícia. A seguir, falou o subchefe De Dominicis, que explicou o papel de Tano Grego na estrutura da organização, papel este, se não de primeiríssimo, certamente de primeiro plano. Sentou-se e Montalbano compreendeu que estava agora entregue aos cães.

As perguntas vieram em saraivadas, piores que as de um AK-47. Tinha havido troca de tiros? Tano Grego estava sozinho? Houve feridos entre os policiais? O que Tano disse quando o algemaram? Tano estava dormindo ou acordado? Havia uma mulher com ele? Um cachorro? Era verdade que ele se drogava? Quantos homicídios tinha nas costas? Como estava vestido? Estava nu? Era verdade que Tano torcia pelo Milan? Que levava consigo uma foto de Ornella Muti? O comissário poderia explicar qual tinha sido a ocasião propícia à qual o chefe de polícia se referira?

Montalbano se esfalfava para responder, compreendendo cada vez menos o que ele próprio dizia.

"Ainda bem que a televisão está aqui", pensou. "Assim, eu posso me rever depois e entender as besteiras que falei."

Além disso, para dificultar as coisas, havia os olhos cheios de adoração da inspetora Anna Ferrara, fixados nele.

Para extraí-lo da areia movediça em que estava afundando, interveio o jornalista Nicolò Zito, da Retelibera, que era de fato seu amigo.

– Comissário, com licença. O senhor disse que encontrou Tano ao retornar de Fiacca, aonde tinha ido, a convite de amigos, para comer uma *tabisca*. Entendi bem?

– Sim.

– O que é *tabisca*?

Várias vezes os dois já haviam comido isso juntos, portanto Zito estava lhe estendendo um salva-vidas. Montalbano o agarrou. Com segurança e precisão, enveredou por uma detalhada descrição daquela extraordinária pizza de vários sabores.

7

No homem em certos momentos acuado, balbuciante, hesitante, assustado, atônito, perdido, mas sempre de olhar desvairado, que a câmera da Retelibera impiedosamente enquadrava em primeiro plano, Montalbano a custo reconheceu a si mesmo sob o bombardeio das perguntas dos repórteres veados e filhos da puta. A parte relativa à explicação sobre como era feita a *tabisca*, aquela em que ele se saíra melhor, não foi ao ar: talvez não se encaixasse muito bem no tema principal, a captura de Tano.

As berinjelas *alla parmigiana* que a cozinheira deixara no forno de repente lhe pareceram insípidas, mas não podia ser, não era assim, tratava-se de um efeito psicológico ao ver-se tão abobalhado na televisão.

Sentiu uma súbita vontade de chorar, de encolher-se na cama todo embrulhado no lençol, como uma múmia.

– Comissário Montalbano? Aqui é Luciano Acquasanta, do jornal *Il Mezzogiorno*. O senhor faria a cortesia de me conceder uma entrevista?

– Não.
– Não vou tomar muito seu tempo, juro.
– Não.

– Quem fala, é o comissário Montalbano? Aqui é Spingardi, Attilio Spingardi, da RAI de Palermo. Estamos organizando uma mesa-redonda sobre o tema do...
– Não.
– Mas o senhor não me deixou terminar!
– Não.

– Amor? Livia. Como você está?
– Bem. Por quê?
– Acabei de ver você na televisão.
– Jesus! Me viram na Itália inteira?
– Acho que sim. Mas foi rápido, sabe?
– Transmitiram o que eu disse?
– Não, só falava o locutor. Mas mostraram sua cara, e foi por isso que eu me preocupei. Você estava amarelo como um limão.
– Ainda por cima era em cores?!
– Claro. De vez em quando você passava a mão nos olhos, na testa.
– Eu estava com dor de cabeça, e as luzes me ofuscavam.
– Melhorou?
– Melhorei.

– Comissário Montalbano? Stefania Quattrini, da revista *Essere Donna*. Gostaríamos de entrevistá-lo por telefone, o senhor pode ficar na linha?
– Não.
– Coisa de poucos segundos.
– Não.

– Tenho a honra de falar com o famoso comissário Montalbano, que deu entrevista coletiva?

– Não enche o saco.

– Não, o saco, não, pode ficar sossegado, a gente não quer encher. Mas o cu, sim.

– Quem está falando?

– A sua morte, corno. Essa você não leva de graça, não, seu ator filho da puta! Quem você acha que enganou fazendo aquele teatro todo com seu amigo Tano? E vai pagar por isso, por tentar nos tapear.

– Alô? Alô?

A ligação foi interrompida. Montalbano não teve tempo de se dar conta daquelas palavras ameaçadoras, de pensar a respeito, porque percebeu que o som insistente que ouvia desde alguns minutos antes, em meio à confusão de tantos telefonemas, era o da campainha da porta. Sabe-se lá por quê, convenceu-se de que se tratava de algum repórter mais esperto, que decidira apresentar-se diretamente. Correu exasperado para a entrada e, sem abrir, berrou:

– Quem é, caralho?

– O chefe de polícia.

E o que queria dele, em sua casa, àquela hora e sem ao menos avisar? Montalbano deu um puxão na maçaneta, escancarou a porta.

– Bom dia, entre – e se pôs de lado.

O chefe nem se mexeu.

– Não temos tempo. Vá se arrumar e me encontre no carro.

Virou-lhe as costas e se afastou. Ao passar diante do espelho grande do guarda-roupa, Montalbano compreendeu o que seu chefe pretendera dizer com aquele "vá se arrumar". De fato, ele estava completamente nu.

O carro não trazia as insígnias da polícia, mas sim a tarja indicativa de veículo de aluguel, e ao volante estava, à paisana, um agente da chefatura de Montelusa que Montalbano conhecia. Assim que ele se sentou, o chefe falou.

– Desculpe se não pude avisar, mas o seu telefone só dava ocupado.

– Tudo bem.

Poderia ter interrompido as ligações, claro, mas isso não combinava com sua maneira de ser, de pessoa gentil e discreta. Montalbano não explicou a ele por que seu telefone não tinha dado trégua. Não era o caso, o chefe estava nervoso como ele nunca o vira, a cara contraída, os lábios contorcidos, numa espécie de careta.

Depois de uns três quartos de hora percorrendo a estrada que levava de Montelusa a Palermo, com o motorista pisando fundo, o comissário começou a olhar aquela parte da paisagem que ele mais admirava em sua ilha.

"Você gosta mesmo?", havia perguntado Livia, espantadíssima, quando, anos antes, ele a levara àquelas paragens.

Colinas áridas, quase túmulos gigantescos, cobertas somente por restolhos amarelados de grama ressequida, abandonados pela mão do homem depois de sucessivas derrotas causadas pela seca, pela aridez ou, mais simplesmente, pelo cansaço de uma luta perdida logo de cara, aqui e ali interrompidos pelo cinza de rochas espetadas, absurdamente nascidas do nada ou talvez chovidas do alto, estalactites ou estalagmites daquela profunda gruta a céu aberto que era a Sicília. As raras casas, todas de um só piso, com tetos em cúpula, paredes de cubos de pedra montados a seco, eram dispostas obliquamente, como se tivessem afortunadamente resistido a um violento escoicear da terra, que não queria senti-las em cima. Havia, é verdade, umas poucas manchas verdes, mas não de árvores ou de culturas, e sim de agave, espinheiro, sorgo e outras gramíneas rústicas, todas raquíticas, empoeiradas, também próximas à rendição.

Como se tivesse esperado o cenário adequado, o chefe se decidiu a falar, mas o comissário compreendeu que não era ele o interlocutor: o chefe falava consigo mesmo, numa espécie de monólogo magoado e enraivecido.

– Por que fizeram isso? Quem decidiu? Se fosse feito um inquérito, hipótese impossível, o resultado seria ou que ninguém tomou a iniciativa ou que tiveram de agir por ordens superiores. Então, vejamos quem são esses superiores que deram a ordem. O diretor da Antimáfia negaria, assim como o ministro do Interior, o presidente do Conselho e o chefe de Estado. Restam, pela ordem: o papa, Jesus Cristo, Nossa Senhora e Deus Pai. Todos gritariam escandalizados: como se pôde pensar que foram eles a dar a ordem? Só resta então o Maligno, aquele que ganhou a fama de ser a causa de todo mal. Aí está o culpado: o diabo! Em suma, em poucas palavras: resolveram transferi-lo para outra prisão.

– Tano? – ousou perguntar Montalbano. O chefe nem respondeu.

– Por quê? Jamais saberemos, isto é certo. E, enquanto nós estávamos dando a coletiva, eles o metiam num carro qualquer, com dois agentes à paisana na escolta (meu Deus, como são espertos!), para não dar na vista, claro, e assim, quando nas proximidades de Trabia sai de uma estradinha a clássica e potente motocicleta com o piloto e o carona, absolutamente anônimos por causa do capacete... Os dois agentes morreram, e ele está agonizando no hospital. É isso.

Montalbano ouviu calado, cinicamente pensando apenas que, se tivessem liquidado Tano algumas horas antes, ele poderia ter sido poupado da torturante coletiva. Começou a fazer perguntas só porque intuiu que o chefe se acalmara um pouquinho com aquele desabafo.

– Mas como fizeram para saber que...

O chefe deu um forte chute no assento da frente, o motorista estremeceu, o carro derrapou ligeiramente.

– Mas isso é pergunta que se faça, Montalbano? Um olheiro, é claro! É isso que me enfurece.

O comissário esperou alguns minutos antes de fazer outra pergunta.

– E nós, como entramos nessa história?

– Tano quer falar com o senhor. Compreendeu que está morrendo, quer lhe dizer uma coisa.

– Ah! E o senhor por que se incomodou? Eu poderia ir sozinho.

– Resolvi acompanhá-lo para evitar atrasos e contratempos. Aqueles lá, em sua sublime inteligência, são até capazes de impedir a conversa.

Diante do portão do hospital havia um carro blindado, e pelo jardinzinho espalhavam-se uns dez guardas, com metralhadoras a postos.

– Saco – disse o chefe de polícia.

Com crescente nervosismo, os dois passaram por, no mínimo, cinco controles até chegarem ao corredor onde ficava o quarto de Tano. Todos os outros pacientes haviam sido desalojados, levados para outros setores, entre reclamações e palavrões. Nas duas extremidades do corredor havia quatro policiais armados, mais dois diante da porta atrás da qual, evidentemente, estava Tano. O chefe de polícia mostrou-lhes seu crachá.

– Parabéns – disse ele ao oficial que estava no comando.

– Por quê, senhor?

– Pelo esquema de segurança.

– Obrigado – alegrou-se o oficial, com uma expressão iluminada. Não entendera a ironia do chefe.

– Entre sozinho, eu espero aqui fora.

Só então o chefe percebeu que o comissário estava lívido, o suor banhava-lhe a fronte.

– Deus do céu, Montalbano, o que foi que lhe deu? Está se sentindo mal?

– Estou muitíssimo bem – resmungou o comissário.

Mas era mentira, estava péssimo. Não dava a mínima para os mortos, podia até dormir ao lado deles, fingir partilhar uma refeição ou jogar três-sete e bisca com eles, não se impressionava nem um pouco. Mas os moribundos, ao contrário, davam-lhe um suor frio, as mãos começavam a tremer, sentia-se congelar por inteiro, um buraco se abria em seu estômago.

Sob o lençol que o cobria, o corpo de Tano pareceu a Montalbano encolhido, menor em relação ao que ele recordava. Os braços estendiam-se ao longo dos flancos, o direito estava envolto em grossas ataduras. Do nariz, agora quase transparente, saíam os tubos de oxigênio, o rosto parecia falso, de boneco de cera. Controlando a vontade de fugir dali, o comissário puxou uma cadeira de metal e se sentou ao lado do moribundo, que mantinha os olhos fechados, como se dormisse.

– Tano? Tano? Sou eu, o comissário Montalbano.

O outro teve uma reação imediata: arregalou os olhos e fez menção de erguer o tronco, num violento impulso certamente ditado pelo instinto de animal perseguido durante muito tempo. Depois seus olhos focalizaram o comissário e a tensão daquele corpo se atenuou visivelmente.

– Queria falar comigo?

Tano fez um gesto afirmativo com a cabeça e esboçou um sorriso. Falou com muita lentidão, muito cansaço.

– Me jogaram para fora da estrada do mesmo jeito.

Referia-se à conversa que os dois tinham tido na casinhola da colina, e Montalbano não soube o que falar.

– O senhor chegue mais perto.

Montalbano levantou-se da cadeira e debruçou-se sobre ele.

– Mais.

O comissário se inclinou até tocar com a orelha a boca de Tano, cuja respiração quente causou-lhe uma sensação de repugnância. E Tano disse o que queria dizer, com precisão e lucidez. Mas, cansado por falar, fechou novamente os olhos e Montalbano não soube o que fazer, se devia sair ou se devia ficar mais um pouco. Resolveu sentar-se, e de novo Tano disse alguma coisa com a voz empastada. O comissário voltou a levantar-se e se dobrou sobre o moribundo.

– O que disse?

– Estou apavorado.

Tano sentia medo, e àquela altura não mais se incomodava de confessá-lo. Seria isto a piedade, esta onda repentina de calor, este coração acelerado, esta sensação angustiante? Montalbano pôs uma mão na testa do moribundo, veio-lhe o impulso de tratá-lo por você.

– Não se censure, não se envergonhe de admitir. Talvez por isso você seja realmente um homem. Todos nós ficaremos apavorados nessa hora. Adeus, Tano.

Saiu a passos rápidos e fechou a porta atrás de si. No corredor, além do chefe de polícia e dos agentes, agora estavam De Dominicis e Sciacchitano. Todos correram ao encontro dele.

– O que ele disse? – perguntou De Dominicis, ansioso.

— Nada, não conseguiu falar nada. Evidentemente, queria, mas não pôde. Está morrendo.

— Ahh! — duvidou Sciacchitano.

Calmamente, Montalbano pôs a mão aberta no peito do colega e o empurrou com violência. Assustado, o outro recuou três passos.

— Fique aí, não se aproxime — disse o comissário, entre dentes.

— Agora chega, Montalbano — interveio o chefe de polícia.

De Dominicis não pareceu dar importância à questão entre aqueles dois.

— O que será que ele queria lhe dizer? — insistiu, observando Montalbano com um olhar inquisitivo e com uma expressão que pretendia significar: você não está contando essa história direito.

— Se o senhor quiser, posso tentar adivinhar — retrucou rispidamente Montalbano.

Na lanchonete, antes de sair do hospital, o comissário entornou uma dose dupla de J&B sem gelo. No caminho de volta para Montelusa, calculou que em torno das 19h30 já estaria em Vigàta, e portanto poderia comparecer ao encontro com Ingrid.

— Ele falou, não falou? — perguntou calmamente o chefe de polícia.

— Sim.

— Alguma coisa importante?

— Em minha opinião, sim.

— E por que escolheu justamente o senhor?

— Disse que queria me dar um presente, pela lealdade que eu demonstrei para com ele em toda a operação.

— Estou ouvindo.

Montalbano contou tudo e, por fim, o chefe ficou pensativo. Depois deu um suspiro.

– Resolva tudo o senhor mesmo, com os seus homens. É melhor que ninguém saiba de nada. Ninguém deve saber, nem mesmo na chefatura: como vimos, os olheiros podem estar em qualquer lugar.

Visivelmente, o chefe recaiu naquele mau humor que tomara conta dele durante a viagem de ida.

– Ficamos reduzidos a isto! – disse, com raiva.

No meio do trajeto, o celular tocou.

– Sim? – atendeu o chefe.

Do outro lado falaram rapidamente.

– Obrigado – disse o chefe. Depois virou-se para o comissário: – Era De Dominicis, para fazer a gentileza de informar que Tano morreu praticamente na hora em que nós saíamos do hospital.

– Eles vão ter que ficar de olho – disse Montalbano.

– Por quê?

– Para evitar que roubem o cadáver – respondeu o comissário, com pesada ironia.

Continuaram mais um pouco em silêncio.

– Por que De Dominicis se apressou tanto em informar ao senhor que Tano morreu?

– Mas, meu caro, o telefonema foi praticamente dirigido ao senhor. É claro que De Dominicis, que não é bobo, pensa, e com razão, que Tano conseguiu lhe dizer alguma coisa. E queria ou repartir o bolo com o senhor ou afaná-lo de vez.

No comissariado, Montalbano encontrou Catarella e Fazio. Melhor assim: preferia falar com Fazio sem ninguém por perto. Mais por obrigação do que por curiosidade, perguntou:

– E os outros, onde estão?

— Foram atrás de quatro garotos que estão com duas motocicletas, fazendo um racha.

— Jesus! O comissariado inteiro para resolver um racha?

— É um racha especial – explicou Fazio. – Uma motocicleta é verde, a outra é amarela. Primeiro sai a amarela e corre uma rua inteira, roubando tudo o que é roubável. Uma ou duas horas depois, quando as pessoas já se acalmaram, sai a verde e limpa o que é limpável. Depois eles mudam de rua e de bairro, mas desta vez a verde sai primeiro. É um racha para ver quem consegue afanar mais.

— Entendi. Escuta, Fazio, hoje no fim da tarde você vai dar uma passada na loja Vinti. Em meu nome, peça ao dono que lhe empreste umas dez ferramentas, entre pás, picaretas, enxadas e enxadões. Amanhã de manhã, às seis horas, nos encontramos todos aqui. No comissariado ficam o doutor Augello e Catarella. Quero dois carros, aliás um, porque na Vinti você também vai pedir um jipe. A propósito, quem está com a chave da garagem?

— Ela sempre fica com quem está de plantão. Agora está com Catarella.

— Pegue com ele e me dê.

— Agora mesmo. Desculpe, comissário, mas a gente vai precisar de pá e picareta para quê?

— Porque nós vamos mudar de profissão. De amanhã em diante, vamos nos dedicar à agricultura, à vida saudável do campo. Está bem assim?

— Comissário, de alguns dias para cá, não se pode nem falar com o senhor. Posso saber o que foi que lhe deu? O senhor anda sisudo e antipático.

8

Desde quando a conheceu, durante uma investigação na qual Ingrid, inteiramente inocente, tinha sido oferecida a ele através de pistas falsas como bode expiatório, o comissário mantinha com aquela mulher esplêndida uma amizade curiosa. Volta e meia Ingrid dava sinal de vida com um telefonema, e os dois se encontravam para conversar até altas horas. A moça fazia confidências e contava seus problemas a Montalbano, e este lhe dava conselhos fraternos e sensatos: era uma espécie de pai espiritual – papel que ele precisara impor a si mesmo à força, já que Ingrid suscitava pensamentos não exatamente espirituais –, a cujas opiniões Ingrid sistematicamente não dava ouvidos. Em todos os encontros, seis ou sete, Montalbano jamais havia chegado antes dela: Ingrid mantinha um culto quase maníaco à pontualidade.

Também desta vez, depois de parar no estacionamento do bar de Marinella, ele viu que ali já estava o carro da moça, ao lado de um Porsche conversível, uma espécie de bólido, pintado de um amarelo ofensivo ao bom gosto e à visão.

Quando Montalbano entrou no bar, Ingrid estava de pé junto ao balcão, bebendo um uísque e conversando baixinho com um indivíduo de uns quarenta anos, vestido de amarelo-canário, elegantíssimo, que usava um Rolex e tinha os cabelos presos em rabo de cavalo.

"Será que ele também troca de carro quando troca de roupa?", perguntou-se o comissário.

Assim que viu Montalbano, Ingrid correu para ele, abraçou-o, beijou-o levemente nos lábios, visivelmente contente por encontrá-lo. Também o comissário estava contente: Ingrid era uma verdadeira graça de Deus, com aquele jeans escuro que lhe cobria as longuíssimas pernas, aquelas sandálias, aquela camiseta azul-celeste transparente que deixava entrever a forma dos seios, os cabelos louros soltos nos ombros.

– Com licença – disse ela ao canário que estava ao seu lado. – Depois a gente se vê.

O homem de Rolex e rabo de cavalo foi terminar seu uísque no terraço que dava para o mar. Ingrid e Montalbano sentaram-se a uma mesa. O comissário não quis beber nada. Olharam-se sorridentes.

– Estou achando você bem – comentou ela. – Mas hoje, na televisão, parecia estar sofrendo.

– É – disse o comissário, e mudou de assunto. – Você também está ótima.

– Quis me ver para a gente ficar trocando elogios?

– Preciso lhe pedir um favor.

– Então peça.

Do terraço, o homem de rabo de cavalo observava-os com o rabo do olho.

– Quem é ele?

– Um cara que eu conheço. Nos cruzamos no caminho para cá, ele me seguiu e me convidou para um drinque.

– Em que sentido você o conhece?

Ingrid ficou séria, uma ruga lhe encrespou a testa.

– Ciúme, é?

– Não, você sabe muito bem que não, e aliás não haveria motivo. É que não fui com os cornos desse sujeito, de cara. Como é o nome dele?

– Mas, Salvo, o que você tem com isso?

– Diga o nome.

– Beppe... Beppe De Vito.

– E o que faz para ganhar o Rolex, o Porsche e tudo o mais?

– Negocia com peles.

– Você foi para a cama com ele?

– Fui, no ano passado, acho. E ele estava sugerindo um bis. Mas eu não tenho boas lembranças desse encontro, que foi o único.

– Devasso?

Ingrid o encarou por um instante e depois explodiu numa gargalhada que assustou o barman.

– Está rindo de quê?

– Da cara que você fez, de bravo policial escandalizado. Não, Salvo, ao contrário. Ele é totalmente desprovido de fantasia. A lembrança que tenho é de um tédio asfixiante.

Montalbano acenou ao homem de rabo de cavalo para que ele viesse até a mesa e, enquanto o indivíduo se aproximava, sorridente, Ingrid olhou o comissário com ar preocupado.

– Boa noite. Eu conheço o senhor, sabia? É o comissário Montalbano.

– Temo, infelizmente para sua pessoa, que venha a ser obrigado a me conhecer melhor.

O outro se atrapalhou todo, o uísque tremeu no copo, os cubos de gelo tilintaram.

– Infelizmente por quê?

— Seu nome é Giuseppe De Vito e o senhor negocia com peles?

— Sim... mas não estou entendendo.

— Entenderá no devido tempo. Qualquer dia destes, o senhor será convocado pela chefatura de Montelusa. Eu também estarei lá. Então poderemos nos falar melhor.

O homem de rabo de cavalo amarelou a cara repentinamente e largou o copo em cima da mesa. Não conseguia firmá-lo na mão.

— O senhor não poderia fazer a gentileza de me antecipar... explicar...

Montalbano exibiu uma expressão de quem fora tomado por um incontrolável rasgo de generosidade.

— Olha, só mesmo porque o senhor é amigo da senhora aqui presente. Conhece um alemão, um tal de Kurt Suckert?

— Juro: nunca ouvi falar — fez o outro, puxando do bolso um lenço canarinho e enxugando o suor da testa.

— Se é essa a sua resposta, então eu nada tenho a acrescentar — retrucou o comissário, gélido. Esquadrinhou o sujeito e acenou para que ele se aproximasse ainda mais. — Vou lhe dar um conselho: não banque o esperto. Boa noite.

— Boa noite — respondeu mecanicamente De Vito, e, sem sequer se voltar para Ingrid, saiu às pressas.

— Você é um chato — disse calmamente Ingrid —, um canalha.

— Pois é, de vez em quando me dá isso e fico assim.

— Esse Suckert existe mesmo?

— Existiu. Mas usava o nome de Malaparte. Era um escritor.

Ouviram o ronco do Porsche, a arrancada.

— Está mais aliviado? — perguntou Ingrid.

— Bastante.

— Assim que você entrou, percebi seu mau humor, sabia? O que aconteceu, pode dizer?

— Posso, mas não vale a pena. Chateações de trabalho.

Montalbano havia sugerido que Ingrid deixasse o carro dela no estacionamento do bar, depois os dois passariam por lá para pegá-lo. Ingrid não tinha perguntado nem para onde eles se dirigiam nem o que iriam fazer. A certa altura, Montalbano sondou:

— Como vai com o seu sogro?

A voz de Ingrid soou alegre.

— Bem! Eu tinha que ter contado, desculpe. As coisas com o meu sogro vão bem. De uns dois meses para cá, ele tem me deixado em paz. Parou de me procurar.

— O que aconteceu?

— Não sei, ele não disse. A última vez foi voltando de Fela. Tínhamos ido a um casamento, meu marido não pôde ir, minha sogra não se sentia bem, enfim, estávamos só nós dois. A certa altura ele pegou uma estrada vicinal, andou alguns quilômetros, parou no meio de umas árvores, me mandou descer, tirou minha roupa, me jogou no chão e me estuprou com a violência costumeira. No dia seguinte fui para Palermo com o meu marido e na volta, uma semana depois, meu sogro parecia envelhecido, trêmulo. Desde então, quase me evita. Agora eu posso dar de cara com ele em qualquer canto da casa sem medo de ser empurrada contra a parede, com as mãos dele me apalpando, uma nos meus peitos e outra na xoxota.

— Melhor assim, não?

Montalbano conhecia melhor do que a própria Ingrid a história que ela acabava de contar. O comissário soube do caso entre Ingrid e o sogro desde o primeiro encontro com a moça. Depois, numa noite em que eles conversavam, Ingrid explodiu de repente num choro convulsivo. Não aguentava mais a situação com o pai de seu marido: sentia-se, ela que era uma mulher absolutamente liberada, como se estivesse emporcalhada, amesquinhada por aquele quase incesto que lhe era imposto. Pensava até em abandonar o marido e voltar para a Suécia. Teria como se sustentar, era uma excelente mecânica.

Foi nessa ocasião que Montalbano tomou a decisão de ajudá-la, de livrá-la daquele transtorno. No dia seguinte, convidou para um almoço Anna Ferrara, a inspetora de polícia que o amava e que estava convencida de que Ingrid era amante dele.

– Estou desesperado – começou então, fazendo uma cara de grande ator trágico.

– Oh, meu Deus, o que aconteceu? – disse Anna, apertando-lhe uma das mãos entre as dela.

– Aconteceu que Ingrid está me traindo.

Montalbano baixou a cabeça sobre o peito e miraculosamente conseguiu encher os olhos de lágrimas.

Anna sufocou uma exclamação de triunfo. Então sempre tinha imaginado certo! Enquanto isso, o comissário escondia o rosto entre as mãos, e a moça sentia-se derreter perante aquela manifestação de desespero.

– Sabe, nunca quis lhe dizer para não magoar você. Mas andei fazendo umas investigações sobre Ingrid. Você não é o único homem.

– Mas isso eu já sabia! – exclamou o comissário, sempre cobrindo o rosto.

– E então?

– Agora é diferente! Não se trata de uma aventura como tantas outras, que eu possa perdoar! Ela se apaixonou e é correspondida!

– Você sabe por quem?

– Sei. Pelo sogro.

– Jesus! – disse Anna, estremecendo. – Foi ela quem contou?

– Não. Eu percebi. Ela, não, ela nega. Nega tudo. Mas preciso de uma prova segura, para esfregar na cara dela. Entendeu?

Anna se ofereceu para obter aquela prova segura. E tanto fez que, com uma máquina fotográfica, conseguiu registrar as imagens da cena agreste no bosquezinho. Mandou ampliá-las por uma amiga sua da Perícia, de confiança, e entregou-as ao comissário. O sogro de Ingrid, além de chefe da equipe médica do hospital de Montelusa, era também um político de primeira grandeza. Tanto na sede provincial do partido quanto no hospital e na residência, Montalbano mandou entregar uma primeira e eloquente documentação. Atrás de cada uma das três fotos estava escrito apenas: "pegamos você". Tal rajada de correspondência deixou o sogro morto de medo, em poucos segundos ele viu ameaçadas a carreira e a família. Para qualquer eventualidade, o comissário tinha em seu poder mais umas vinte fotos. Não disse nada a Ingrid. Ela seria capaz de se enfurecer pela violação à sua privacidade sueca.

Montalbano acelerou, estava satisfeito. Agora sabia que a complexa engrenagem que havia posto em movimento alcançara o objetivo pretendido.

– Leve o carro para dentro – disse o comissário, saltando e manejando o portão da garagem da polícia para fazê-lo subir. Depois que o automóvel entrou, ele acendeu as luzes e abaixou novamente o portão.

– O que eu devo fazer?

– Está vendo a carcaça daquele Cinquecento? Quero saber se alguém mexeu nos freios.

– Não sei se vai dar para perceber.
– Tente.
– Adeus, camiseta.
– Ah, não, espere. Eu tenho umas coisas aqui.

O comissário pegou no banco de trás de seu carro uma sacola de plástico e tirou dali uma camisa e uma calça jeans que eram dele.

– Vista isto.

Enquanto Ingrid se trocava, Montalbano saiu procurando uma lâmpada portátil, daquelas de oficina. Encontrou-a sobre um banco e ligou-a na tomada. Sem dizer nada, Ingrid pegou a lâmpada, uma chave inglesa, uma chave de fenda e se arrastou para baixo do chassi todo retorcido do Cinquecento. Só precisou de uns dez minutos. Saiu de sob o carro suja de poeira e graxa.

– Tive sorte. O cabo do freio foi parcialmente cortado, tenho certeza.

– O que você quer dizer com parcialmente?

– Quero dizer que não foi totalmente cortado. Deixaram um pedacinho, o suficiente para o motorista não bater logo. Mas, na primeira tração mais forte, o cabo certamente se partiria.

– Tem certeza de que ele não se rompeu sozinho? O carro era velho.

– O corte está bem nítido. Ele não estava desfiando, ou, pelo menos, se estava, era muito pouco.

– Agora, preste atenção – disse Montalbano. – O homem que vinha ao volante foi de Vigàta para Montelusa, estacionou lá durante algum tempo e depois retornou a Vigàta. O acidente aconteceu naquela descida íngreme que fica na entrada da cidade, a descida da Catena. Ele bateu num caminhão e acabou-se. Entendeu?

– Entendi.
– Então eu pergunto: em sua opinião, este belo trabalhinho foi feito em Vigàta ou em Montelusa?
– Em Montelusa – garantiu Ingrid. – Se tivessem feito em Vigàta, ele teria batido bem antes, seguramente. Quer saber mais alguma coisa?
– Não. Obrigado.
Ingrid não trocou de roupa, nem mesmo lavou as mãos.
– Na sua casa.

No estacionamento do bar, Ingrid desceu, pegou seu carro e seguiu o do comissário. Ainda não era meia-noite, a temperatura estava tépida.
– Quer tomar uma chuveirada?
– Não, prefiro um banho de mar. Depois, pode ser.
Ingrid livrou-se das roupas imundas de Montalbano, arrancou a calcinha, e o comissário precisou fazer um certo esforço para manter-se nos sofridos trajes de conselheiro espiritual.
– Tire a roupa você também, venha comigo.
– Não. Prefiro olhar você da varanda.
A lua cheia iluminava demais, talvez. Montalbano ficou na espreguiçadeira, admirando a silhueta de Ingrid, que chegava à beira-mar e, já dentro da água fria, iniciava uma dança de pulinhos, com os braços abertos. Viu-a mergulhar, seguiu por um momento o pontinho negro que era a cabeça da moça e, no minuto seguinte, adormeceu.

Acordou com a primeira luz do dia. Levantou-se, sentindo um pouco de frio, fez um café e tomou três xícaras, uma atrás da outra. Antes de ir embora, Ingrid arrumara a casa, não havia indícios de sua passagem. Ingrid valia seu peso em ouro: fizera o que ele pedira sem exigir qualquer explicação. Do ponto de vista da curiosidade, certamente não era mulher. Mas apenas desse ponto de vista. Com uma pontinha de fome, Montalbano abriu a geladeira: as berinjelas *alla parmigiana* que ele rejeitara no almoço já não estavam ali, porque Ingrid havia comido todas. Teve de contentar-se com um pedaço de pão e um queijinho, melhor isso do que nada. Tomou um banho e vestiu as mesmas roupas emprestadas a Ingrid, e que ainda exalavam sutilmente o cheiro dela.

Como era habitual, chegou ao comissariado uns dez minutos atrasado. Seus homens já estavam a postos, com uma viatura de serviço e o jipe emprestado pela Vinti cheio de pás, picaretas, enxadas e enxadões. Pareciam camponeses saindo para ganhar o dia, trabalhando a terra.

A montanha del Crasto, que de sua parte jamais sonhara ser montanha, era uma colina quase pelada que surgia a oeste de Vigàta e não distava do mar nem quinhentos metros. Havia sido meticulosamente perfurada por um túnel, agora fechado com pedaços de madeira, que devia ser parte integrante de uma estrada que partia do nada para levar a lugar algum, utilíssima para a obtenção de tangentes não geométricas.* De fato, chamava-se Tangencial. Contava uma lenda que, nas vísceras da montanha, escondia-se um *crasto*, um carneiro, todo de ouro maciço; os escavadores do túnel interrompido não o encontraram, mas os operários, sim. Colado à montanha, do lado que não dava para o mar, havia uma espécie de baluarte rochoso, chamado de Carneirinho: ali, as escavadeiras e os caminhões não haviam chegado, e o lugar conservava sua beleza selvagem. Foi justamente para o Carneirinho que os dois

---

* Jogo de palavras com o termo *tangente*, o qual, em italiano, além dos mesmos significados que tem em português, também quer dizer *suborno*, *comissão ilícita*. (N.T.)

veículos se dirigiram, depois de percorrer caminhos intransitáveis, para não dar na vista. Era difícil prosseguir sem uma trilha, uma estradinha, mas o comissário quis que os carros chegassem até a base do esporão de rocha. A seguir, mandou que todos descessem.

O ar estava fresco e a manhã, serena.

– Devemos fazer o quê? – perguntou Fazio.

– Examinem o Carneirinho todo. Atentamente. Contornem tudo. Procurem bem. Em algum ponto, deve aparecer a entrada de uma gruta. Talvez esteja escondida, disfarçada com pedras ou pedaços de pau. Olho vivo. Vocês têm que descobrir. Garanto que existe.

Os homens se espalharam.

Duas horas mais tarde, desanimados, encontraram-se junto aos veículos. O sol batia forte, todos estavam suados, mas o previdente Fazio tinha levado garrafas térmicas com chá e café.

– Vamos tentar de novo – disse Montalbano. – Mas não olhem só na rocha, examinem também o chão. Talvez vocês achem alguma coisa estranha.

Eles recomeçaram a procurar e, cerca de meia hora depois, Montalbano escutou a voz longínqua de Galluzzo.

– Comissário! Comissário! Venha cá!

O comissário foi ao encontro do agente, que, em sua busca, escolhera o lado do esporão mais próximo à rodovia provincial para Fela.

– Veja isto aqui.

Alguém havia tentado apagar os indícios, mas, em certo ponto, eram evidentes as marcas deixadas no terreno por um caminhão grande.

– Vão naquela direção – continuou Galluzzo, apontando para a rocha.

E, ao dizer isso, deteve-se, com a boca aberta.

– Cristo! – exclamou Montalbano.

Como não tinham percebido antes? Havia um enorme bloco de pedra situado numa posição estranha, e da parte de trás irrompiam touceiras de mato seco. Enquanto Galluzzo chamava os companheiros, o comissário correu para o bloco, agarrou um pé de capim alto e puxou-o com força. Quase caiu de costas. A planta não tinha raízes, havia sido enfiada ali, junto com tufos de sorgo, para disfarçar a entrada da gruta.

9

O bloco era um lajão, de forma aproximadamente retangular, que parecia fazer corpo único com a rocha que estava ao redor e se apoiava numa espécie de patamar também de rocha. Montalbano calculou, no olho, que devia medir uns dois metros de altura por um metro e meio de largura: deslocá-lo manualmente seria impensável. Mas certamente existiria outro modo. Do lado direito, a meia altura e a cerca de dez centímetros da borda, havia um orifício que parecia absolutamente natural.

"Se isto fosse uma porta mesmo, de madeira", raciocinou o comissário, "este buraco teria a altura certa para se instalar a maçaneta."

Tirou do bolso do paletó uma esferográfica e meteu-a no orifício. A caneta entrou inteira, mas, quando Montalbano ia guardá-la de volta no bolso, sentiu que sua mão estava suja. Examinou-a, cheirou-a.

– Isso é graxa – disse a Fazio, o único que estava junto dele.

Os outros agentes haviam-se acomodado à sombra. Gallo encontrara um pé de azedinha e a oferecia aos companheiros:

– Pode chupar o talo, é uma maravilha e alivia a sede.

Montalbano concluiu que só havia uma solução.

– Nós temos um cabo de aço?

– Temos o do jipe.

– Então traga o jipe até aqui, o mais perto que puder.

Enquanto Fazio se distanciava, o comissário, agora que estava certo de ter descoberto o jeito de deslocar o lajão, observou com outros olhos a paisagem ao redor. Se aquele era o lugar exato que Tano Grego lhe revelara na hora da morte, em alguma parte devia existir um posto de observação, para mantê-lo sob vigilância. A zona parecia deserta e solitária. Nada fazia imaginar que, contornado o costão, a poucas centenas de metros passava a Provincial, com todo o seu tráfego. Um pouco distante, sobre uma elevação de terreno pedregoso e seco, havia uma casa minúscula, um cubículo, feita de um só cômodo. Ele mandou trazerem o binóculo. A porta de madeira, fechada, parecia inteira; ao lado da porta, à altura de um homem, havia uma janelinha sem postigos, protegida por duas barras de ferro cruzadas. A casa parecia desabitada, mas era o único posto de observação possível naquelas paragens: as outras ficavam muito longe. Por via das dúvidas, Montalbano chamou Galluzzo.

– Dê uma olhada naquela casinha, ache um jeito de abrir a porta, mas cuidado para não arrombar, ela pode nos ser útil. Veja se lá dentro há sinal de vida recente, se alguém se arranchou ali por estes dias. Mas deixe tudo como está, como se você não tivesse ido lá.

Enquanto isso, o jipe havia chegado quase ao nível do patamar do lajão. O comissário pediu que lhe dessem a ponta do cabo de aço, facilmente a introduziu no orifício e começou a empurrar. Não teve muito trabalho: o cabo corria pelo lado de dentro sem impedimento, como se seguisse por um trilho muito bem coberto de graxa. E de fato, minutos depois, a ponta apareceu por trás do lajão, como uma cabeça de cobra.

– Pegue esta ponta – disse Montalbano a Fazio –, prenda no jipe, ligue o motor e puxe, mas bem devagarinho.

O veículo começou a mover-se lentamente e, com ele, o lajão, do lado direito, foi-se afastando da parede, como se girasse sobre gonzos invisíveis.

– Abre-te Sésamo – murmurou estupefato Germanà, lembrando-se da antiga história de Ali Babá e os quarenta ladrões.

– Chefe, posso garantir que aquele lajão foi transformado em porta por um especialista. Imagine que as dobradiças de ferro eram inteiramente invisíveis do lado de fora. Fechar aquela porta foi tão fácil quanto abrir. Entramos com lanternas. Por dentro, a caverna está arrumada com muito cuidado e inteligência. O chão foi revestido com umas dez *farlacche* pregadas umas às outras e instaladas sobre a terra nua.

– O que são essas *farlacche*? – quis saber o chefe de polícia.

– Não me ocorre a palavra italiana. Digamos que são tábuas muito grossas. Esse pavimento foi feito para evitar que as embalagens das armas ficassem por muito tempo em contato direto com a umidade do terreno. As paredes são cobertas por tábuas mais leves. Em suma, o lado de dentro da gruta é como um enorme caixote sem tampa. Serviço bem feito, que levou algum tempo.

– E as armas?

– Um verdadeiro arsenal. Umas trinta, entre metralhadoras e pistolas automáticas, umas cem pistolas e revólveres, duas bazucas, munição aos milhares, caixas de explosivos de todos os tipos, do TNT ao Semtex. E ainda uma grande quantidade de uniformes do exército, da polícia, coletes à prova de bala e vários outros objetos. Tudo na mais perfeita ordem, cada coisa embrulhada em celofane.

– Demos um belo golpe neles, hein?

– É verdade. Tano se vingou bem, o suficiente para não passar por traidor nem por *pentito*.* Comunico ao senhor que não apreendi as armas, deixei tudo na gruta. Organizei com os meus homens dois turnos de guarda por dia. Eles ficam numa casinhola desabitada, a poucas centenas de metros do depósito.

– O senhor supõe que vai aparecer alguém para se reabastecer?

– Assim espero.

– Muito bem, estou de acordo. Vamos esperar uma semana, mantendo tudo sob controle. Depois disso, se não acontecer nada, fazemos a apreensão. Ah, escute, Montalbano. Lembra-se do meu convite para jantar depois de amanhã?

– Como poderia esquecer?

– Lamento, mas vamos ter que adiar um pouco. Minha mulher está gripada.

Não foi preciso esperar uma semana. No terceiro dia após a descoberta das armas, e terminado o seu plantão, que ia da meia-noite ao meio-dia, Catarella, morto de sono, apresentou-se ao comissário para o relatório. Montalbano mandara que todos fizessem isso, assim que os respectivos turnos acabassem.

– Alguma novidade?

– Ninhuma, dotor. Tudo calma e tranquilidade.

– Ótimo, aliás, péssimo. Vá dormir.

– Ah, só agora eu me lembrei, teve uma coisa, mas uma coisinha de nada, eu só conto ela ao senhor, assim, por um cuidado, mais do que por obrigação, uma coisa passageira.

---

* Arrependido. Membros da máfia que se entregaram à polícia e, em troca de anistia e proteção, revelaram os segredos da organização. (N.T.)

– O que foi essa coisinha de nada?
– Foi que passou um turista.
– Explique-se melhor, Catarè.
– No relógio, podia ser assim umas 21h.
– Se era de manhã, eram nove horas, Catarè.
– O senhor é que sabe. Foi aí que nessa hora eu escutei o ronco duma moto, daquelas poderosas. Peguei o binoclo que eu tava a tiracolo, me encostei atrás da janela e confirmei. Era uma motocicreta vermelha.
– A cor não tem importância. E aí?
– Aí apeou da mesma um turista de sexo masculino.
– Por que você achou que o cara era turista?
– Porque ele tava com uma máquina fotográfica pendurada no pescoço, grande, grande que parecia um canhão.
– Talvez uma teleobjetiva.
– Isso daí. E começou a fotografar.
– Fotografar o quê?
– Tudo, meu dotor, ele fotografou tudo. A paisage, o Carneirinho, incrusive até o lugar que eu tava lá dentro.
– Ele chegou perto do Carneirinho?
– Não senhor, de jeito ninhum. Na hora de montar de novo na motocicreta e ir embora, ele me fez sinal com a mão.
– Ele viu você?
– Não, eu fiquei o tempo todo dentro. Mas foi como eu lhe disse. Ele ligou a moto, se virou pra casinha e deu *ciao*.

– Chefe? Tenho uma novidade não muito boa. Acho que de algum modo souberam da nossa descoberta e mandaram alguém em missão de reconhecimento, para confirmar.
– Como o senhor soube?
– Hoje de manhã, o agente que estava de guarda na casinha viu um indivíduo, que chegou de motocicleta,

fotografando a zona com uma poderosa teleobjetiva. Certamente, nos arredores do lajão que escondia a entrada, eles tinham arrumado alguma coisa em especial, sei lá, um galho orientado de certo jeito, uma pedra colocada a certa distância... Era inevitável que nós não conseguíssemos repor tudo no lugar como estava antes.

– Queira desculpar, mas o senhor tinha dado instruções específicas ao agente de plantão?

– Sem dúvida. Pela ordem, ele deveria ter detido e identificado o motociclista, confiscado a máquina fotográfica, levado o próprio motociclista ao comissariado...

– E por que não fez isso?

– Por uma razão muito simples: era o agente Catarella, que eu e o senhor conhecemos bem.

– Ah – foi o sóbrio comentário do chefe de polícia.

– E agora, fazemos o quê?

– Vamos logo apreender as armas, hoje mesmo. Recebi ordens de Palermo no sentido de dar o máximo destaque ao assunto.

Montalbano sentiu-se transpirar abundantemente.

– Outra coletiva?!

– Temo que sim. Lamento.

Na hora de sair com dois carros e uma caminhonete em direção ao Carneirinho, Montalbano percebeu que Galluzzo o espiava com olhos caídos, de cachorro pidão. Chamou-o à parte.

– Que foi que houve?

– O senhor me dá a primazia de avisar o meu cunhado jornalista?

– Não – respondeu Montalbano, de cara. Mas imediatamente repensou a decisão. Viera-lhe uma ideia que ele achou ótima: – Escuta, só para lhe dar uma alegria, pode chamar, telefone para ele.

A ideia era a de que, se o cunhado de Galluzzo estivesse presente e desse ampla publicidade à descoberta, talvez a coletiva não fosse necessária.

Ao cunhado de Galluzzo e ao cinegrafista da Televigàta, Montalbano não só deu inteira liberdade como ajudou-os a fazer as tomadas, improvisando-se como diretor, mandando montar uma bazuca que Fazio empunhou em posição de tiro, iluminando bem a caverna para que eles pudessem fotografar ou filmar cada pente de balas, cada cartucho.

Depois de duas horas de trabalho pesado, tinham esvaziado a caverna. O repórter e o cinegrafista correram para Montelusa a fim de editar a matéria, e Montalbano ligou do celular para o chefe.

– Serviço feito.

– Ótimo. Mande tudo para cá, para Montelusa. Ah, escute. Deixe um homem de plantão. Daqui a pouco, Jacomuzzi chega aí com a equipe da Perícia. Meus parabéns.

Coube a Jacomuzzi sepultar definitivamente a ideia da entrevista coletiva. Claro que de modo totalmente involuntário, porque nas coletivas, nas entrevistas, Jacomuzzi deitava e rolava. De fato, o chefe da Perícia, antes de se dirigir à gruta para levantar indícios, apressara-se em convocar uns vinte repórteres, tanto dos jornais quanto da televisão. Se a matéria do cunhado de Galluzzo repercutiu nos telejornais regionais, o estardalhaço e o barulho provocados pelas reportagens dedicadas a Jacomuzzi e aos seus homens tiveram ressonância nacional. Como previra Montalbano, o chefe resolveu não fazer mais a coletiva, pois todos já sabiam de tudo, e limitou-se a um comunicado pormenorizado.

De cuecas, com uma garrafa grande de cerveja na mão, Montalbano curtiu na tevê de sua casa a cara de Jacomuzzi, sempre em close, a explicar como seus homens haviam desmontado, peça por peça, a construção de madeira no interior da caverna, em busca do mínimo indício, do esboço de uma impressão digital, da marca de uma pegada. Quando a gruta ficou nua, devolvida ao seu aspecto original, o cinegrafista da Retelibera fez uma longa e detalhada panorâmica do interior. E, justamente no decorrer dessa panorâmica, o comissário viu alguma coisa destoante, apenas uma impressão, mais nada. Mas era melhor conferir. Telefonou à Retelibera e mandou chamar Nicolò Zito, o jornalista comunista que era seu amigo.

– Não tem problema, eu mando gravar uma cópia em fita para você.

– Mas eu não tenho aquele troço, o aparelho, cacete, como é mesmo o nome?

– Então venha ver aqui.

– Amanhã de manhã, por volta das onze horas, tudo bem para você?

– Tudo bem. Eu não vou estar, mas encarrego alguém de cuidar disso.

Às nove da manhã do dia seguinte, Montalbano dirigiu-se a Montelusa, à sede do partido em que o *cavaliere* Misuraca militara. A tabuleta ao lado do portão avisava que era preciso ir até o quinto andar. Mas, traiçoeiramente, não especificava que a única maneira de subir era pela escada, visto que o prédio não tinha elevador. Depois de enfrentar uns dez lances, Montalbano, já quase sem fôlego, bateu várias vezes a uma porta que se manteve teimosamente fechada. Ele desceu de volta a escada e saiu pelo portão. Bem ao lado havia uma vendinha de frutas e verduras, na qual um ancião atendia a um freguês. O comissário aguardou que ele ficasse sozinho.

– O senhor conhecia o *cavaliere* Misuraca?

– Dá pra me explicar que diabos o senhor tem a ver com quem eu conheço ou não conheço?

– Eu tenho diabos a ver, sim. Sou da polícia.

– Certo. E eu sou Lenin.

– Está querendo me gozar?

– De jeito nenhum. Eu de fato me chamo Lenin. Esse nome quem me deu foi meu pai e eu tenho muito orgulho dele. Ou será que o senhor é da mesma laia desses do portão aí ao lado?

– Não. Só estou aqui a serviço. Repetindo: o senhor conhecia o *cavaliere* Misuraca?

– Claro que conhecia. Ele passava a vida entrando e saindo por esse portão aí e me enchendo o saco com aquele Cinquecento desconjuntado.

– Qual era o problema com o carro?

– O problema? Ele sempre estacionava aqui na frente da loja, inclusive no dia em que depois se estrepou embaixo do caminhão.

– Ele tinha estacionado aqui?

– Mas será que eu estou falando turco? Justamente aqui. Eu pedi para tirar, mas ele ficou furioso, começou a xingar, disse que não tinha tempo para perder comigo. Aí eu fiquei mais furioso ainda e respondi de mau jeito. Em resumo, para encurtar a história, quase nos atracamos. Por sorte passou um garoto, disse ao finado *cavaliere* que podia manobrar o Cinquecento para mais longe e pegou a chave.

– O senhor sabe onde o garoto foi estacionar?

– Não.

– Poderia reconhecer esse garoto? Já o havia visto alguma vez?

— De vez em quando ele entrava por esse portão aí, eu via. Deve ser um da mesma turma.

— O secretário político se chama Biraghìn, não é isso?

— Acho que sim. Ele trabalha no Instituto de Casas Populares. Veio das bandas de Veneza, a esta hora está no seu escritório. Aqui eles só abrem por volta das dezoito horas, agora é muito cedo.

— Doutor Biraghìn? Aqui é o comissário Montalbano, de Vigàta. Desculpe incomodá-lo em seu escritório.

— Imagine, que nada, pode falar.

— Preciso do auxílio de sua memória. A última reunião do partido da qual o pobre *cavaliere* Misuraca participou, que tipo de reunião era?

— Não entendi a pergunta.

— Desculpe, não se exalte, é só uma investigação de rotina, para esclarecer as circunstâncias da morte do *cavaliere*.

— Por quê? Alguma coisa não está clara?

Um verdadeiro pé no saco, esse doutor Ferdinando Biraghìn.

— Tudo evidente, pode acreditar.

— E então?

— Preciso encerrar o processo, compreende? Não posso deixar uma peça em aberto.

Ao ouvir os termos processo e peça, Biraghìn, burocrata do Instituto de Casas Populares, mudou repentinamente de atitude.

— Ah, são coisas que compreendo muitíssimo bem. Era uma reunião do diretório, o *cavaliere* não tinha os requisitos necessários para participar, mas nós fizemos uma exceção.

— Uma reunião restrita, então?

— Umas dez pessoas.

— Alguém veio procurar o *cavaliere*?

— Ninguém, tínhamos fechado a porta a chave. Eu me lembraria. Mas ele recebeu um telefonema, isto sim.

— Queira desculpar, o senhor por certo ignora o teor do telefonema, não?

— Não só não ignoro o teor,* mas também conheço o barítono, o baixo e a soprano!

E riu. Como era espirituoso esse Ferdinando Biraghìn!

— O senhor sabe como o *cavaliere* falava, como se todo mundo fosse surdo. Era difícil não o escutar quando ele falava. Imagine que, certa vez...

— Desculpe, doutor, estou com pouco tempo. O senhor conseguiu entender o...

Interrompeu-se, descartou a palavra "teor" para não incorrer no trágico humor de Biraghìn.

— ...a essência do telefonema?

— Claro. Era alguém que havia feito ao *cavaliere* o favor de estacionar o carro dele. E o *cavaliere*, a título de agradecimento, reclamou porque a pessoa havia estacionado muito longe.

— O senhor percebeu quem estava telefonando?

— Não. Por que eu deveria?

— Para eu contar à titia — rimou Montalbano. E desligou.

Quer dizer então que o garoto, depois de preparar o servicinho mortal no esconderijo de alguma garagem cúmplice, ainda teve o desplante de obrigar o *cavaliere* a dar um passeio.

A uma atenciosa funcionária da Retelibera, Montalbano explicou que era absolutamente incapaz diante de tudo o que fosse eletrônico. Conseguia ligar a tevê, isto sim, sintonizar

---

* Em italiano, *teor* e *tenor* se escrevem igualmente: *tenore*. (N.T.)

os programas e desligar o aparelho: no mais, nada feito. Com graça e paciência, a jovem pôs a fita para rodar, rebobinou-a e deu pausa nas imagens a cada vez que Montalbano pediu. Quando saiu da Retelibera, o comissário estava convencido de ter visto exatamente o que o interessava, mas o que o interessava não parecia fazer sentido.

10

Diante da *osteria* San Calogero, Montalbano ficou indeciso. Era hora de comer, certo, e ele sentia fome; por outro lado, a ideia que lhe viera ao assistir à fita, e que precisava ser verificada, impelia-o a prosseguir em direção ao Carneirinho. O cheiro de tainhas fritas que vinha da *osteria* venceu o duelo. O comissário comeu um antepasto especial de frutos do mar e depois mandou trazer duas percas tão frescas que pareciam estar ainda nadando lampeiras dentro d'água.

– Vosmecê está comendo sem prestar atenção.

– É verdade, é que estou martelando aqui uma ideia.

– As ideias convém esquecer diante da graça que o Senhor está lhe concedendo com estas percas – retrucou solenemente Calogero, afastando-se.

Montalbano passou pelo comissariado para ver se havia novidades.

– O dr. Jacomuzzi telefonou várias vezes – comunicou Germanà.

– Se telefonar de novo, diga que mais tarde ligo para ele. Temos aí uma boa lanterna?

Quando, vindo da Rodovia Provincial, chegou às vizinhanças do Carneirinho, Montalbano estacionou o carro e decidiu continuar a pé. O dia estava bonito, só com um sopro de vento que refrescava e melhorava seu humor. O terreno próximo ao costão se mostrava agora marcado pelos pneus dos curiosos que haviam passado por ali. O lajão que servira de porta tinha sido deixado a poucos metros de distância, e a entrada da caverna estava descoberta. Na hora em que ia entrando, ele se deteve e apurou o ouvido. Do interior vinha um murmúrio baixinho, volta e meia interrompido por gemidos sufocados. Assustou-se: estariam torturando alguém ali? Não dava tempo de correr até o carro e pegar a pistola. Montalbano saltou para dentro, empunhando ao mesmo tempo a potente lanterna.

– Mãos ao alto! Polícia!

Os dois que se encontravam na gruta se imobilizaram, gelados, mas quem gelou ainda mais foi o próprio Montalbano. Eram um rapaz e uma moça muito jovens, nus, que estavam fazendo amor: ela com as mãos apoiadas à parede, braços estendidos, e ele grudado a ela, por trás. À luz da lanterna pareciam estátuas, ambos belíssimos. O comissário sentiu-se enrubescer de vergonha e, enquanto se retirava, depois de desligar a lanterna, murmurou, muito sem graça:

– Desculpem... foi engano... fiquem à vontade.

O casal saiu em menos de um minuto: leva-se pouco tempo para vestir jeans e camiseta. Montalbano sentia-se sinceramente aborrecido por tê-los interrompido. Aqueles jovens estavam a seu modo reconsagrando a caverna, agora que ela não era mais um depósito de morte. O rapaz passou à frente dele de cabeça baixa, com as mãos nos bolsos, mas a moça, ao contrário, encarou-o por um segundo, com um sorriso leve, um brilho divertido no olhar.

Bastou ao comissário um simples reconhecimento superficial para confirmar que aquilo que ele percebera na fita gravada correspondia ao que estava vendo na realidade: enquanto as paredes laterais eram relativamente lisas e compactas, a parte mais baixa da parede do fundo, ou seja, aquela oposta à entrada, mostrava asperezas, saliências, reentrâncias. À primeira vista, podia parecer mal rebocada; porém não se tratava de reboco, mas de pedras colocadas ora umas sobre outras, ora umas ao lado de outras: depois, o tempo se encarregara de soldá-las, cimentá-las, disfarçá-las com poeira, húmus, fiozinhos d'água, salitre, até transformar a mureta rústica numa parede quase natural. Montalbano continuou a examinar bem, a explorar centímetro por centímetro, e por fim não teve mais dúvidas: no fundo da caverna, devia existir uma abertura de aproximadamente um metro por um metro, que certamente fora camuflada há anos.

– Jacomuzzi? Montalbano. Preciso de qualquer maneira que você...

– Eu posso saber aonde você foi coçar o saco? Passei a manhã inteira em seu encalço!

– Bom, agora estou aqui.

– Achei um pedaço de papelão, daqueles de embalagem, ou melhor, de caixa grande para expedição.

– Confidência por confidência, vou lhe contar uma coisa: uma vez eu achei um botão vermelho.

– Deixa de ser babaca! Não falo mais.

– Ora, não se ofenda, fofinho bonitinho do papai.

– Esse pedaço de papelão tem umas letras impressas. Estava embaixo do pavimento que havia na gruta, deve ter se enfiado em algum interstício entre as tábuas.

– Como é mesmo essa palavra que você disse?

– Pavimento?

— Não, a outra, depois.

— Interstício?

— Essa aí. Meu Deus, como você é instruído, como se expressa bem! E não achou mais nada embaixo dessa coisa que você disse?

— Achei. Pregos enferrujados, por acaso justamente um botão, mas preto, um toco de lápis e uns pedaços de papel, só que estes já transformados em mingau pela umidade. O pedaço de papelão ainda está em boas condições, porque evidentemente deve ter caído ali há poucos dias.

— Manda para mim. Escuta, você tem uma ecossonda e alguém que saiba trabalhar com ela?

— Tenho, foi usada em Misilmesi, uma semana atrás, para procurar três mortos que depois encontramos.

— Pode me mandar aqui para Vigàta, por volta das dezessete horas?

— Você enlouqueceu? Já são 16h30! Digamos daqui a duas horas. Vou eu mesmo e levo também o papelão. Mas para que você quer a ecossonda?

— Para sondar o seu rabo.

— O diretor Burgio taí. Quer saber se o senhor pode receber ele, precisa lhe dizer uma coisa, questão de cinco minutos.

— Mande entrar.

O diretor Burgio estava aposentado havia uns dez anos, mas continuava a ser chamado assim por todo mundo no lugar, porque durante mais de trinta anos dirigira a escola de comércio de Vigàta. Ele e Montalbano se conhecem bem. O diretor era homem de cultura ampla e atual, interessava-se agudamente pela vida, apesar da idade: algumas vezes, o comissário compartilhara com ele seus passeios espairecedores ao longo do quebra-mar. Montalbano o recebeu efusivamente:

— Mas que prazer! Sente-se.
— Já que eu ia passando por aqui, pensei em perguntar pelo senhor. Se não o encontrasse, telefonaria.
— Diga.
— Queria informá-lo de algumas coisas sobre a gruta onde os senhores acharam as armas. Não sei se são interessantes, mas...
— Está brincando? Me conte tudo o que sabe.
— Pois é, mas antes quero avisar que estou falando com base no que ouvi nas televisões locais e li nos jornais. As coisas podem não ser realmente do jeito como foram apresentadas. De qualquer modo, alguém disse que o lajão que fechava a entrada tinha sido adaptado como porta pelos mafiosos ou por quem traficava armas. Não é verdade. Aquela, digamos, adaptação foi feita pelo avô de um querido amigo meu, Lillo Rizzitano.
— Em que época, o senhor sabe?
— Claro que sei. Em torno de 1941, quando azeite, farinha e trigo começaram a escassear por culpa da guerra. Naquele tempo, todas as terras ao redor do Crasto e do Carneirinho pertenciam a Giacomo Rizzitano, o avô de Lillo, que ganhara dinheiro na América por meios ilícitos, ou pelo menos era o que diziam na região. Giacomo Rizzitano teve a ideia de fechar a gruta com aquela pedra adaptada como porta. Dentro da gruta, ele mantinha tudo quanto é coisa que Deus dá, e fazia mercado negro ajudado pelo filho Pedro, o pai de Lillo. Eram homens de poucos escrúpulos, implicados em outros assuntos dos quais as pessoas preferiam não falar, talvez até assuntos de sangue. Lillo, não, este nasceu diferente. Era uma espécie de literato, escrevia belos poemas, lia muito. Foi ele quem me revelou *Paesi tuoi*, de Pavese, *Conversazione in Sicilia*, de Vittorini... Eu ia encontrá-lo, geralmente quando

seus parentes não estavam, numa pequena casa de campo bem ao pé da montanha do Crasto, do lado que dá para o mar.

– A casa foi demolida para a construção do túnel?

– Foi. Ou melhor, as escavações para o túnel fizeram desaparecer os escombros e os alicerces, porque a casa já fora literalmente pulverizada pelos bombardeios que precederam o desembarque aliado em 1943.

– O senhor teria como localizar esse seu amigo Lillo?

– Não sei sequer se ele está vivo ou morto, nem por onde andou. Falo assim porque convém lembrar que Lillo era, ou é, quatro anos mais velho do que eu.

– Me diga uma coisa, senhor diretor, já esteve naquela gruta?

– Não. Uma vez eu pedi a Lillo. Mas ele não deixou, havia recebido ordens taxativas do avô e do pai. Ele tinha realmente medo desses dois, e o fato de me contar o segredo da gruta já era muito.

O agente Balassone, apesar do sobrenome piemontês, falava milanês e exibia uma cara exaurida, uma cara de finados.

"*L'è el dì di mort, alegher!*",* havia pensado Montalbano: ao vê-lo, viera-lhe à lembrança o título de um poemeto de Delio Tessa.

Depois de meia hora de diligências no fundo da gruta com seu aparelho, Balassone livrou-se do auscultador e encarou o comissário com uma expressão, se possível, ainda mais desconsolada.

"Me enganei", pensou Montalbano, "e agora vou fazer figura de palhaço perante Jacomuzzi."

---

* "É o dia dos mortos, oh alegres!", título de um poema e de uma coletânea do milanês Delio Tessa (1886-1939), que escrevia no dialeto de sua terra. Adiante, *De là del mur* ("do outro lado do muro") e *On sit voeuij* ("um lugar vazio"), também em dialeto milanês, relacionam-se ao mesmo autor. (N.T.)

Jacomuzzi, aliás, depois de dez minutos dentro da caverna, revelou sofrer de claustrofobia e havia saído.

"Talvez porque agora não temos cinegrafistas aqui para filmá-lo", pensara maldosamente Montalbano.

– E então? – decidiu-se a inquirir o comissário, para confirmar o fracasso.

– *De là del mur*, há – declarou enigmaticamente Balassone, o qual, além de melancólico, era também muito lacônico.

– Por cortesia, se não for muito difícil, você poderia dizer o que há do lado de lá? – perguntou Montalbano, imbuindo-se de uma perigosa gentileza.

– *On sit voeuij*.

– Poderia fazer o favor de falar em italiano?

No tom e na atitude, o comissário aparentava ser um fidalgo da corte do século XVIII. Mas Balassone ignorava que dali a um instante, se continuasse naquele ritmo, ganharia um sopapo de lhe destroncar o nariz. Para sua própria sorte, obedeceu.

– Há um vazio – disse –, e tão grande quanto esta caverna aqui.

O comissário reconfortou-se, afinal tinha pensado certo. Nesse momento entrou Jacomuzzi.

– Não achou nada?

Com o seu superior, Balassone tornou-se loquaz. Montalbano olhou-o de esguelha.

– Sim, senhor. Junto a esta gruta deve existir uma outra. É como uma coisa que eu vi na televisão. Havia uma casa de esquimó, como é o nome, ah, sim, iglu, e bem do lado havia outra. Os dois iglus se comunicavam por meio de uma espécie de entroncamento, um corredorzinho pequeno e baixo. Aqui, a situação é a mesma.

– A julgar pela aparência – disse Jacomuzzi –, o corredorzinho entre as duas grutas deve ter sido bloqueado muitos anos atrás.

— Sim, senhor — concordou Balassone, cada vez mais sorumbático. — Se por acaso tiverem escondido armas na outra gruta, elas devem datar da época da Segunda Guerra Mundial, no mínimo.

A primeira coisa que Montalbano notou no pedaço de papelão, devidamente acondicionado pela Perícia num saquinho de plástico transparente, era que ele tinha a forma da Sicília. Na parte central havia letras impressas em preto: "ATO-CAT".
— Fazio!
— Às ordens!
— Pegue de novo na Vinti o jipe, e também pás, picaretas e enxadões. Amanhã vamos voltar ao Carneirinho. Eu, você, Germanà e Galluzzo.
"Agora ele pegou essa mania!", resmungou Fazio, entre dentes.

Montalbano sentia-se cansado. Na geladeira encontrou ensopadinho de lulas e uma fatia de *caciocavallo* bem curtido. Instalou-se na varanda. Quando acabou de comer, foi dar uma olhada no freezer. Havia aquela *granita** de limão que a cozinheira preparava segundo a receita um-dois-quatro: um copo de suco de limão, dois de açúcar, quatro de água. Estava de lamber os beiços. Depois, o comissário resolveu deitar-se na cama para concluir a leitura do romance de Montalbán. Não chegou a ler um só capítulo: por mais interessado que estivesse, o sono levou a melhor. Menos de duas horas depois, ele acordou de repente e consultou o relógio: não eram nem onze da noite. Ao repor o relógio na mesa de cabeceira, seu olhar caiu no pedaço de papelão que ele havia trazido para casa. Pegou-o e foi para o banheiro. Sentado no vaso, sob a fria luz

---

* Refresco com bastante gelo picado. (N.T.)

fluorescente, continuou a examiná-lo. E, de estalo, uma ideia se acendeu. Ao comissário pareceu que a luz do banheiro ia aumentando progressivamente de intensidade, até explodir no lampejo de um flash. Ele deu uma risada.

"Mas será possível que as ideias só me venham quando estou na privada?"

Examinou e reexaminou o pedaço de papelão.

"Amanhã de manhã penso nisso, de cabeça fria."

Mas não foi assim. Depois de quinze minutos a virar-se e revirar-se na cama, levantou e foi procurar na caderneta o número do telefone do capitão Aliotta, da polícia fiscal de Montelusa, que era seu amigo.

– Desculpe a hora, mas eu realmente preciso de uma informação urgente. Vocês alguma vez revistaram o supermercado de um tal Ingrassia, de Vigàta?

– Esse nome não me diz nada. E, se eu não me lembro, isso significa que talvez tenhamos revistado, mas sem descobrir nada de irregular.

– Obrigado.

– Um momento. Quem cuida dessas operações é o suboficial Laganà. Se você quiser, mando que ele telefone para a sua casa. Você está em casa, não?

– Estou.

– Me dê uns dez minutos.

Foi só o tempo de Montalbano ir à cozinha, beber um copo de água gelada, e o telefone tocou.

– Aqui é Laganà, o capitão me falou. Sim, a última fiscalização naquele supermercado foi há dois meses. Tudo regular.

– Foi por iniciativa de vocês?

– Procedimento normal, de rotina. Estava tudo certo. Posso garantir que é raro topar com um comerciante que tenha os documentos tão em ordem. Se a gente quisesse achacá-lo, não teria um pretexto.

— Examinaram tudo? Livros contábeis, faturas, recibos?

— Desculpe, comissário, mas como acha o senhor que funciona a fiscalização? — perguntou o suboficial, esfriando um pouquinho o tom de voz.

— Pelo amor de Deus, não quero pôr em dúvida... O objetivo da minha pergunta era outro. Eu não conheço certos mecanismos, e por isso estou pedindo sua ajuda. Esses supermercados se reabastecem como?

— Nos atacadistas. Cinco, dez, conforme as necessidades de cada um.

— Ah. E o senhor saberia me dizer quem são os fornecedores do supermercado de Ingrassia?

— Acho que sim. Devo ter alguma anotação em algum lugar.

— Fico realmente agradecido. Amanhã de manhã eu lhe telefono para o quartel.

— Mas eu estou no quartel! Não desligue.

Montalbano ouviu-o assoviar baixinho.

— Alô, comissário? Achei. Os atacadistas que abastecem Ingrassia são três de Milão, um de Bérgamo, um de Taranto e um de Catânia. Quer anotar? Em Milão...

— Desculpe interromper. Comece por Catânia.

— A razão social da firma de lá é Pan, como *pane* sem o *e* final. O proprietário é Salvatore Nicosia, residente...

Não encaixava.

— Obrigado, isso basta — fez Montalbano, decepcionado.

— Espere, eu pulei um. Ainda em Catânia, o supermercado se reabastece, apenas em eletrodomésticos, numa outra empresa, a Brancato.

"ato-cat": era o que estava escrito no papelão. Empresa Brancato-Catânia: encaixava, ora se não encaixava! O urro de alegria de Montalbano reverberou na caixa craniana do suboficial, deixando-o assustado.

– Doutor? Doutor? Meu Deus, o que foi que aconteceu? Está passando mal, doutor?

11

Fresquinho e sorridente, de paletó e gravata, envolto numa nuvem de água-de-colônia, às sete da manhã Montalbano apresentou-se na casa do senhor Francesco Lacommare, gerente do supermercado de Ingrassia, que o recebeu, com verdadeiro assombro, de cuecas e segurando um copo de leite.

– O que foi? – assustou-se o gerente, reconhecendo-o e empalidecendo.

– Duas perguntinhas fáceis, fáceis, e deixo o senhor em paz. Mas vou lhe dar um aviso bastante sério: este encontro deve ficar entre nós dois. Não fale disso com ninguém, nem mesmo com o seu patrão, porque, se falar, eu meto o senhor na cadeia com uma desculpa qualquer. Quanto a isso, pode botar a mão no fogo.

Enquanto Lacommare se debatia na tentativa de recuperar o fôlego, que começara a lhe faltar, de dentro do apartamento retiniu uma voz feminina esganiçada e antipática.

– Ciccino, mas quem é, a uma hora dessas?

– Nada, nada não, Carmelina, vá dormir – tranquilizou--a Lacommare, encostando a porta atrás de si.

– Comissário, o senhor se importa se nós conversarmos aqui no patamar? O último andar está vazio, justamente em cima deste, não há perigo de alguém nos incomodar.
– Em Catânia, com quem vocês se reabastecem?
– Com a Pan e a Brancato.
– Há uma periodicidade estabelecida para o fornecimento das mercadorias?
– Semanal no caso da Pan, mensal no da Brancato. Foi o que combinamos com os outros supermercados que também se abastecem com esses mesmos atacadistas.
– Perfeito. Então, se bem entendi, a Brancato carrega um caminhão de mercadorias e este faz o circuito dos supermercados. Ora, nesse circuito, vocês entram em que altura? Explicando melhor...
– Já entendi, comissário. O caminhão sai de Catânia, abastece a província de Caltanissetta, depois a de Trapani e, a seguir, a de Montelusa. Nós, de Vigàta, somos os últimos a receber o caminhão, que depois volta vazio para Catânia.
– Última pergunta. A mercadoria que os ladrões roubaram e depois abandonaram para ser achada...
– O senhor é muito inteligente, comissário.
– O senhor também, se consegue me dar respostas antes das perguntas.
– O fato é que eu tenho perdido o sono justamente por causa desse assunto. Ou seja, a mercadoria da Brancato veio antes da hora. Nós esperávamos que ela chegasse na manhã seguinte, mas eles a entregaram naquela noite, quando íamos fechar. O motorista disse que em Trapani tinha encontrado um dos supermercados fechado, por motivo de luto, e que por isso ele havia feito o serviço em menos tempo e chegado aqui mais cedo. Então o sr. Ingrassia, para liberar o caminhão, conferiu a lista e contou os fardos. Mas não mandou abrir nenhum,

disse que já era muito tarde, ele não queria pagar hora extra, podíamos fazer isso no dia seguinte. Algumas horas depois, aconteceu o furto. Aí é que eu me pergunto: quem avisou aos ladrões que a mercadoria tinha chegado antes da hora?

Lacommare se mostrava empolgado com seu próprio raciocínio. Montalbano decidiu então representar o papel do contraditor: não convinha que o gerente se aproximasse muito da verdade, isso podia complicar as coisas. Além do mais, Lacommare ignorava claramente os tráficos de Ingrassia.

– Não é certo que as duas coisas se relacionem. Pode ser que os ladrões tenham simplesmente ido roubar o que já estava na loja, mas, ao chegarem, encontraram também a mercadoria recém-entregue.

– Sim, mas por que largar tudo depois?

Esta era a dificuldade. Montalbano hesitou em dar uma resposta que satisfizesse a curiosidade de Lacommare.

– Afinal dá para dizer que merda é essa? – interrompeu a voz feminina, desta vez furiosíssima.

Devia ser uma mulher de ouvido apurado, essa senhora Lacommare. Montalbano aproveitou para ir saindo. Já sabia o que queria.

– Meus cumprimentos à sua gentil esposa – disse, começando a descer a escada.

Mal chegou ao portão, voltou atrás como uma bola ricocheteada e tocou de novo a campainha.

– O senhor, de novo?

Lacommare havia bebido o leite, mas continuava de cuecas.

– Esqueci uma coisa, desculpe. Tem certeza de que o caminhão saiu do supermercado completamente vazio, depois de descarregar?

– Eh, eu não disse isso. Ainda havia nele uns quinze fardos grandes. O motorista explicou que eram do tal supermercado de Trapani que eles tinham encontrado fechado.

– Mas que aporrinhação é essa assim de manhã cedo? – uivou lá de dentro a senhora Carmelina, de modo que Montalbano foi embora sem sequer se despedir.

– Acho que compreendi, com alguma certeza, qual era o trajeto que as armas percorriam para chegarem à gruta. Raciocine comigo, chefe. De algum jeito que ainda precisamos descobrir, as armas, vindas de alguma parte do mundo, chegam à empresa Brancato, de Catânia, a qual as armazena em grandes fardos com o nome da firma impresso em cima, como se eles contivessem eletrodomésticos normais destinados aos supermercados. Quando chega a ordem de entrega, o pessoal da Brancato carrega o caminhão botando os fardos de armas junto com os outros. Por precaução, em algum trecho da estrada entre Catânia e Caltanissetta, eles substituem o caminhão da empresa por um outro, roubado para este fim: se alguém descobrir as armas, a Brancato pode garantir que não tem nada com isso, que nada sabe desse tráfico, que o caminhão não lhe pertence e que, pelo contrário, ela mesma foi vítima de furto. O caminhão roubado inicia seu circuito, deixa os fardos, como direi, limpos, nos vários supermercados a reabastecer, e segue então para Vigàta. Tarde da noite, porém, antes de chegar, para no Carneirinho e descarrega as armas na gruta. De manhã cedo – assim me disse o gerente Lacommare –, eles entregam os últimos fardos no supermercado de Ingrassia e vão embora. No trajeto de volta a Catânia, o caminhão roubado é substituído pelo que realmente pertence à firma, e este retorna à sede como se tivesse feito a viagem. Possivelmente, a cada vez eles tratam de alterar o hodômetro. E fazem esta brincadeirinha há pelo menos três anos, porque Jacomuzzi disse que a preparação da gruta foi feita uns três anos atrás.

– Isso que o senhor está me explicando sobre o procedimento habitual deles tem uma lógica que é uma beleza – disse o chefe. – Mas eu continuo a não entender a encenação do falso furto.

– Eles agiram por necessidade. O senhor se lembra do confronto a tiros entre uma patrulha de *carabinieri* e três bandidos, nos campos de Santa Lucia? Um *carabiniere* ficou ferido.

– Lembro-me, sim, mas o que tem a ver com isso?

– As rádios locais deram essa notícia por volta das 23h, justamente enquanto o caminhão se encontrava na estrada para o Carneirinho. Santa Lucia dista não mais que dois ou três quilômetros da meta dos contrabandistas, que devem ter escutado a notícia justamente pelo rádio. Não seria prudente que eles se arriscassem a topar, numa área deserta, com alguma patrulha, e muitas foram ao local do confronto. Decidiram então prosseguir até Vigàta. Poderiam ser parados em algum ponto de bloqueio, mas, àquela altura, este era o mal menor: tinham boas possibilidades de se safar. E assim foi. Portanto, chegam com muita antecedência e contam a história do supermercado fechado em Trapani. Ingrassia, avisado sobre o contratempo, manda descarregar, e o caminhão finge sair de volta para Catânia. Ainda está com as armas a bordo, os fardos enormes que, como mentem eles ao gerente Lacommare, seriam os destinados ao supermercado de Trapani. O caminhão é então escondido nas vizinhanças de Vigàta, na propriedade de Ingrassia ou na de algum cúmplice.

– Volto a perguntar: por que simular o furto? Do lugar onde estivesse escondido, o caminhão podia muito bem chegar ao Carneirinho sem precisar passar de novo por Vigàta.

— Mas essa necessidade existia. Se fossem parados pelos *carabinieri*, pela polícia fiscal ou por quem quer que seja, com quinze fardos a bordo e sem a guia de acompanhamento, eles despertariam suspeitas. Se obrigados a abrir um fardo, teriam um problemão. Portanto, era absolutamente necessário pegar de volta os fardos descarregados no supermercado de Ingrassia, e que este, por razões óbvias, não havia mandado abrir.
— Estou começando a entender.
— A certa hora da noite, o caminhão volta ao supermercado. O vigia não tem condições de reconhecer nem os homens nem o veículo, porque no turno anterior ainda não estava em serviço. Eles fingem roubar os fardos ainda não abertos, partem para o Carneirinho, descarregam os fardos com as armas, voltam atrás, abandonam o caminhão na pracinha do posto e pronto, jogo feito.
— Desculpe, mas por que eles não se livraram da mercadoria roubada, seguindo depois para Catânia?
— Este é o toque genial: deixando o caminhão ser aparentemente achado com toda a mercadoria roubada, eles despistam as investigações. Automaticamente, somos obrigados a supor uma ofensa, uma ameaça, uma advertência por um *pizzo* que não tenha sido pago. Em suma, eles nos forçam a investigar num nível mais baixo, aquele nível infelizmente quase cotidiano por estas bandas. E Ingrassia faz muito bem o seu papel, contando a história absurda do trote, como ele diz.
— Realmente genial — comentou o chefe.
— Sim, mas, se observamos bem, sempre se descobre um erro, um descuido. Neste caso, eles não perceberam que um pedaço de papelão havia escorregado, indo parar embaixo das tábuas que serviam de piso na gruta.
— Sim, sim — disse o chefe, pensativo. Depois comentou, quase falando sozinho: — Sabe lá onde foram parar os fardos vazios...

De vez em quando o chefe de polícia ficava matutando sobre detalhezinhos insignificantes.

– Devem ter carregado tudo em algum veículo e depois queimado numa área rural. Porque no Carneirinho havia pelo menos dois veículos de cúmplices, inclusive para pegar o motorista do caminhão que ia ser abandonado na pracinha.

– Ou seja, sem aquele pedaço de papelão, não teríamos conseguido descobrir nada – concluiu o chefe.

– Bem, as coisas não são exatamente assim – disse Montalbano. – Eu ia seguindo um outro caminho que inevitavelmente me levaria às mesmas conclusões. Veja o senhor, eles foram obrigados a matar um pobre velho.

O chefe levou um susto, exaltou-se.

– Um homicídio? Mas como é que eu não soube de nada?

– Porque eles simularam um acidente. Somente há algumas noites eu tive a certeza de que alguém havia mexido nos freios do carro.

– Foi Jacomuzzi quem disse?

– Pelo amor de Deus! Gosto muito de Jacomuzzi, é uma boa pessoa, e muito competente, mas envolvê-lo nisso seria como fazer um comunicado à imprensa.

– Qualquer dia desses eu preciso dar uma solene espinafração em Jacomuzzi, daquelas de arrancar o couro – disse o chefe, suspirando. – Conte-me tudo, mas em ordem e devagar.

Montalbano contou a história de Misuraca e da carta que este lhe mandara.

– Foi morto inutilmente – concluiu. – Os assassinos não sabiam que ele já havia escrito tudo para mim.

– Agora me explique que motivo tinha Ingrassia para, segundo Misuraca, estar nas proximidades do supermercado enquanto eles simulavam o furto.

– Se acontecesse algum outro impedimento, uma visita inoportuna, ele apareceria para explicar que tudo ia bem, que estava devolvendo a mercadoria porque o pessoal da Brancato havia errado nas encomendas.

— E o vigia no congelador?

— Esse daí, àquela altura, não era mais problema. Dariam um sumiço nele.

— Como devemos proceder? – perguntou o chefe, depois de uma pausa.

— O presente que Tano Grego nos deu, mesmo sem informar nomes, foi bem grande – começou Montalbano –, e não deve ser desperdiçado. Se trabalharmos com bom senso, podemos descobrir uma rede cuja extensão desconhecemos ainda. Precisamos ter cautela. Se prendermos logo Ingrassia ou alguém da Brancato, não concluiremos nada. Temos que chegar aos peixes maiores.

— Concordo – disse o chefe. – Vou alertar Catânia para que eles mantenham sob estreita vigil...

Interrompeu-se e fez uma careta, ao lembrar-se dolorosamente do olheiro que havia dado com a língua nos dentes em Palermo, provocando a morte de Tano. Podia muito bem existir outro desses em Catânia.

— Convém ir devagar – decidiu. – Vamos vigiar apenas Ingrassia.

— Então vou ao juiz para pedir as autorizações necessárias – disse o comissário.

Na hora em que Montalbano ia saindo, o chefe chamou-o.

— Ah, escute, minha mulher está bem melhor. Sábado à noite está bom para o senhor? Temos muito o que conversar.

Montalbano encontrou o juiz Lo Bianco num insólito bom humor, com os olhinhos brilhando.

— O senhor me parece bem – não pôde impedir-se de comentar o comissário.

– Sim, sim, estou muito bem.

O magistrado olhou ao redor, fez um ar conspiratório, inclinou-se para Montalbano e cochichou:

– Sabia que Rinaldo tinha seis dedos na mão direita?

Montalbano ficou espantado por alguns instantes. Depois, lembrou-se de que, havia anos, o juiz se dedicava à redação de uma alentada obra, *Vida e obra de Rinaldo e Antonio Lo Bianco, mestres jurados da Universidade de Girgenti (hoje Agrigento), no tempo do rei Martinho o jovem (1402-1409)*, porque encasquetara que esses dois eram seus parentes.

– Não diga, é mesmo? – fez Montalbano, com empolgado assombro. Era melhor ajudar o juiz.

– Sim, senhor. Seis dedos na mão direita.

"Devia tocar punhetas estupendas", Montalbano quase disse, mas se conteve a tempo.

A seguir, contou ao juiz tudo sobre o tráfico de armas e sobre o assassinato de Misuraca. Explicou também a estratégia que pretendia seguir e pediu a autorização para grampear os telefones de Ingrassia.

– Posso lhe dar agora mesmo – disse Lo Bianco.

Em outras circunstâncias, ele teria levantado dúvidas, apresentado obstáculos, previsto aborrecimentos. Desta vez, porém, feliz pela descoberta dos seis dedos na mão direita de Rinaldo, seria capaz de conceder a Montalbano autorizações até para tortura, empalamento e execução na fogueira.

O comissário foi para casa, vestiu o calção de banho, nadou demoradamente, voltou, enxugou-se, não se vestiu. Na geladeira não havia nada, mas no forno reinava soberana uma travessa com quatro enormes porções de *pasta 'ncasciata,**

---

* Massa gratinada ao forno, em camadas alternadas com carne moída, berinjela, mortadela ou salame, ovos cozidos, três tipos de queijo e outros ingredientes. (N.T.)

prato digno do Olimpo. Ele comeu duas porções, guardou de volta a travessa no forno, acertou o despertador e dormiu como uma pedra durante uma hora. Levantou-se, tomou uma chuveirada, vestiu-se com o jeans e a camisa usados e foi para o comissariado.

Fazio, Germanà e Galluzzo já o esperavam, trajados para a tarefa. Assim que o viram, empunharam pás, picaretas e enxadões e entoaram o velho coro dos trabalhadores rurais, agitando no ar as ferramentas:

– È ora! È ora! La terra a chi lavora!*

– Vocês são uns panacas mesmo! – foi o comentário de Montalbano.

Na entrada da gruta do Carneirinho já se encontravam o repórter cunhado de Galluzzo, Prestìa, e um cinegrafista que trouxera especialmente dois grandes refletores a bateria.

Montalbano olhou Galluzzo de través.

– Pois é – disse este, enrubescendo –, já que da outra vez o senhor deu a ele a preferência...

– Tudo bem, tudo bem – cortou o comissário.

Entraram na gruta das armas e, sob a orientação de Montalbano, Fazio, Germanà e Galluzzo lançaram-se ao trabalho para remover as pedras, que pareciam soldadas umas às outras. Labutaram durante três boas horas; o comissário, Prestìa e o cinegrafista também deram duro, revezando-se com os outros três. Finalmente, conseguiram derrubar a parede. Como Balassone antecipara, viram claramente o corredorzinho, mas o resto se perdia no escuro.

– Vá você – disse Montalbano a Fazio.

Este pegou uma lanterna, arrastou-se de bruços e desapareceu. Poucos segundos depois, ouviu-se a sua voz estupefata:

---

* "É hora! É hora! A terra a quem trabalha." (N.T.)

— Meu Deus, comissário, venha ver!

— Vocês entram quando eu chamar — disse Montalbano a todos, mas especialmente ao repórter, que, ao escutar Fazio, tinha dado uma espécie de salto e já se preparava para se jogar ao chão e rastejar.

O comprimento do corredorzinho equivalia praticamente ao do corpo do comissário. Em um segundo, ele se viu do outro lado. Acendeu a lanterna. A segunda gruta era menor que a primeira e dava logo a impressão de ser perfeitamente seca. Bem no centro, havia um tapete ainda em bom estado. No canto superior esquerdo do tapete, uma tigela. No direito, à mesma altura, um pote. Formando um vértice de triângulo invertido, no lado inferior do tapete, um cão pastor feito de terracota, em tamanho natural. E, no meio do tapete, abraçavam-se dois corpos ressequidos, como nos filmes de terror.

Montalbano sentiu faltar-lhe a respiração, não conseguiu abrir a boca. Sem perceber muito bem por quê, lembrou-se dos dois jovens que ele surpreendera fazendo amor na outra gruta. Os outros aproveitaram-se de seu silêncio e, não resistindo, entraram um a um. O cinegrafista ligou os refletores e iniciou uma gravação frenética. Ninguém falava. O primeiro a recuperar a voz foi o comissário.

— Avisem à Perícia, ao juiz e ao dr. Pasquano — disse.

Sequer virou-se para Fazio para lhe dar a ordem. Ficou ali, como enfeitiçado, olhando a cena, temendo que um mínimo gesto seu pudesse acordá-lo do sonho que estava vivendo.

12

Finalmente desperto do encantamento que o paralisara, Montalbano começou a dar ordens para que todos recuassem e não se movessem, não pisoteassem o chão da gruta, que estava coberto por uma areia finíssima e avermelhada, filtrada sabe-se lá de onde. Havia vestígios dela também nas paredes. Dessa areia não se viam sinais na outra gruta, e talvez tivesse sido ela que de algum modo interrompera a decomposição dos cadáveres. Eram um homem e uma mulher, de idade impossível de determinar a olho: que fossem de sexo diferente o comissário concluiu pela conformação dos corpos, e não, certamente, pelos atributos sexuais, que já não existiam, eliminados por um processo natural. O homem deitava-se de lado, com o braço cobrindo o peito da mulher, que jazia de frente. Estavam, portanto, abraçados, e abraçados teriam permanecido para sempre: aquilo que havia sido a carne do braço do homem terminara por colar-se, fundir-se à carne do peito da mulher. Não, separados eles o seriam dali a pouco, por obra do doutor Pasquano. De sob a pele encarquilhada, apergaminhada, despontava o branco dos ossos; os dois resultavam como que enxutos, reduzidos a pura forma. Pareciam sorrir: os lábios, que haviam encolhido e se esticavam ao redor da boca, deixavam ver os dentes. Ao lado da cabeça do morto estava a tigela, com umas coisas redondas dentro; ao lado da cabeça dela, o pote de barro, daqueles que antigamente os camponeses levavam consigo para manter a água fresca. Aos pés do casal, o cão de terracota. Com cerca de um metro de comprimento, mantinha intactas as cores, cinza e branco. O artesão que fizera o animal representara-o com as patas anteriores distendidas, as posteriores recolhidas, a boca entreaberta deixando aparecer a língua cor-de-rosa, os olhos vigilantes: em suma, o cão estava sentado, mas em posição de guarda. O tapete exibia alguns furos que deixavam ver a areia do solo, mas também podiam ser buracos antigos. Talvez o tapete já estivesse naquelas condições antes de ser posto na gruta.

– Para fora todo mundo! – ordenou Montalbano, voltando-se a seguir para Prestìa e o cinegrafista: – E, principalmente, apaguem as luzes.

De repente se dera conta do dano que estavam causando com o calor dos refletores para a gravação e com a própria presença ali dentro. Ficou sozinho na gruta. Acendendo a lanterna, examinou atentamente o conteúdo da tigela: as coisas redondas eram moedas metálicas, oxidadas e azinhavradas. Delicadamente, com dois dedos, pegou uma que lhe parecia a mais conservada. Era uma moeda de 20 centavos, cunhada em 1941; de um lado representava o rei Vittorio Emanuele III, do outro um perfil feminino com o feixe lictório. Ao dirigir o foco para a cabeça do morto, percebeu um orifício que ele tinha na têmpora. Montalbano conhecia demais o assunto para não perceber que aquilo fora causado por arma de fogo: ou o homem se suicidara ou tinha sido assassinado. Mas, se tivesse sido suicídio, onde fora parar a arma? No corpo da mulher, em contrapartida, não havia nenhum indício de morte violenta, provocada. O comissário interrompeu-se, pensativo: os dois estavam nus e não se viam roupas na gruta. O que significava isso? Sem ao menos enfraquecer-se ou amarelecer antes, a luz da lanterna apagou-se de repente. A pilha se esgotara. Montalbano ficou momentaneamente cego, não conseguia orientar-se. Para evitar danos, acocorou-se na areia, esperando que sua vista se habituasse à escuridão. Em algum momento, certamente entreveria o fraquíssimo clarão da abertura da passagem. Mas bastaram-lhe esses poucos segundos de escuro absoluto e de silêncio para fazê-lo detectar um odor incomum, que já sentira antes, disso tinha certeza. Fez um esforço para lembrar-se onde, mesmo que a coisa não fosse importante. Como, desde criança, era-lhe natural atribuir uma cor a cada cheiro que o sensibilizava, disse a si mesmo que este era verde-escuro. A partir da associação, lembrou-se de onde o percebera pela primeira vez: tinha sido no Cairo, no interior da pirâmide de Quéops, ao percorrer um corredor vedado a turistas, mas que a cortesia de um amigo egípcio havia liberado somente para ele. E, de repente, sentiu-se um lixo, um homem que não valia nada, incapaz de qualquer respeito. De manhã, ao surpreender os dois jovenzinhos que faziam amor, tinha profanado a vida; agora, diante daqueles dois corpos que deveriam ter se mantido para sempre ignorados em seu abraço, profanara a morte.

Foi talvez por esse sentimento de culpa que ele não quis assistir aos trabalhos a que logo deram início Jacomuzzi e sua equipe da Perícia, assim como o médico-legista, o dr. Pasquano. Havia fumado cinco cigarros, sentado na pedra que servira de porta à gruta das armas, quando foi chamado por Pasquano, nervoso, agitadíssimo:

– Mas por onde anda o juiz?

– E o senhor vem perguntar a mim?

– Se ele não chegar logo, isto aqui vai para o brejo. Tenho que levar os cadáveres para Montelusa e botar na geladeira. Estão se decompondo quase à vista. O que eu faço?

– Fume um cigarro aqui comigo – tentou acalmá-lo Montalbano.

O juiz Lo Bianco chegou quinze minutos mais tarde, quando o comissário já havia fumado outros dois.

Lo Bianco deu uma olhadela distraída e, considerando que os mortos não remontavam aos tempos do rei Martinho o jovem, disse apressadamente ao médico-legista:

– Faça o que quiser, isso é história velha.

O enfoque a ser dado à notícia pela Televigàta ficou claro desde a chamada. No telejornal das 20h30, a primeira coisa que surgiu foi a cara emocionada de Prestìa, que anunciou um furo excepcional, devido, disse ele, "a uma das geniais intuições que fazem do comissário Salvo Montalbano, de Vigàta, uma figura talvez única no panorama dos investigadores da ilha e, por que não?, da Itália inteira". Prosseguindo, o repórter lembrou a dramática prisão, pelo comissário, do foragido Tano Grego, sanguinário chefe da máfia, assim como a descoberta da gruta do Carneirinho adaptada para depósito de armas. Apareceu então uma sequência da coletiva à imprensa, quando da prisão de Tano, durante a qual um indivíduo atrapalhado e balbuciante, que respondia pelo nome e pela função de comissário Montalbano, conseguia a muito custo juntar quatro palavras coerentes entre si. Prestìa continuou narrando como o excepcional investigador se persuadira de que junto à gruta das armas devia existir uma outra, ligada à primeira.

— Confiante nas intuições do comissário, fui atrás dele — disse o repórter —, acompanhado do meu cinegrafista Gerlando Schirirò.

A esta altura, Prestìa, em tom misterioso, enveredou a lançar perguntas: quais seriam os secretos poderes paranormais do comissário? O que o fizera pensar que por trás de algumas pedras enegrecidas pelo tempo se escondesse uma tragédia antiga? Possuiria o comissário o olhar de raios X de um Super-homem?

Ao ouvir essa última pergunta, Montalbano, que assistia em casa à transmissão, e que havia meia hora não conseguia achar o raio de uma cueca limpa, a qual no entanto devia encontrar-se em algum lugar, mandou-o tomar no cu.

Enquanto iam ao ar as impressionantes imagens dos corpos dentro da gruta, Prestìa expôs sua tese em convincentes palavras. Ignorava o buraco na têmpora do homem, e portanto falou de uma morte por amor. Segundo ele, os dois amantes, obstaculizados pelas famílias em sua paixão, tinham-se fechado na gruta, murando a seguir a passagem e deixando-se morrer de fome. Haviam preparado seu último refúgio com um tapete velho, um pote cheio d'água, e esperado a morte, abraçados. Da tigela cheia de moedinhas não falou, isso destoaria do quadro que ele vinha pintando. Os dois, prosseguiu Prestìa, não tinham sido identificados, o caso acontecera pelo menos cinquenta anos antes. Depois, outro jornalista começou a noticiar os acontecimentos do dia: uma menina de seis anos violentada e assassinada a pedradas por um tio paterno, um cadáver achado em um poço, um tiroteio em Merfi com três mortos e quatro feridos, a morte de um operário em serviço, o desaparecimento de um dentista, o suicídio de um comerciante desesperado pelas dívidas com agiotas, a detenção de um conselheiro comunal de Montevergine por abuso de poder e corrupção, o suicídio do governador da província, acusado de receptação, o aparecimento de um cadáver no mar...

Montalbano, diante do televisor, mergulhou em sono profundo.

– Alô, Salvo? Gegè. Me deixe falar e não me interrompa para dizer besteira. Preciso ver você, tenho uma coisa para lhe contar.
– Tudo bem, Gegè, esta noite mesmo, se você quiser.
– Não estou em Vigàta, estou em Trapani.
– Então, quando?
– Hoje que dia é?
– Quinta.
– Para você está bom no sábado à meia-noite, no mesmo lugar?
– Escuta, Gegè, sábado à noite eu vou jantar com uma pessoa, mas posso ir do mesmo jeito. Se eu demorar um pouquinho, me espere.

O telefonema de Gegè, que pela voz lhe parecera preocupado a ponto de tirar-lhe a vontade de brincar, despertou-o a tempo. Eram dez horas, e Montalbano sintonizou a Retelibera. Nicolò Zito, com uma expressão inteligente, vermelho de cabelo e de ideias, abriu seu noticiário com a morte, em Fela, de um operário em serviço, assado vivo por uma explosão de gás. Deu uma série de exemplos para demonstrar como pelo menos noventa por cento dos empresários não davam a mínima importância às normas de segurança. A seguir, passou à prisão dos administradores públicos acusados de malversações diversas, aproveitando para lembrar aos espectadores como os vários governos em exercício haviam tentado inutilmente baixar leis que impedissem o trabalho de limpeza em curso. O terceiro assunto de que ele tratou foi o do suicídio do comerciante esmagado por dívidas com um agiota, emendando com sua avaliação de que as medidas baixadas pelo governo contra a usura eram absolutamente inadequadas. Por quê, perguntou-se Zito, os que investigavam essa praga mantinham acuradamente desvinculados os crimes de usura e os da máfia? Quantos eram os modos de lavagem do dinheiro sujo? E, finalmente, falou dos dois corpos encontrados na gruta, mas fez isso sob uma perspectiva específica, indiretamente polemizando com Prestìa e a Televigàta a respeito do enfoque sob o qual a notícia tinha ido ao ar. Certa vez, disse Zito, alguém afirmou que a religião era o ópio do povo, mas em nossos dias seria preciso dizer que o verdadeiro ópio é a televisão. Por exemplo: por que motivo aquela descoberta havia sido apresentada por certas pessoas como o desesperado suicídio de dois amantes impedidos em seu amor? Que elementos autorizavam quem quer que fosse a sustentar semelhante tese? Os dois tinham sido achados nus: onde foram parar as roupas? Na gruta não havia indícios de qualquer arma. Como eles se mataram? Deixando-se morrer de fome? Ora, essa não! Por que o homem tinha ao seu lado uma tigela com uns trocados dentro, moedas hoje fora de circulação mas válidas naquela época: para pagar o pedágio a Caronte? A verdade, sustentou ele, é que estão querendo transformar um provável crime num suicídio indiscutível, um suicídio romântico. E, em nossos dias tão escuros e carregados de nuvens no horizonte, concluiu, monta-se uma história dessas a fim de entorpecer as pessoas, a fim de desviar o interesse dos problemas graves para uma história à Romeu e Julieta, mas escrita por um roteirista de telenovelas.

– Amor, sou eu, Livia. Queria avisar que reservei os lugares no avião. O voo sai de Roma. Portanto, você precisa comprar a passagem de Palermo a Fiumicino, e eu faço o mesmo daqui de Gênova. A gente se encontra no aeroporto e embarca.

– Aham.

– Também reservei o hotel, uma amiga minha já esteve lá e disse que é muito bonito, sem grandes luxos. Acho que você vai gostar.

– Aham.

– A viagem é daqui a quinze dias. Estou superfeliz, contando os dias e as horas.

– Aham.

– Salvo, o que você tem?

– Nada. O que eu devia ter?

– Você não parece muito animado.

– Não, ora, o que é isso?

– Olha aqui, Salvo, se você roer a corda na última hora, eu viajo do mesmo jeito, vou sozinha.

– Não diga.

– Mas eu posso saber o que deu em você?

– Nada. Eu estava dormindo.

– Comissário Montalbano? Boa noite. Aqui é o diretor Burgio.

– Boa noite, pode falar.

– Estou mortificadíssimo por perturbar o senhor em sua casa. Mas acabei de saber, pela televisão, da descoberta dos dois mortos.

– O senhor tem como identificá-los?

– Não. Estou telefonando em virtude de uma coisa que na televisão foi mencionada de passagem, mas que talvez, para o senhor, seja interessante. Trata-se do cão de terracota. Se o senhor não tiver nenhum impedimento, irei amanhã de manhã ao comissariado com o contador Burruano. O senhor o conhece?

– De vista. Às dez horas está bem para o senhor?

– Aqui – disse Livia. – Quero fazer aqui, e agora.

Estavam os dois numa espécie de parque, cheio de árvores. Aos pés deles rastejavam centenas de caramujos e caracóis das mais diversas espécies: vinhateiro, tampinha, babaluz, cascudo, cornetinha.

– Mas por que justamente aqui? Vamos voltar para o carro, em cinco minutos estaremos em casa, aqui pode passar alguém.

– Não discuta, bobo – disse Livia, agarrando o cinto dele e tentando desajeitadamente abri-lo.

– Deixa que eu faço – disse ele.

Em um segundo Livia ficou nua, enquanto ele ainda se atrapalhava com a calça e a cueca.

"Ela está acostumada a tirar a roupa depressa", pensou ele, num ímpeto de ancestral ciúme siciliano.

Livia jogou-se sobre a grama úmida, de pernas abertas, com as mãos acariciando os seios, e ele ouviu, com repulsa, o ruído de dezenas de caracóis sendo esmagados pelo corpo dela.

– Anda, vamos com isso.

Montalbano, arrepiado de frio, finalmente conseguiu despir-se. Enquanto isso, duas ou três lesmas tinham começado a rastejar sobre o corpo de Livia.

– O que você quer fazer com isto? – interrogou ela em tom crítico, observando-lhe o pinto. A seguir, com cara de pena, ajoelhou-se, tomou nas mãos o indigitado, acariciou-o, meteu-o na boca. Quando o sentiu pronto, voltou à posição anterior.

– Me fode, vem com tudo – disse.

"Mas como foi que ela ficou tão vulgar?", perguntou-se, desconcertado.

Quando estava para penetrá-la, viu o cão a poucos passos. Um cão branco, com a língua rosada fora da boca, a rosnar ameaçadoramente, os dentes arreganhados, um fio de baba escorrendo. Desde quando estava ali?

– O que foi? Murchou de novo?
– Tem um cachorro ali.
– E eu com o cachorro? Me crava!

Nesse exato momento, o cão deu um salto repentino e ele se contraiu, apavorado. O cão aterrissou a poucos centímetros de sua cabeça, foi perdendo levemente a cor, sentou-se com as patas dianteiras distendidas, as traseiras recolhidas, e finalmente petrificou-se, tornou-se de mentira, de terracota. Era o cão da gruta, o vigia dos mortos.

E o céu, as árvores, a grama desapareceram todos juntos; ao redor do casal, solidificaram-se teto e paredes de rocha, e Montalbano, horrorizado, compreendeu que os mortos da gruta não eram dois desconhecidos, mas ele e Livia.

Acordou do pesadelo ofegando, suado, e logo pediu perdão a Livia mentalmente por tê-la imaginado tão obscena no sonho. O que significava aquele cão? E os repulsivos caracóis que rastejavam por tudo quanto era lugar?

Aquele cão certamente devia ter um sentido.

Antes de seguir para o comissariado, Montalbano passou pela banca e comprou os dois jornais que eram publicados na ilha. Ambos davam amplo destaque ao achado dos corpos na gruta e, em contrapartida, esqueciam-se completamente da descoberta das armas. O jornal impresso em Palermo garantia que se tratava de um suicídio por amor; o que saía em Catânia também admitia a tese de homicídio, mas sem ignorar a do suicídio, a ponto de intitular: *Duplo suicídio ou dúplice homicídio?*, sugerindo vagas e misteriosas distinções entre duplo e dúplice. Aliás, em qualquer oportunidade, esse jornal jamais costumava tomar posição; quer se tratasse de uma guerra, quer de um terremoto, dava uma no cravo e outra na ferradura, e com isso ganhara fama de jornal independente e liberal. Nenhum dos dois se detinha a respeito do pote, da tigela e do cão de terracota.

Assim que Montalbano apareceu na soleira, Catarella perguntou-lhe afobadamente o que devia responder às centenas de telefonemas de repórteres que pediam entrevista.

– Diga que eu saí para uma missão.

– E virou missionário? – foi a brilhante piada do agente, que deu uma gargalhada solitária.

Montalbano concluiu que, na noite anterior, havia feito muito bem ao desligar o telefone da tomada, antes de fechar os olhos.

13

— Doutor Pasquano? Montalbano. Queria saber se o senhor tem alguma novidade.

– Sim, senhor, tenho. Minha mulher pegou um resfriado e minha neta perdeu um dentinho.

– Está aborrecido, doutor?

– Mas claro!

– Com quem?

– E o senhor ainda vem me perguntar se tenho alguma novidade! Só queria saber com que cara o senhor me liga às nove horas! Está pensando o quê? Que eu virei a noite abrindo a barriga daqueles dois, como se fosse um urubu, um carniceiro? Eu, de noite, eu durmo! E agora estou trabalhando naquele afogado que acharam em Torre Spaccata. Que, aliás, afogado não é, porque, antes de ser jogado ao mar, levou três facadas no peito.

– Doutor, quer apostar?

– Apostar o quê?

– Que o senhor passou a noite com aqueles dois mortos.

– Está bem, acertou.
– E o que descobriu?
– Por enquanto não dá para dizer nada, preciso ver outras coisas. O certo é que eles morreram a tiros. Ele na têmpora, ela no coração. O ferimento da mulher não dava para ver antes porque a mão dele estava por cima. Uma execução em regra, os dois dormindo.
– Dentro da gruta?
– Não creio. Acho que eles foram levados já mortos para lá e arrumados naquela posição, nus como estavam.
– Deu para saber a idade?
– Talvez eu esteja enganado, mas deviam ser jovens, muito jovens.
– Em sua opinião, isso aconteceu quando?
– Posso arriscar uma hipótese, mas tome isso com reservas. Por alto, uns cinquenta anos atrás.

– Não estou para ninguém e não me transfira nenhuma ligação durante quinze minutos – disse Montalbano a Catarella. Depois fechou a porta do gabinete, voltou à escrivaninha e sentou-se. Mimì Augello também estava ali, numa cadeira, mas empertigado, como quem engoliu um cabo de vassoura.
– Quem começa? – perguntou Montalbano.
– Começo eu – fez Augello –, eu é que pedi para falar com você. Porque acho que chegou a hora de falar com você.
– Sou todo ouvidos.
– Posso saber o que foi que eu lhe fiz?
– Você? A mim você não fez nada, que pergunta é essa?
– Porque até parece que eu virei um estranho, sinto isso aqui dentro. Você não me conta nada do que está fazendo, me deixa de lado. E eu fico ofendido. Por exemplo, você acha justo ter escondido de mim a história de Tano Grego? Eu não

sou Jacomuzzi para ficar falando e espalhando, eu sei guardar sigilo. Mas o que aconteceu no meu comissariado eu só fiquei sabendo pela coletiva. Você acha certo fazer isso comigo, eu que sou seu vice, até prova em contrário?

– Mas você percebe o quanto a situação era delicada?

– Justamente por perceber é que fico aborrecido. Porque isso significa que, para você, não sou a pessoa certa nos assuntos delicados.

– Isso nunca me passou pela cabeça.

– Nunca passou pela sua cabeça, mas você sempre age assim. Como na história das armas, que eu soube por acaso.

– Pois é, Mimì, eu estava nervoso, com pressa, e não me lembrei de avisá-lo.

– Não me enrole, Salvo. A história é outra.

– Qual?

– Eu lhe digo. Você formou um comissariado à sua imagem e semelhança. Seja Fazio, Germanà, Galluzzo, qualquer um, são todos braços obedientes de uma cabeça só, a sua. Porque eles não contradizem, não levantam dúvidas, executam e pronto. Aqui dentro só existem dois corpos estranhos. Catarella e eu. Catarella porque é cretino demais e eu...

– ...porque é inteligente demais.

– Está vendo? Eu não ia dizendo isso. Você me atribui uma soberba que eu não tenho, e faz isso com malícia.

Montalbano olhou-o nos olhos, levantou-se, pôs as mãos nos bolsos, andou ao redor da cadeira na qual Augello estava sentado e depois parou.

– Não houve malícia nenhuma, Mimì. Você é de fato inteligente.

– Se você realmente acha isso, por que me deixa de fora? Eu poderia ser pelo menos tão útil quanto os outros.

— Este é o ponto, Mimì. Não tanto quanto os outros, mas ainda mais do que os outros. Falo francamente, porque você está me fazendo pensar na minha atitude em relação a você. Talvez seja isso o que mais me perturba.

— Então, para lhe ser agradável, eu deveria emburrecer um pouco?

— Olha, se você está querendo briga, tudo bem, a gente briga. Mas não foi isso que eu quis dizer. Com o tempo, me acostumei a ser uma espécie de caçador solitário, desculpe a banalidade da expressão, talvez seja imprópria. O fato é que gosto de caçar com os outros, mas quero organizar a caçada sozinho. Essa é a condição indispensável para que a minha cabeça funcione direito. Uma observação inteligente feita por outra pessoa me diminui, me desanima às vezes por um dia inteiro. Eu sou capaz de perder o fio da meada, de não conseguir mais acompanhar o meu próprio raciocínio.

— Entendi — disse Augello. — Aliás, já havia entendido, mas queria ouvir você dizer, confirmar. Então, vou avisando, sem inimizade nem rancor: hoje mesmo vou escrever ao chefe de polícia para pedir transferência.

Montalbano olhou-o, aproximou-se, deteve-se na frente de Mimì e pôs as mãos nos ombros dele.

— Você acredita em mim se eu lhe disser que, se você fizer isso, vai me deixar muito triste?

— Porra! — explodiu Augello. — Mas você quer tudo de todo mundo? Que raça de homem você é? Primeiro me trata como um merdinha e agora vem apelar para o sentimento? Sabia que você é de um egoísmo monstruoso?

— Sabia, sim — disse Montalbano.

— Permita-me apresentar-lhe o contador Burruano, que gentilmente concordou em vir comigo — disse o diretor Burgio, cheio de rapapés.

— Sentem-se – convidou Montalbano, indicando as duas velhas poltroninhas que, num canto da sala, eram reservadas às visitas de cerimônia. Para si mesmo, puxou uma das duas cadeiras que ficavam diante da mesa, geralmente destinadas a gente que não merecia certas considerações.

— Parece que, por estes dias, cabe a mim a tarefa de corrigir, ou pelo menos de precisar, o que andam dizendo na televisão – começou o diretor.

— Queira corrigir e precisar – sorriu Montalbano.

— Eu e o contador somos quase da mesma idade. Ele é quatro anos mais velho do que eu, e ambos nos lembramos das mesmas coisas.

Montalbano percebeu uma ponta de orgulho na voz do diretor. E havia motivo para isso: Burruano, trêmulo, de olhar um tanto embaçado, parecia pelo menos dez anos mais velho do que o amigo.

— Veja o senhor, logo depois da transmissão da Televigàta, mostrando o interior da gruta onde foram encontrados os...

— Desculpe interrompê-lo. Da outra vez o senhor me falou da gruta das armas, mas não mencionou esta segunda. Por quê?

— Simplesmente porque ignorava a existência dela. Lillo nunca me falou disso. Como eu ia dizendo, logo depois da transmissão telefonei ao contador Burruano em busca de uma confirmação, porque já em outra oportunidade eu tinha visto aquela estátua do cachorro.

O cão! Daí vinha o pesadelo com ele: o diretor havia tocado no assunto por telefone. Montalbano viu-se invadido por uma espécie de gratidão infantil.

— Querem um café, hein, que tal um café? No bar aqui ao lado eles fazem um muito bom.

Num movimento simultâneo, ambos balançaram a cabeça negativamente.

– Uma laranjada? Uma Coca-Cola? Uma cerveja?

Se ninguém o detivesse, ele sentiu que dali a pouco se arriscava a oferecer dez mil liras por cabeça.

– Não, obrigado, não podemos tomar nada. A idade... – respondeu o diretor.

– Então digam.

– É melhor que o contador fale.

– De fevereiro de 1941 a julho de 1943 – começou este –, eu, ainda muito jovem, fui *podestà** de Vigàta. Ou porque o fascismo dizia gostar de jovens, já que devorou todos, assados ou congelados, ou porque aqui na terrinha só haviam permanecido os velhos, as mulheres e as crianças, os outros estavam na frente de batalha. Mas eu não pude ir lutar porque sofria dos pulmões, de verdade.

– Eu era muito menino para ir à frente de batalha – interveio o diretor, a fim de evitar equívocos.

– Foram tempos terríveis. Os ingleses e os americanos nos bombardeavam todo dia. Uma vez, contei dez bombardeios em 36 horas. Pouca gente tinha ficado por aqui, a maioria estava dispersa. Vivíamos nos refúgios escavados na colina de marga que domina este lugar. Na realidade eram galerias com saída dupla, muito seguras. Levamos lá para dentro até camas. Agora Vigàta cresceu, não é mais como naquela época, quando havia poucas casas concentradas ao redor do porto, uma fileira de habitações entre a base da colina e o mar. Na colina, a Esplanada do Farol, que hoje parece Nova York com seus arranha-céus, havia quatro construções nas laterais da única estrada que levava ao cemitério e depois se perdia pelos campos. Os alvos dos aviões inimigos eram três: a central elétrica, o porto, com seus navios mercantes e de guerra, e

---

* Título dado a administrador municipal durante o fascismo. (N.T.)

as baterias antiaéreas e navais, que ficavam no contorno da colina. Quando vinham os ingleses, as coisas eram melhores do que com os americanos.

Montalbano estava impaciente, queria que ele entrasse no assunto do cão, mas não tinha coragem de interromper aquelas divagações.

– Em que sentido eram melhores, senhor contador? Eram bombas do mesmo jeito.

Em vez de Burruano, que agora se calara, perdido em alguma recordação, falou o diretor.

– Os ingleses eram, digamos assim, mais leais. Soltavam as bombas procurando atingir somente os alvos militares, mas os americanos bombardeavam sem cerimônia: onde cair, caiu.

– Lá pelo fim de 1942 – recomeçou Burruano –, a situação piorou ainda mais. Faltava tudo: pão, remédio, água, roupa. Então me ocorreu, no Natal, fazer um presépio diante do qual nós todos pudéssemos rezar. Não nos restava mais nada. Mas eu queria um presépio especial. Minha intenção era distrair a mente dos vigatenses, pelo menos por alguns dias, de tantas preocupações e do pavor das bombas. Não havia uma família sequer que não tivesse pelo menos um homem combatendo fora de casa, no gelo da Rússia ou no inferno da África. Andávamos nervosos, mal-humorados, briguentos, qualquer coisinha provocava um litígio, tínhamos os nervos em frangalhos. À noite, com as metralhadoras antiaéreas, a explosão das bombas, o barulho dos aeroplanos voando baixo, o canhoneio dos navios, não conseguíamos pregar os olhos. E ainda por cima todos vinham pedir uma coisa ou outra, a mim ou ao padre, e eu já não sabia para onde me virar. Já não me parecia ter a juventude que eu tinha, sentia-me então como sou hoje.

Burruano se interrompeu para recuperar o fôlego. Nem Montalbano nem o diretor se animaram a preencher aquela pausa.

– Em suma, para encurtar a história, falei sobre o assunto com Ballassàro Chiarenza, que era um verdadeiro artista da terracota, trabalhava nisso por prazer, porque de profissão era carroceiro. E foi ele quem teve a ideia de fazer as estátuas em tamanho natural. O Menino Jesus, Nossa Senhora, São José, o boi, o burrico, um pastor com o cordeirinho nos ombros, uma ovelha, um cão, e o costumeiro personagem maravilhado dos presépios, que é um pastor de braços erguidos, num gesto de espanto. Ele fez, e o presépio ficou belíssimo. Então pensamos em não o instalar na igreja, mas sim sob as arcadas de uma casa bombardeada, como se Jesus tivesse nascido em meio ao sofrimento da nossa gente.

O velho meteu a mão no bolso, tirou uma fotografia e estendeu-a ao comissário. O presépio era belíssimo, dissera com justiça o contador. Um senso de fuga, de provisoriedade, e ao mesmo tempo uma tepidez reconfortante, uma serenidade sobre-humana.

– É estupendo – cumprimentou-o Montalbano, comovido. Mas só por um instante: logo se sobrepôs o policial, e ele observou atentamente o cachorro. Sem dúvida alguma, era o que estava na gruta. O contador voltou a guardar a foto no bolso.

– O presépio fez o milagre, sabia? Durante alguns dias, nós nos tornamos compreensivos uns com os outros.

– Que fim levaram as estátuas?

Era o que interessava a Montalbano. O velho sorriu.

– Vendi todas em leilão. Angariei o suficiente para pagar o trabalho de Chiarenza, que só quis receber o que havia gasto, e para ajudar as pessoas que mais necessitavam. E eram muitas.

— Quem comprou as estátuas?
— Este é o problema. Já não me lembro. Eu tinha os recibos e tudo, mas se perderam quando parte da prefeitura pegou fogo durante o desembarque dos americanos.
— Nesse período do qual o senhor está falando, teve notícias do desaparecimento de um casal de jovens?
O contador sorriu, enquanto o diretor soltava abertamente uma gargalhada.
— Eu disse alguma bobagem?
— Desculpe, comissário, disse, sim – respondeu o diretor.
— Veja bem, no ano de 1939 nós éramos 14 mil pessoas em Vigàta. Tenho na cabeça os números certinhos – explicou Burruano. – Já em 1942, estávamos reduzidos a oito mil. Quem tinha possibilidade ia embora daqui, conseguia um rancho provisório em áreas do interior, áreas insignificantes, às quais os americanos não davam importância. No período que vai de maio a julho de 1943, nós nos reduzimos, assim por alto, a uns quatro mil, sem contar os militares italianos e alemães, os marinheiros. Os outros estavam espalhados por aí, nos campos, moravam em grutas, em galpões, em qualquer buraco. Como quer o senhor que soubéssemos de algum desaparecimento? Estavam todos desaparecidos!
Riram novamente. Montalbano agradeceu aos dois pelas informações.

Bom, alguma coisa ele conseguira saber. O ímpeto de gratidão que havia experimentado em relação ao diretor e ao contador transformou-se, assim que os dois foram embora, num irrefreável ataque de generosidade, do qual, disso tinha certeza, iria arrepender-se mais cedo ou mais tarde. Chamou Mimì Augello ao gabinete, penitenciou-se amplamente de suas culpas perante o amigo e colaborador, pôs-lhe um braço sobre os ombros, passeou com ele pela sala, expressou-lhe "confiança ilimitada", falou bastante das investigações que estava desenvolvendo sobre o tráfico de armas, revelou-lhe que a morte de Misuraca era um assassinato, comunicou-lhe haver solicitado ao juiz permissão para grampear os telefones de Ingrassia.

– E eu, o que você quer que eu faça? – quis saber Augello, cheio de entusiasmo.

– Nada. Você deve apenas me ouvir – disse Montalbano, repentinamente voltando a si. – Porque, se você fizer a mínima coisinha que seja por iniciativa própria, juro que te dou umas porradas.

O telefone tocou. Montalbano pegou o fone e ouviu a voz de Catarella, que estava de telefonista.

– Alô, dotor? Quer dizer, é o dr. Jacomuzzi.

– Pode passar.

– Fale com o dotor, dotor, aqui no tilifone – ouviu Catarella dizer.

– Montalbano? Já que eu estava passando por aqui, na volta do Carneirinho...

– Mas onde é que você está?

– Como, onde eu estou? Na sala ao lado da sua.

Montalbano praguejou. Como se podia ser tão imbecil quanto Catarella?

– Entra aqui.

Abriu-se a porta e entrou Jacomuzzi, cheio de areia vermelha e de poeira, descabelado, com as roupas em desordem.

– Por que o seu agente só queria me deixar falar com você por telefone?

– Jacomù, quem é mais bobo, o palhaço ou quem vai atrás? Não sabe como é Catarella? Você devia ter dado um pontapé na bunda dele e entrado.

— Terminei o exame da gruta. Mandei peneirar a areia: olha só, melhor que catador de ouro de filme americano. Não achamos nada de nada. E, já que Pasquano me informou que os ferimentos tinham um furo de entrada e um de saída, isso só significa uma coisa.

— Que os dois foram alvejados em outro lugar.

— Isso. Se tivessem sido assassinados na gruta, nós teríamos encontrado as balas. Ah, uma coisa esquisita. A areia da gruta estava misturada a conchas de caracóis trituradas em pedacinhos mínimos. Esses bichos devem ter existido aos milhares ali dentro.

— Jesus! — murmurou Montalbano. O sonho, o pesadelo, o corpo nu de Livia sobre o qual rastejavam as lesmas. Que sentido tinha isso? O comissário passou a mão na testa, banhada de suor.

— Está se sentindo mal? — perguntou Jacomuzzi, preocupado.

— Nada. Uma tonteira, apenas cansaço.

— Chame Catarella e mande buscar alguma bebida no bar.

— Catarella? Ficou maluco? Uma vez eu o mandei buscar um expresso e ele voltou com um envelope de Sedex.

Jacomuzzi pôs três moedas em cima da mesa.

— São das que estavam na tigela. As outras eu mandei para o laboratório. Para você não têm utilidade, mas guarde-as como lembrança.

14

Às vezes Adelina e o comissário não se viam durante quase uma estação inteira. Toda semana, ele deixava na mesa da cozinha o dinheiro das compras e, a cada trinta dias, o salário. Mas um sistema espontâneo de comunicação se estabelecera entre os dois. Quando queria mais uns trocados para a casa, Adelina deixava sobre a mesa o cofrinho de barro que ele havia adquirido numa feira e conservava por achá-lo bonitinho; quando estava na hora de comprar novas meias ou cuecas, ela dispunha um par em cima da cama. Naturalmente, o sistema funcionava nos dois sentidos: também Montalbano dizia coisas à empregada pelos meios mais estranhos, mas que ela entendia. Fazia algum tempo, o comissário percebera que, pelo jeito como a casa ficava de manhã, de algum modo Adelina intuía se ele estava tenso, transtornado, nervoso, e nessas ocasiões preparava pratos especiais, que levantavam o moral do patrão. Naquele dia, Adelina havia entrado em ação, pois Montalbano encontrou pronto, na geladeira, o molho de sépia espesso e negro, como ele gostava. Havia ou não uma pontinha de orégano? Montalbano cheirou-o um tempão, antes de esquentá-lo, mas também dessa vez a investigação não teve êxito. Terminada a refeição, vestiu o calção de banho com a intenção de dar um breve passeio à beira-mar. Mas, depois de caminhar só um pouquinho, sentiu-se cansado, doíam-lhe as panturrilhas.

"*Fùttiri addritta e caminari na rina/portanu l'omu a la ruvina.*"*

Somente uma vez ele havia transado de pé, e depois não se sentira tão destruído quanto o provérbio afirmava, mas era verdade que na areia, até mesmo aquela mais dura, próxima do mar, a caminhada cansava. Olhou o relógio e espantou-se: que pouquinho, que nada! Tinha passeado por duas horas! Desabou sentado.

– Comissário! Comissário!

A voz vinha de longe. Ele se levantou com certo esforço e olhou o mar, achando que alguém o chamava de um bote ou de um barco inflável. O mar, porém, estava deserto até a linha do horizonte.

– Comissário, estou aqui! Comissário!

Montalbano virou-se. Era Tortorella a esbravejar da Rodovia Provincial, que por um longo trecho corria paralela à praia.

Enquanto ele tomava banho e se vestia às pressas, Tortorella contou que haviam recebido no comissariado um telefonema anônimo.

– Quem atendeu? – quis saber Montalbano.

Se tivesse sido Catarella, sabe-se lá que asneiras poderia ter entendido e falado.

---

* "Transar em pé e caminhar na areia/ Levam o homem à ruína", em dialeto siciliano. (N.T.)

– Não – sorriu Tortorella, lendo o pensamento do chefe. – Ele tinha ido um instantinho ao banheiro e eu fiquei de telefonista. A voz tinha sotaque de Palermo, usava *i* no lugar de *r*, mas talvez fosse de propósito. Disse que no curral de Gegè estava o presunto de um corno, dentro de um carro verde.

– Quem foi para lá?

– Fazio e Galluzzo. Eu vim correndo procurar o senhor. Não sei se fiz bem, talvez seja brincadeira, um trote.

– Mas como nós, sicilianos, gostamos de passar trotes!

Montalbano chegou ao curral de Gegè às cinco, hora que o cafetão chamava de "*cangiu di la guardia*", troca da guarda, quando os casais não mercenários, ou seja, amantes, adúlteros, noivos, iam embora dali, desapeavam ("em todos os sentidos", pensou Montalbano), para ceder a vez à longa procissão do rebanho de Gegè: prostitutas louras do leste, travestis búlgaros, nigerianas cor de ébano, veados brasileiros, garotos de programa marroquinos e assim por diante, numa verdadeira ONU de todas as modalidades sexuais. Lá estava o carro verde, com o porta-malas aberto, rodeado por três viaturas dos *carabinieri*. Fazio estacionara um pouco afastado. Montalbano desceu e Galluzzo foi ao seu encontro.

– Chegamos tarde.

Havia um acordo implícito com os *carabinieri*. Quem acorria primeiro ao local de um crime gritava "pique!" e ficava com o caso. Isso evitava interferências, polêmicas, cotoveladas e caras feias. Fazio também se mostrou frustrado:

– Eles chegaram primeiro.

– Mas o que deu em vocês? Perderam o quê? Nós não recebemos uma cota por morto, não ganhamos por produção.

Por curiosa coincidência, o carro verde estava encostado à mesma moita junto da qual, um ano antes, tinha sido achado um cadáver importante, um caso que intrigara bastante Montalbano. Ele e o tenente dos *carabinieri*, que era de Bérgamo e se chamava Donizetti, trocaram um aperto de mãos.

– Fomos informados por um telefonema anônimo – disse o tenente.

Então os caras quiseram assegurar-se de que o cadáver seria achado. O comissário observou o morto encolhido no porta-malas: parecia ter sido alvejado uma vez só. O projétil entrara pela boca, espatifando os lábios e os dentes, e saíra pela nuca, abrindo um buraco grande como um punho. A cara do sujeito não era familiar a Montalbano.

– Me disseram que o senhor conhece o cafetão deste bordel a céu aberto – afirmou o tenente, com certo desprezo na voz.

– Sim, ele é meu amigo – disse Montalbano, com clara intenção polêmica.

– Sabe onde posso encontrá-lo?

– Na casa dele, eu acho.

– Não está.

– Desculpe, mas por que o senhor pergunta a mim onde ele está?

– Porque ele é seu amigo, foi o senhor mesmo quem disse.

– Ah, é? Quer dizer que o senhor está em condições de saber, neste exato momento, onde estão e o que andam fazendo os seus amigos de Bérgamo?

Da rodovia, continuavam a chegar automóveis que entravam pelas ruelas do curral, viam o alvoroço das viaturas dos *carabinieri*, engrenavam marcha à ré e rapidamente ganhavam a estrada de onde tinham vindo. As prostitutas do leste, os veados brasileiros, as nigerianas e companhia chegavam ao local de trabalho, sentiam cheiro de queimado e davam no pé. Para os negócios de Gegè, ia ser uma noite bem fraca.

O tenente voltou para perto do automóvel verde. Montalbano deu-lhe as costas e, sem se despedir, entrou no seu carro, dizendo a Fazio:

— Você e Galluzzo ficam aqui. Prestem atenção no que eles fizerem e no que descobrirem. Eu vou para o comissariado.

Parou na livraria-papelaria de Sarcuto, a única em Vigàta que justificava a tabuleta na fachada. As outras duas não vendiam livros, só mochilas, cadernos, canetas. Lembrara-se de que havia terminado o romance de Montalbán e não tinha outro para ler.

— Chegou um livro novo sobre Falcone e Borsellino!* — anunciou a sra. Sarcuto, assim que o viu entrar.

Ela ainda não tinha percebido que Montalbano detestava livros que falassem de máfia, de assassinos e vítimas da máfia. O comissário não conseguia entender por quê, não fazia ideia, mas não os comprava, nem mesmo lia a orelha. Levou um livro de Consolo,** que certo tempo atrás ganhara um importante prêmio literário. Com o volume embaixo do braço, deu alguns passos na calçada, mas o livro escorregou e caiu no chão. Montalbano abaixou-se para apanhá-lo e entrou no carro.

No comissariado, Catarella disse que não havia novidades. Montalbano tinha a mania de escrever logo seu nome em cada livro que comprava. Inclinou-se para pegar uma das esferográficas que ficavam em cima da mesa e seu olhar caiu sobre as moedas que Jacomuzzi lhe dera. A primeira, de cobre, com data de 1934, tinha de um lado o perfil do rei e a inscrição "Vittorio Emanuele III Re d'Italia"; do outro, uma espiga de trigo com a inscrição "C. 5", cinco centavos; na segunda,

---

* Giovanni Falcone e Paolo Borsellino, juízes que se tornaram símbolo da luta contra a máfia, ambos assassinados em Palermo em 1992. (N.T.)
** Vincenzo Consolo (n. 1933), escritor siciliano residente em Milão. (N.T.)

um pouquinho maior e também de cobre, de 1936, havia de um lado a costumeira efígie do rei com o mesmo texto, e de outro uma abelha pousada sobre uma flor, com a letra "C" e o número "10", 10 centavos; a terceira, de liga leve, trazia a indefectível face do rei com a inscrição e, no outro lado, uma águia de asas abertas, atrás da qual se entrevia um feixe lictório. Nesse segundo lado, as inscrições eram quatro: "L. 1", que significava 1 lira, "ITALIA", que significava Itália, "1942", que era o ano de cunhagem, e "XX", para referir-se ao vigésimo ano da era fascista. E foi enquanto observava esta última moeda que Montalbano se lembrou daquilo que havia visto quando se abaixava para apanhar o volume caído na frente da livraria. Havia visto a vitrine da loja ao lado, uma vitrine onde estavam expostas moedas antigas.

Levantou-se, avisou Catarella de que ia sair mas estaria de volta no máximo dali a meia hora, e dirigiu-se a pé até à loja. Esta chamava-se COISAS, e coisas expunha: cristais decorativos, selos, castiçais, anéis, broches, moedas, pedras. Entrou e uma mocinha arrumada e bonitinha recebeu-o com um sorriso. Sem graça por ter de decepcioná-la, o comissário explicou que não estava ali para comprar nada, mas, como vira moedas antigas expostas na vitrine, queria saber se naquela loja, ou em Vigàta, havia alguém que entendesse de numismática.

— Claro que sim – disse a menina, continuando a sorrir: era uma gracinha. – É o meu avô.

— Onde eu poderia incomodá-lo?

— Não incomoda nem um pouco, ele até vai gostar. Está lá nos fundos. Um momento que eu vou avisar.

Não deu nem tempo de ele olhar uma pistola do fim do século XIX, à qual faltava o cão, e a menina já reaparecia.

— Pode entrar.

A parte dos fundos da loja consistia em um maravilhoso cafarnaum de gramofones de tromba, máquinas de costura pré-históricas, prensas manuais, quadros, matrizes de gravuras, penicos, cachimbos. Todo o compartimento era uma verdadeira estante na qual se embolavam incunábulos, tomos encadernados em pergaminho, quebra-luzes, sombrinhas, cartolas. No meio, uma escrivaninha, atrás da qual sentava-se um velho que, iluminado por um abajur *liberty*, segurava um selo com uma pinça e examinava-o com uma lente de aumento.

– O que é? – perguntou rudemente o ancião, sem sequer erguer os olhos.

Montalbano pôs na frente dele as três moedas. Por um segundo, o velho parou de examinar o selo e olhou-as distraidamente.

– Não valem nada.

Entre os velhos que Montalbano vinha conhecendo ao longo das investigações sobre os mortos do Carneirinho, este era o mais irascível.

"Seria bom reunir todos num asilo", pensou o comissário, "para mim ficaria mais fácil interrogá-los."

– Eu sei que elas não valem nada.
– E quer saber o quê, então?
– Quando saíram de circulação.
– Faça um esforço.
– Seria quando a república foi proclamada? – arriscou Montalbano, hesitante.

Sentia-se como um colegial que não estudou para o exame. O velho riu, e sua risada lembrava o ruído de duas latas vazias, esfregadas uma contra a outra.

– Errei?
– Errou, e muito. Os americanos desembarcaram aqui entre 9 e 10 de julho de 1943. Em outubro do mesmo ano,

essas moedas deixaram de circular. Foram substituídas pelas amliras, o dinheiro de papel que a Amgot, a administração militar aliada nos territórios ocupados, mandou imprimir. E como essas notas eram dinheiro miúdo, de uma, cinco e dez liras, os centavos desapareceram de circulação.

Quando Fazio e Galluzzo retornaram já estava escuro. O comissário reclamou.

– Ora, quem vejo! Demoraram, hein?

– Nós?! – retrucou Fazio. – O senhor não sabe como é aquele tenente? Antes de botar a mão no morto, ele esperou o juiz e o dr. Pasquano. Eles é que demoraram!

– E então?

– É um morto do dia, fresquinho, fresquinho. Pasquano disse que, entre liquidarem ele e telefonarem avisando, não se passou nem uma hora. No bolso estava a carteira de identidade. De nome Pietro Gullo, 42 anos, olhos azuis, cabelo louro, pele branca, nascido em Merfi, residente em Fela na rua Matteotti 32, casado, nenhum sinal particular.

– Por que você não se emprega no registro civil?

Com dignidade, Fazio não passou recibo da provocação e continuou.

– Fui a Montelusa e olhei no arquivo. Esse Gullo, quando era jovem, não fez nada assim excepcional, só dois furtos, uma briga. Depois botou a cabeça no lugar, pelo menos parece. Era negociante de cereais.

– Fico realmente agradecido ao senhor por me receber logo – disse Montalbano ao diretor, que viera abrir-lhe a porta.

– Ora, o que é isso? Só me dá prazer.

O diretor mandou-o entrar, conduziu-o até a saleta, convidou-o a se sentar e chamou:

— Angelina!

Curiosa pela visita inesperada, materializou-se uma anciã miúda, tratadíssima, esmeradíssima, óculos grossos por trás dos quais brilhavam olhos vivos, muito atentos.

"O asilo!", pensou Montalbano.

— Permita-me apresentar-lhe Angelina, minha mulher.

Montalbano inclinou-se com admiração. Gostava sinceramente das velhinhas que, mesmo em casa, cuidavam da aparência.

— A senhora queira me desculpar por causar este incômodo na hora do jantar.

— Incômodo nenhum! Aliás, comissário, o senhor tem algum compromisso?

— Nenhum.

— Então por que não janta conosco? Temos coisas de velho, não podemos engordar: *tinnirume* e salmonetes com azeite e limão.

— Um verdadeiro convite de casamento.

A velhinha saiu, toda feliz.

— Diga – pediu o diretor Burgio.

— Consegui identificar o período em que aconteceu o duplo crime do Carneirinho.

— Ah. E quando foi?

— Seguramente, entre o início de 1943 e outubro do mesmo ano.

— Como foi que o senhor descobriu?

— Simples. O cão de terracota, como nos contou o contador Burruano, foi vendido após o Natal de 1942, portanto, presumivelmente, passado o Dia de Reis de 1943; e as moedas encontradas na tigela saíram de circulação em outubro daquele ano.

Montalbano fez uma pausa.

— E isso só significa uma coisa – acrescentou.

Mas não disse que coisa era. Esperou pacientemente que Burgio se concentrasse, se levantasse, desse alguns passos e falasse.

— Entendi, doutor. O senhor quer dizer que, naquele período, a gruta do Carneirinho era de propriedade dos Rizzitano.

— Exatamente. Já naquela época, conforme o senhor disse, a gruta estava fechada pelo lajão, porque os Rizzitano guardavam lá a mercadoria para vender no mercado negro. Os Rizzitano deviam forçosamente conhecer a existência da outra gruta, para onde os mortos foram levados.

O diretor olhou-o, intrigado.

— Por que o senhor diz levados?

— Porque eles foram assassinados em outro lugar, isto é certo.

— Mas não faz sentido! Por que acomodá-los ali, na posição de quem dorme, com o pote, a tigela das moedas, o cão?

— É o que eu também me pergunto. A única pessoa que pode nos dizer alguma coisa talvez seja Lillo Rizzitano, o seu amigo.

Dona Angelina entrou:

— Está servido.

O *tinnirume*, folhas e brotos de abobrinha siciliana, aquela comprida, lisa, de um branco com leves toques de verde, tinha sido cozido no ponto certo. Estava de uma leveza, de uma delicadeza que Montalbano achou até enternecedora. A cada garfada, sentia que seu estômago se purificava, tornava-se de uma integridade exemplar, como o de certos faquires que ele já vira na televisão.

— O que achou? – quis saber dona Angelina.

— Gracioso – disse Montalbano. E, ao ver a surpresa dos dois velhos, enrubesceu e se explicou: – Desculpem, às vezes sofro de adjetivação imperfeita.

Os salmonetes, fervidos e temperados com azeite, limão e salsa, tinham a mesma leveza do *tinnirume*. Somente na hora da fruta o diretor retomou a pergunta que Montalbano lhe fizera, mas não antes de acabar de falar do problema do ensino, da reforma que o ministro do novo governo tinha decidido executar, abolindo, entre outras coisas, o liceu.

— Na Rússia – disse o diretor –, no tempo dos czares, o liceu existia, ainda que fosse denominado à maneira russa. Entre nós, quem o chamou liceu foi Gentile,* quando fez a sua reforma, a qual, idealisticamente, punha os estudos humanísticos acima de tudo. Pois bem, os comunistas de Lenin, que eram os comunistas que eram, não tiveram coragem de abolir o liceu. Só mesmo um emergente, um *parvenu*, um semianalfabeto, um medíocre como este ministro pode pensar em semelhante coisa. Como é que ele se chama mesmo? Guastella?

— Não, Vastella – respondeu dona Angelina.

Na realidade, o nome não era nenhum desses dois, mas o comissário absteve-se de esclarecer.

— Lillo e eu éramos companheiros em tudo, menos na escola, porque ele era adiantado em relação a mim. Quando eu fazia o terceiro ano do liceu, ele acabara de concluir o curso. Na noite do desembarque, a casa de Lillo, que ficava ao pé da montanha do Carneiro, foi destruída. Ao que eu consegui saber, depois da tormenta, Lillo estava sozinho lá, naquela noite, e ficou gravemente ferido. Foi visto por um camponês, perdendo muito sangue, quando era acomodado

---

* Giovanni Gentile (1875-1944), filósofo e político italiano, ministro da Educação de 1922 a 1924. (N.T.)

por militares italianos em um caminhão. Esta foi a última coisa que eu soube de Lillo. Desde então não tive mais notícias dele, e olha que procurei muito!

– Será que não existe nenhum sobrevivente daquela família?

– Não sei.

O diretor notou que sua mulher se perdera em algum pensamento, estava de olhos cerrados, ausente.

– Angelina! – chamou ele.

A velhinha estremeceu, sorriu para Montalbano.

– Queira desculpar. Meu marido diz que eu sempre fui uma mulher fantástica, mas não é um elogio. Ele quer dizer que, de vez em quando, me deixo levar pela fantasia.

15

Depois do jantar com os Burgio, Montalbano viu-se em casa, de volta, antes das 22h: cedo demais para ir dormir. Na televisão havia um debate sobre a máfia, um sobre a política externa italiana, um terceiro sobre a situação econômica, uma mesa-redonda sobre as condições do manicômio de Montelusa, uma discussão sobre a liberdade de informação, um documentário sobre a delinquência juvenil em Moscou, um documentário sobre focas, um terceiro sobre o cultivo do tabaco, um filme de gângster ambientado na Chicago dos anos 1930, e ainda a seção diária na qual um ex-crítico de arte, agora deputado e comentarista político, esbravejava contra magistrados, políticos de esquerda e adversários, acreditando-se um pequeno Saint-Just mas, na verdade, incluindo-se de direito na multidão de vendedores de tapetes, calistas, magos e stripteasers que, com frequência cada vez maior, apareciam na telinha. Desligou o televisor e, depois de acender a luz externa, foi sentar-se no banquinho da varanda, com uma revista da qual era assinante. Bem impressa, com artigos interessantes, a publicação era redigida por um grupo de jovens ambientalistas da província. Montalbano passou os olhos no sumário e, não encontrando nada de interessante, começou a olhar as fotos, que frequentemente retratavam fatos do noticiário com a ambição, às vezes realizada, de serem emblemáticas.

O toque da campainha da porta o surpreendeu: não estava esperando ninguém, pensou, mas um instante depois lembrou-se de que Anna lhe havia telefonado à tarde. Ele não soubera dizer não à proposta que a moça fizera de vir vê-lo. Sentia-se em débito com ela por tê-la usado – indignamente, como estava disposto a admitir – na história inventada para livrar Ingrid da perseguição do sogro.

Anna beijou-o nas faces e entregou-lhe um pacotinho.

– Trouxe *petrafèrnula** para você.

Era um doce do qual Montalbano gostava muito, mas que andava difícil de encontrar. Os confeiteiros não o faziam mais, sabe-se lá por quê.

– Fui a Mìttica a trabalho, vi na vitrine de uma confeitaria e comprei para você. Cuidado com os dentes.

Quanto mais duro, mais gostoso era o doce.

– O que você estava fazendo?

– Nada, lendo uma revista. Venha cá para fora você também.

Sentaram-se os dois no banquinho. Montalbano recomeçou a olhar as fotografias, Anna apoiou a cabeça nas mãos e ficou contemplando o mar.

– Como é bonito daqui da sua casa!

– É.

– A gente só escuta o barulho das ondas.

---

* Ou petrafêndula, espécie de bala feita de ovos coberta com açúcar e embrulhada em celofone. (N.T.)

– É.
– Incomodo você, se falar?
– Não.
Anna se calou. Daí a um instante, falou de novo.
– Vou ver televisão lá dentro. Estou com um pouquinho de frio.
– Aham.

O comissário não queria encorajá-la. Anna desejava claramente abandonar-se a um prazer solitário, o de fingir ser a companheira dele, imaginar estar vivendo com ele uma noite como outra qualquer. Justamente na última página da revista, Montalbano viu uma foto que mostrava o interior de uma gruta, a "gruta de Fragapane", que na realidade era uma necrópole, um conjunto de túmulos cristãos escavados dentro de antigas cisternas. A foto servia para ilustrar a resenha de um livro recém-publicado, escrito por um tal de Alcide Maraventano e intitulado *Ritos funerários no território de Montelusa*. A publicação desse documentadíssimo ensaio de Maraventano, garantia o resenhista, vinha preencher uma lacuna e, pela agudeza da pesquisa sobre um tema que abrangia desde a pré-história até o período cristão-bizantino, tinha alto valor científico.

O comissário refletiu profundamente sobre tudo aquilo que acabava de ler. A ideia de que o pote, a tigela de moedas e o cão fizessem parte de um rito de sepultamento não lhe passara sequer pelo vestíbulo do cérebro. E isso talvez tivesse sido um erro: a investigação talvez devesse começar exatamente por aí. Veio-lhe uma pressa irrefreável. Ele entrou em casa, tirou o telefone da tomada e pegou o aparelho.

– O que você está fazendo? – perguntou Anna, que assistia ao filme de gângster.

– Vou dar uns telefonemas lá do quarto, aqui eu te atrapalharia.

Discou o número da Retelibera e mandou chamar seu amigo Nicolò Zito.

– Fala rápido, Montalbà, entro no ar daqui a pouco.
– Você conhece um tal de Maraventano que escreveu...
– Alcide? Conheço, sim. O que você quer com ele?
– Trocar uma ideia. Você tem o telefone dele?
– Ele não tem telefone. Você está em casa? Eu mando um recado, e depois te falo.
– Preciso conversar com ele até amanhã.
– Daqui a uma hora, no máximo, eu lhe dou um retorno e digo o que você deve fazer.

Montalbano apagou a luz de cabeceira. No escuro, conseguiria trabalhar melhor a ideia que lhe viera à cabeça. Recapitulou a cena da gruta do Carneirinho exatamente como a vira, logo ao entrar. Tirando daquele quadro os dois cadáveres, restavam um tapete, uma tigela, um pote e um cão de terracota. Traçando uma linha entre os três objetos, resultava daí um triângulo perfeito, mas invertido em relação à entrada. No centro do triângulo, os dois mortos. Isso teria algum sentido? Seria preciso analisar também a orientação do triângulo?

Raciocinando, divagando, imaginando, acabou por cochilar. Depois de um tempo que ele não soube calcular, despertou-o a campainha do telefone. Respondeu com voz empastada.

– Você adormeceu?
– Pois é, cochilei.
– E eu aqui me esfalfando por sua causa. Bom, Alcide marcou para amanhã à tarde, às 17h30. Ele mora em Gallotta.

Gallotta era uma aldeia a poucos quilômetros de Montelusa, quatro casas de camponeses, que conseguira ficar famosa por se tornar inalcançável durante o inverno, quando a água batia forte.

— Me dá o endereço.

— Mas que endereço que nada! Para quem vai de Montelusa, é a primeira casa à esquerda. Um casarão enorme, caindo aos pedaços. Um diretor de filme de horror adoraria. Não tem erro.

Montalbano caiu no sono de novo, assim que repôs o fone no gancho. Acordou sobressaltado: alguma coisa se mexia sobre o seu peito. Era Anna, que ele havia esquecido completamente e que, deitada ao seu lado, na cama, começava a desabotoar-lhe a camisa. Em cada pedacinho de pele que descobria, ela demorava longamente os lábios. Quando chegou ao umbigo, levantou a cabeça, meteu uma das mãos sob a camisa de Montalbano para acariciar-lhe um dos mamilos e colou os lábios aos dele. Como o homem não dava sinais de reação àquele beijo apaixonado, Anna escorregou até embaixo a mão que estava no peito. E acariciou ali também.

Montalbano decidiu-se a falar.

— Está vendo, Anna? Não vai dar. Não acontece nada.

Anna pulou da cama e trancou-se no banheiro. Montalbano não se mexeu nem mesmo quando a ouviu soluçar, um choro infantil, de criança a quem se negou um doce ou um brinquedo. Viu-a vestida com apuro, na contraluz da porta do banheiro agora aberta.

— Um animal selvagem tem mais coração do que você — disse ela, e foi embora.

Montalbano perdeu o sono. Às quatro horas ainda estava acordado, num solitário jogo de paciência que não havia jeito de dar certo.

Chegou aborrecido e azedo ao comissariado. O episódio com Anna lhe pesava, tê-la tratado daquela maneira deixava-o com remorso. Além do mais, de manhã viera-lhe uma dúvida: se em vez de Anna fosse Ingrid, será que ele se comportaria do mesmo modo?

– Preciso falar urgente com você.

Mimì Augello, parecendo um tanto agitado, estava à porta.

– Para quê?

– Relatar como andam as investigações.

– Que investigações?

– Está bom, já entendi, volto mais tarde.

– Não, agora você fica e me conta que porra de investigação é essa.

– Como assim?! A do tráfico de armas, claro!

– E você acha que lhe dei essa tarefa?

– Se eu acho? Você me falou disso, não se lembra? A mim pareceu que estava implícito.

– Mimì, de implícito só existe uma coisa, ou seja, que você é um grandessíssimo filho da puta, livrando a cara da sua mãe, evidentemente.

– Vamos fazer o seguinte: digo o que fiz e depois você decide se devo continuar.

– Vá em frente, conte o que você fez.

– A primeira coisa que pensei foi que não devíamos dar moleza a Ingrassia. Então escalei dois agentes nossos para ficarem dia e noite de olho nele. O infeliz não pode nem mijar sem que eu saiba.

– Nossos? Você botou gente nossa em cima dele? Mas você não sabe que dos nossos ele conhece até os pelos do cu?

– Eu não sou bobo. Não são dos nossos, daqui de Vigàta, quero dizer. São agentes de Ragòna escalados pelo chefe de polícia, a quem eu me reportei.

Montalbano encarou-o com admiração.

– Reportou-se ao chefe, hein? Parabéns, Mimì, você sabe se expandir bem!

Augello não respondeu. Preferiu continuar a exposição.

– Houve também um grampo que talvez signifique alguma coisa. A fita está lá na minha sala, vou buscar.

– Você se lembra do conteúdo?

– Lembro. Mas você, se ouvir, quem sabe não descobre...

– Mimì, a esta altura você já descobriu tudo o que havia para se descobrir. Não me faça perder tempo. Desembuche.

– Bom. Ingrassia telefona do supermercado para a Brancato, em Catânia, e manda chamar o próprio Brancato. Aí passa a reclamar das complicações que teriam acontecido durante a última remessa, diz que não convém deixar o caminhão chegar com muita antecedência, que isso lhe criou muitos problemas. Pede um encontro para poder estudar um outro sistema de expedição, mais seguro. A essa altura, Brancato reage de um jeito no mínimo espantoso. Aos gritos, pergunta com que cara Ingrassia se atreve a lhe telefonar. Ingrassia começa a gaguejar, pedindo explicações. E Brancato explica: diz que Ingrassia está insolvente e que, a conselho dos bancos, não quer mais ter negócios com ele.

– E Ingrassia reagiu como?

– Não fez nada, não deu um pio. Desligou o telefone sem sequer se despedir.

– Você entendeu o que significa o telefonema?

– Claro. Ingrassia estava pedindo ajuda e os caras o deixaram na mão.

– Você tem que grudar no Ingrassia.

– Já fiz isso, não contei?

Houve uma pausa.

– Agora eu faço o quê? Continuo com a investigação?

Montalbano não respondeu.
– Mas como você é engraçado! – comentou Augello.

– Salvo? Está sozinho no gabinete? Posso falar à vontade?
– Estou. Você está ligando de onde?
– Da minha casa, de cama, com alguns graus de febre.
– Lamento.
– Pelo contrário, você não deve lamentar. É uma febre de crescimento.
– Não entendi. Como assim?
– É uma febre que dá em criança pequena. Dura dois ou três dias, chega a 39, 40, mas não é coisa de assustar, é natural, febre de crescimento. Quando passa, a criança cresceu alguns centímetros. Tenho certeza de que eu também vou ter crescido, quando a febre passar. Crescido na cabeça, não no corpo. Queria lhe dizer que, como mulher, nunca fui tão ofendida quanto por você.
– Anna...
– Deixe-me concluir. Ofendida, isso mesmo. Você é um sujo, uma pessoa má, Salvo. E eu não merecia.
– Anna, pense um pouquinho. O que aconteceu ontem à noite serviu para o seu próprio bem...

Anna desligou. Mesmo tendo deixado absolutamente claro para ela que aquilo não daria pé, Montalbano, compreendendo que naquele momento a jovem sofria uma dor enorme, sentiu-se muito abaixo de um porco, porque do porco pelo menos se come a carne.

Encontrou logo o casarão na entrada de Gallotta, mas pareceu-lhe impossível que alguém pudesse viver naquela ruína. Via-se claramente que metade do teto havia desabado, no terceiro andar seguramente chovia dentro. A leve brisa era suficiente para fazer bater uma veneziana que, inexplicavelmente, ainda se aguentava. A parede externa, na parte alta da fachada, mostrava rachaduras e buracos do tamanho de um punho. O terceiro andar, o segundo e o térreo pareciam um pouco melhores. O reboco desaparecera havia anos, as venezianas estavam todas quebradas e descascadas, mas pelo menos fechavam, ainda que desalinhadas. Havia um portão de ferro batido, aberto pela metade e inclinado para fora, desde tempos imemoriais nessa posição, meio escondido pelo húmus e pelo mato. O parque era uma montoeira amorfa de árvores contorcidas e touceiras densas, em compacto emaranhado. Montalbano avançou pela trilha de pedras desconexas e deteve-se diante da porta, que perdera a cor. Já estava escurecendo, o fim do horário de verão na verdade encurtava os dias. Havia uma campainha, ele a tocou. Ou melhor, apertou-a, porque não ouviu som nenhum, nem mesmo ao longe. Tentou mais uma vez, antes de compreender que a campainha não funcionava desde os tempos da descoberta da eletricidade. Então bateu, servindo-se da aldrava em forma de cabeça de cavalo, e finalmente, na terceira batida, escutou passos arrastados. A porta se abriu, sem ruído de maçaneta ou ferrolho, mas apenas com um longo gemido de alma do outro mundo.

– Estava aberta. Bastava empurrar, entrar e me chamar.

Era um esqueleto falante. Jamais em sua vida Montalbano tinha visto um indivíduo tão seco. Ou melhor, tinha visto alguns, mas no leito de morte, murchos, ressequidos pela doença. Mas este, não, este se mantinha de pé, ainda que dobrado em dois, e parecia vivo. Envergava uma batina de padre que, outrora negra, agora puxava para o verde; o colarinho duro, de branco que havia sido, mudara para um cinza carregado. Nos pés, sapatões ferrados de camponês, daqueles que não se viam mais. Crânio inteiramente calvo, a face era uma caveira sobre a qual, como numa brincadeira, tinha sido instalado um par de óculos de ouro, de lentes grossíssimas, nas quais o olhar naufragava. Montalbano pensou que os dois da gruta, mortos cinquenta anos antes, tinham mais carne que o padre. O qual, dispensável dizer, era velhíssimo.

Cerimoniosamente, a figura convidou-o a entrar e guiou-o até um salão imenso, literalmente entupido de livros, não só nas estantes mas também no chão, dispostos em pilhas que, aguentando-se num equilíbrio impossível, quase tocavam o teto, muito alto. Pelas janelas não entrava luz, pois os livros amontoados nos peitoris cobriam inteiramente os vidros. À guisa de móveis havia uma escrivaninha, uma cadeira e uma poltrona. A Montalbano pareceu que a luz sobre a escrivaninha era uma autêntica lamparina a óleo. O velho padre removeu os livros da poltrona e fez Montalbano acomodar-se nela.

– Embora eu não consiga imaginar em que lhe posso ser útil, pode falar.

– Como devem ter dito ao senhor, eu sou um comissário de polícia que...

– Não, não me disseram nem eu perguntei. Ontem, tarde da noite, uma pessoa da aldeia esteve aqui e me informou que alguém de Vigàta queria me ver, e eu então respondi que viesse às 17h30. Se o senhor é comissário, deu-se mal, está perdendo seu tempo.

– Por que eu estaria perdendo tempo?

– Porque não ponho os pés fora desta casa há pelo menos trinta anos. Sair para quê? As faces antigas desapareceram, as novas não me convencem. A comida me trazem todo dia, até porque eu me limito a tomar leite e, uma vez por semana, um caldo de galinha.

– O senhor deve ter sabido pela televisão...

Mal iniciou a frase, Montalbano interrompeu-se: soara-lhe destoante a palavra televisão.

– Nesta casa não há luz elétrica.

– Bem, o senhor deve ter lido nos jornais...

– Eu não compro jornais.

Por que continuar pelo caminho errado? O comissário respirou fundo, numa espécie de arrancada, e contou tudo, do tráfico de armas até a descoberta dos mortos no Carneirinho.

– Um momento que eu vou acender a lamparina, assim conversaremos melhor.

O velho remexeu os papéis em cima da mesa, achou uma caixa de fósforos de cozinha, riscou um palito com a mão trêmula. Montalbano sentiu-se gelar.

"Se ele deixar isso cair", pensou, "estamos fritos em três segundos".

Felizmente a operação funcionou, mas tudo ficou pior, porque a lamparina emitiu uma luz fraca sobre metade da mesa, deixando justamente o lado onde estava o velho na mais densa escuridão. Assombrado, Montalbano viu o padre esticar um braço e agarrar uma garrafinha de tampa esquisita. Havia outras três sobre a mesa: duas vazias e uma cheia de um líquido branco. Não eram garrafas, eram mamadeiras, cada uma com seu bico. O comissário sentiu-se estupidamente nervoso: o velho havia começado a sugar.

– Desculpe, é que eu não tenho dentes.

– Mas por que o senhor não toma o leite numa caneca, numa xícara, sei lá, num copo?

– Porque assim fica mais gostoso. É como se eu estivesse fumando cachimbo.

Decidido a ir embora imediatamente, Montalbano levantou-se, puxou do bolso duas fotos que havia pedido a Jacomuzzi e estendeu-as ao padre.

– Isto poderia ser um ritual de sepultamento?

O velho olhou as fotos, animando-se e soltando pequenos ganidos.

– O que havia dentro da tigela?
– Moedas da década de 1940.
– E no pote?
– Nada... não havia vestígios... deve ter sido só água.

O velho ficou bastante tempo sugando, meditativo. Montalbano voltou a sentar-se.

– Não faz sentido – disse o padre, colocando as fotos em cima da mesa.

16

Montalbano chegara ao seu limite. Sob a embolada de perguntas do padre, sentia a cabeça confusa. Ainda por cima, Alcide Maraventano, a cada vez que o comissário não sabia responder, soltava uma espécie de gemido e, como protesto, dava uma sugada mais barulhenta que as outras. Tinha atacado a segunda mamadeira.

Em que direção estavam orientadas as cabeças dos cadáveres?

O pote era realmente de barro normalíssimo ou de algum outro material?

Quantas eram as moedas dentro da tigela?

Qual era a distância exata entre o pote, a tigela e o cão de terracota em relação aos dois corpos?

Finalmente, o interrogatório terminou.

– Não faz sentido.

A conclusão reforçava exatamente aquilo que o padre havia logo antecipado. O comissário, com certo alívio maldisfarçado, achou que podia levantar-se, despedir-se e ir embora dali.

— Espere aí, por que tanta pressa?

Montalbano voltou a sentar-se, resignado.

— Não é um rito funerário, talvez seja alguma outra coisa.

De uma hora para outra, o comissário se refez do cansaço e do desânimo, recuperou a posse de toda a sua lucidez mental: Maraventano era uma cabeça que pensava.

— Diga-me, eu ficaria muito grato por um parecer do senhor.

— Já leu Umberto Eco?

Montalbano começou a transpirar.

"Meu Deus, agora ele vai me arguir em literatura", pensou, mas conseguiu dizer:

— Li o primeiro romance dele e dois pequenos artigos que me parecem...

— Eu, não, os romances eu não conheço. Referia-me ao *Tratado de semiótica geral*, do qual algumas citações nos seriam úteis.

— Lamento muito, mas não li.

— Não leu nem a *Semeiotiké*, da Kristeva?

— Não, e não tenho a menor vontade de ler — reagiu Montalbano, que começava a irritar-se. Viera-lhe a suspeita de que o velho estava se divertindo com ele.

— Não faz mal — aquiesceu Alcide Maraventano. — Então, vou dar um exemplo rasteiro.

"E, portanto, no meu nível", pensou Montalbano.

— Ou seja, se o senhor, que é um comissário, encontrar um homem morto a tiros em cuja boca meteram uma pedra, vai pensar o quê?

— Sabe — disse Montalbano, decidido a ir à forra —, essas coisas estão fora de moda. Hoje em dia eles matam sem dar explicação.

— Ah. Então, para o senhor, aquela pedra metida na boca significa uma explicação.

– Certo.

– E o que quer dizer?

– Quer dizer que o morto havia falado demais, dito coisas que não devia dizer, tinha feito espionagem.

– Exato. Ou seja, o senhor compreendeu a explicação porque conhecia o código da linguagem, nesse caso, metafórica. Mas se, ao contrário, o senhor desconhecesse o código, o que compreenderia? Nada. Para o senhor, aquele cadáver seria de um infeliz assassinado em cuja boca alguém meteu i-nex-pli-ca-vel-men-te uma pedra.

– Estou começando a entender – disse Montalbano.

– Então, voltemos ao nosso assunto. Alguém mata dois jovens por razões que ignoramos. Poderia dar sumiço nos cadáveres de várias maneiras: no mar, embaixo da terra, sob a areia. Mas não, ele põe os dois dentro de uma gruta e, não satisfeito, arruma perto deles uma tigela, um pote e um cão de terracota. O que foi que ele fez?

– Mandou uma comunicação, uma mensagem – respondeu Montalbano, a meia-voz.

– É uma mensagem, certo, mas que o senhor não sabe ler porque não domina o código – concluiu o padre.

– Deixe-me pensar – disse Montalbano. – Mas a mensagem devia ser dirigida a alguém, certamente não a nós, cinquenta anos depois do fato.

– E por que não?

Montalbano pensou um pouco e depois se levantou.

– Já vou indo, não quero tomar seu tempo. O que o senhor me disse foi preciosíssimo.

– Eu gostaria de ser-lhe ainda mais útil.

– Como assim?

– Há pouco, o senhor me disse que hoje em dia eles matam sem dar explicações. Mas as explicações existem e são sempre dadas, senão o senhor não teria a profissão que tem. Só que os códigos se multiplicaram e são muito variados.

– Obrigado – disse Montalbano.

Tinham comido anchovas com agrião, que dona Elisa, mulher do chefe de polícia, soubera cozinhar com arte e perícia, consistindo o segredo do sucesso na exatidão da milimétrica quantidade de tempo que a travessa devia permanecer no forno. A seguir, depois do jantar, a senhora se retirara para o salão a fim de assistir à tevê, não sem antes deixar à disposição, sobre a mesa do escritório do marido, uma garrafa de Chivas, uma de amaretto e dois copos.

Durante o jantar, Montalbano falara com entusiasmo de Alcide Maraventano, do singular modo de vida do velho, de sua cultura, de sua inteligência. O chefe, no entanto, demonstrara uma curiosidade superficial, ditada mais pela cortesia para com o convidado do que por um real interesse.

– Escute, Montalbano – atacou ele, assim que os dois ficaram a sós –, compreendo muito bem os possíveis efeitos que a descoberta dos dois assassinados da gruta pode ter para você. Permita-me: eu o conheço há tempo demais para não prever que o senhor se deixará fascinar por esse caso, em virtude dos contornos inexplicáveis que ele apresenta, e também porque, no fundo, se o senhor viesse a encontrar a solução, esta se revelaria absolutamente inútil. Inutilidade que lhe seria agradabilíssima e, queira me desculpar, quase congenial.

– Como assim, inútil?

– Inútil, inútil, admita. Considerando que já se passaram cinquenta anos, o assassino, ou os assassinos, se quisermos ser generosos, ou já morreram ou, na melhor das hipóteses, são velhos de mais de setenta anos. Concorda?

– Concordo – admitiu Montalbano, de má vontade.

— Então, e queira me desculpar porque isto que vou dizer não combina com a minha linguagem, o senhor não está fazendo uma investigação, mas sim uma masturbação mental.

Montalbano ouviu calado, não teve força nem argumentos para rebater.

— Ora, eu poderia lhe permitir esse exercício se não temesse que o senhor acabe dedicando a ele o melhor de sua capacidade, negligenciando investigações de urgência e porte muito maiores.

— Ah, não! Isso não é verdade! – exaltou-se o comissário.

— É, sim. Veja bem, isto não é uma repreensão, estamos conversando em minha casa, entre amigos. Por que o senhor confiou o caso do tráfico de armas, um caso delicadíssimo, ao seu vice, que é um funcionário muito digno mas certamente não está à sua altura?

— Eu não confiei nada a ele! Foi ele quem...

— Não seja criança, Montalbano. O senhor está jogando nas costas dele uma grande parte da investigação. Porque o senhor sabe muitíssimo bem que não pode se dedicar inteiramente a ela, com três quartos de seu cérebro ocupados com o outro caso. Honestamente, diga-me se estou errado.

— Não, não está – respondeu honestamente Montalbano, depois de uma pausa.

— Então, vamos mudar de assunto. Passemos a outro. Por que diabos o senhor não quer que eu proponha seu nome para promoção?

— O senhor quer continuar a me crucificar.

O comissário saiu contente da casa do chefe, tanto pelas deliciosas anchovas como por ter conseguido obter um adiamento na proposta de promoção. Os motivos que havia alegado não tinham pé nem cabeça, mas o seu superior, gentilmente, fingira acreditar. Realmente, daria para confessar que a simples ideia de uma transferência, de uma mudança de hábitos, dava-lhe alguns graus de febre?

Ainda era cedo e faltavam duas horas para o encontro com Gegè. Montalbano foi até a Retelibera, queria saber mais sobre Alcide Maraventano.

– O cara é único, hein? – comentou Nicolò Zito. – Ele fez o espetáculo chupando o leite na mamadeira?

– E como!

– Olha que nada daquilo é verdade, é só teatro.

– Não diga isso! Ele não tem dentes!

– Você sabia que há muito tempo inventaram a dentadura? O velho tem uma, e ela funciona muito bem, dizem que às vezes ele é capaz de traçar um quarto de bezerro ou um cabrito ao forno, quando ninguém está olhando.

– Mas por que faz isso, então?

– Porque é um ator nato. Um comediante, se você preferir.

– Ele é padre mesmo?

– Largou a batina.

– As coisas que diz, ele inventa ou não?

– Quanto a isso, fique tranquilo. É de um saber enorme e, quando afirma uma coisa, é melhor que o evangelho. Sabia que, uns dez anos atrás, ele atirou num cara?

– Não diga.

– Sim, senhor. Um ladrãozinho tinha entrado à noite na casa, no térreo. Trombou com uma pilha de livros e a derrubou, fazendo um barulho dos diabos. Maraventano, que estava dormindo em cima, acordou, desceu e acertou nele com uma espingarda daquelas de carregar pela boca, uma espécie de canhão doméstico. O estampido tirou da cama metade da aldeia. Conclusão: o ladrão ficou ferido numa perna, uns dez livros ficaram arruinados e Maraventano teve o ombro fraturado, porque o coice da arma foi brabo. Mas o ladrão garantiu que não tinha entrado lá com a intenção de roubar, e sim porque fora convidado pelo padre, o qual, uma hora lá, e sem motivo plausível, resolveu atirar nele. E eu acredito.

– Em quem?

– No suposto ladrão.

– Mas por que o velho atiraria?

– Você faz ideia do que passa pela cabeça de Alcide Maraventano? Talvez para experimentar se a espingarda ainda funcionava. Ou para fazer uma cena, o que é mais provável.

– Vem cá, agora é que eu me lembrei. Você tem o *Tratado de semiótica* de Umberto Eco?

– Eu?! Ficou maluco?

Ao caminhar até o carro, que havia deixado no estacionamento da Retelibera, Montalbano ficou ensopado. Tinha começado a chover de repente, uma chuva fininha mas compacta. Chegou à sua casa ainda com tempo para o encontro. Trocou de roupa e depois sentou-se na poltrona em frente a televisão, mas logo se levantou para ir até a escrivaninha e pegar um cartão-postal que chegara de manhã.

Era de Livia, que, como anunciara por telefone, tinha ido passar uns dez dias na casa de uma prima em Milão. Sobre a foto, que exibia a indefectível vista do Duomo, havia uma baba luminescente que atravessava a imagem de lado a lado. Montalbano aflorou-a com a ponta do indicador: estava fresquíssima, levemente pegajosa. Examinou melhor a mesa. Um enorme caracol marrom-escuro começava agora a escalar a capa do livro de Consolo. Montalbano não hesitou. A repulsa que o incomodava desde aquele sonho, que ele continuava a lembrar, era forte demais: agarrou o romance já lido de Montalbán e bateu violentamente com ele no de Consolo. Atingido em cheio, o caracol esmigalhou-se, com um som que Montalbano achou nojento. Depois, ele foi jogar os dois romances no lixo. No dia seguinte, compraria novos exemplares.

Gegè não havia chegado, mas Montalbano sabia que ia esperar pouco: seu amigo nunca se atrasava demais. O tempo estava limpo, a chuva cessara, mas devia ter havido uma forte ressaca. Poças enormes ainda continuavam na praia, e a areia exalava um cheiro forte de lenha molhada. Montalbano acendeu um cigarro. E na mesma hora viu, à escassa luz da lua repentinamente surgida, o perfil escuro de um automóvel que se aproximava muito devagarinho, com os faróis apagados, do lado de onde Gegè devia chegar, oposto àquele por onde ele tinha vindo. Alarmou-se. Abriu o porta-luvas, pegou a pistola, armou o cano e fechou o porta-luvas, pronto a pular fora do carro. Quando o outro veículo estava bem próximo, acendeu de repente o farol alto. Era o carro de Gegè, não havia dúvida, mas podia muito bem acontecer que ao volante estivesse outra pessoa.

– Desligue o farol! – gritaram de lá.

Era seguramente a voz de Gegè, e o comissário obedeceu. Os dois se falaram lado a lado, cada um em seu carro, pelas janelas com os vidros descidos.

– Mas que porra é essa? Quase lhe dei um tiro – reclamou Montalbano, furioso.

– Queria ver se eles vieram atrás de você.

– Quem é que viria atrás de mim?

– Já digo. Cheguei uma meia hora antes e me escondi atrás do esporão de Punta Rossa.

– Vem para cá – disse o comissário.

Gegè desceu, entrou no carro de Montalbano e quase se encolheu agarrado a ele.

— O que foi, frio?

— Não, mas estou tremendo do mesmo jeito.

Gegè fedia a medo, pavor. Porque – e Montalbano sabia disso por experiência – o medo tinha um cheiro especial, ácido, de cor verde-amarelada.

— Sabe quem era o cara que eles mataram?

— Gegè, eles matam tanta gente! De quem você está falando?

— Estou falando de Petru Gullo, aquele que deixaram morto lá no curral.

— Era seu cliente?

— Cliente? Eu é que era cliente dele. Aquele era o cobrador, o homem de Tano Grego. O mesmo que me avisou que Tano queria ver você.

— E qual é a novidade, Gegè? É sempre a mesma história: quem ganha leva tudo, é um sistema que hoje em dia eles adotam inclusive na política. Está acontecendo uma transferência dos negócios que eram de Tano, e por isso liquidam todo mundo que era da banda dele. Você não era nem sócio nem dependente de Tano. Está com medo de quê?

— Não – insistiu Gegè –, as coisas não são bem assim, não, me informaram quando eu estava em Trapani.

— E são como?

— Estão dizendo que houve acordo.

— Acordo?

— Sim senhor, acordo seu com Tano. Dizem que o tiroteio foi uma tapeação, uma conversa, um teatro. E estão convencidos de que esse teatrinho foi montado por mim, Petru Gullo e uma outra pessoa que eles vão matar um dia desses, pode acreditar.

Montalbano se lembrou do telefonema recebido depois da entrevista coletiva, quando uma voz anônima o chamara de "ator filho da puta".

– Ficaram ofendidos – continuou Gegè. – Eles não se conformam de você e Tano terem cuspido na cara deles, fazendo eles passarem por babacas. Estão mais furiosos com isso do que com a descoberta das armas. Agora você me diga: eu faço o quê?

– Tem certeza de que eles estão furiosos também com você?

– Mas não tenha dúvida. Por que eles deixariam Gullo logo no curral, que é meu? Mais claro do que isso não existe!

O comissário pensou em Alcide Maraventano e no discurso dele sobre os códigos.

Ou por uma alteração da densidade do escuro, ou por um brilho de um centésimo de segundo percebido com o canto do olho, o fato é que, segundos antes de a rajada pipocar, o corpo de Montalbano obedeceu a uma série de impulsos freneticamente transmitidos pelo cérebro: inclinou-se um pouco, abriu a porta com a mão esquerda e jogou-se para fora, enquanto ao seu redor ribombavam tiros, quebravam-se vidros, rasgava-se a lataria, clarões brevíssimos avermelhavam a escuridão. Montalbano ficou imóvel, encaixado entre seu carro e o de Gegè, e só então se deu conta de que empunhava a pistola. Deixara-a sobre o painel na hora em que Gegè havia entrado no carro, e certamente a pegara de volta por instinto. Depois daquela cuspirada de fogo, caiu um silêncio de chumbo. Nada se movia, escutava-se apenas o marulho das ondas. Depois, ouviu-se uma voz a uns vinte metros de distância, do lado onde acabava a praia e começava a colina de marga.

– Tudo bem aí?

– Tudo bem – disse outra voz, esta muito próxima.

– Veja se apagamos os dois, assim podemos ir.

Montalbano esforçou-se por imaginar os movimentos que o outro deveria estar fazendo para assegurar-se da morte deles: chaf, chaf, fazia distintamente a areia molhada. O homem devia ter chegado agora bem atrás do carro, dali a um instante se inclinaria para conferir dentro da cabine.

O comissário levantou-se de um salto e disparou. Um tiro só. Nitidamente, ouviu o ruído de um corpo que desabava na areia, um estertor, uma espécie de gorgorejo, e depois mais nada.

– Tudo certo aí embaixo? – quis saber a voz distante.

Sem entrar no carro, Montalbano, pela porta aberta, pousou a mão sobre a alavanca do farol alto e esperou. Não ouvia nenhum som. Decidiu arriscar a sorte e começou a contar mentalmente. Quando chegou a cinquenta, acendeu o farol e ergueu-se de repente. Ofuscado pela luz, um homem com uma metralhadora na mão materializou-se a uns dez metros, detendo-se a seguir, surpreso. Montalbano disparou e o homem reagiu imediatamente com uma rajada às cegas. O comissário sentiu uma espécie de soco violento no flanco esquerdo, cambaleou, apoiou-se no carro com a mão esquerda e disparou de novo, três tiros seguidos. O homem ofuscado deu uma espécie de salto, virou as costas e fugiu, enquanto Montalbano começava a ver a luz branca dos faróis ir ficando amarela. Sua vista se anuviou, a cabeça rodava. Sentou-se na areia, ao constatar que as pernas não o aguentavam mais, e encostou-se no carro.

Já esperava a dor, mas esta veio tão intensa que o fez gemer e chorar como um garoto.

17

Quando acordou, ele imediatamente percebeu que estava num quarto de hospital e recordou cada coisa, em detalhes: o encontro com Gegè, as palavras que haviam trocado, o tiroteio. A memória lhe falhava a partir do momento em que ele se vira entre os dois carros, caído na areia molhada e com o flanco doendo insuportavelmente. Mas não falhava de todo: ele se lembrava, por exemplo, da expressão transtornada e da voz aflita de Mimì Augello.

– Como é que você está? Como é que você está? A ambulância já vem aí, não foi nada, fique calmo.

De que jeito Mimì conseguira encontrá-lo?

A seguir, já dentro do hospital, metido num camisolão branco:

– Ele perdeu muito sangue.

Depois, nada. Procurou observar ao redor: o quarto era branco e limpo, com uma janela grande, pela qual entrava a luz do dia. Não podia se mexer porque havia uns tubos grudados em seus braços, mas o flanco não doía, Montalbano sentia-o mais como um pedaço morto de seu corpo. Tentou mexer as pernas, mas não conseguiu. Lentamente, afundou no sono.

Acordou de novo possivelmente à tardinha, visto que as luzes já estavam acesas. Logo fechou os olhos, porque havia pressentido gente no quarto e ele não sentia vontade de falar. Depois, curioso, ergueu as pálpebras o suficiente para enxergar um pouco. Ali estavam Livia, sentada junto à cama numa cadeira de metal, a única; atrás dela, de pé, Anna. Do outro lado da cama, também de pé, Ingrid. Livia tinha os olhos banhados em lágrimas, Anna chorava desatadamente e Ingrid estava pálida, a face contraída.

"Jesus!", pensou Montalbano, em pânico.
Fechou os olhos e refugiou-se no sono.

Às 6h30 do que lhe pareceu ser a manhã seguinte, duas enfermeiras vieram fazer-lhe a higiene e trocar a medicação. Às sete horas apresentou-se o titular da equipe médica, acompanhado de cinco assistentes, todos de jaleco branco. O titular consultou o prontuário que estava pendurado ao pé da cama, afastou o lençol e começou a apalpar o flanco ferido.

– Ao que parece, vai tudo muito bem – sentenciou. – A cirurgia foi um sucesso.

Cirurgia? De que cirurgia ele estava falando? Ah, talvez para extrair o projétil que o ferira. Mas um projétil de metralhadora dificilmente fica dentro, em geral atravessa de um lado a outro. Queria perguntar, pedir explicações, mas as palavras não saíam. O titular, porém, leu a expressão do comissário, as perguntas que os olhos dele faziam.

– Tivemos que operar o senhor de urgência. A bala atravessou o cólon.

O cólon? E que merda fazia o cólon no seu flanco? O cólon não tinha nada a ver com os flancos, devia ficar na barriga.

Mas, se aquilo tinha a ver com a barriga, significava que – e Montalbano estremeceu tão fortemente que os médicos perceberam –, dali em diante e por todo o resto da vida, ele precisaria alimentar-se à base de papinhas?

– ...papinhas? – fez afinal a voz de Montalbano. O horror daquela perspectiva reativara suas cordas vocais.

– O que foi que ele disse? – quis saber o titular, virando-se para a equipe.

– Acho que ele falou *galinhas* – respondeu um.

– Não, não, ele disse *tainhas* – interveio outro.

Saíram debatendo a questão.

Às 8h30, abriu-se a porta e surgiu Catarella.

– Dotor, como é que o senhor está se sentindo?

Se havia uma pessoa no mundo com a qual Montalbano considerava inútil o diálogo, essa pessoa era justamente Catarella. Não respondeu, limitou-se a mexer a cabeça, como para dizer que estava mais ou menos.

– Eu tou aqui de guarda montando guarda pro senhor. Este hospital aqui mais parece um porto, é um tal de entra e sai, vai um e vem outro. Vai que entra alguém mal-intencionado, pra terminar o serviço. O senhor está me entendendo?

Catarella tinha sido claríssimo, não havia dúvida.

– Sabia, dotor? O meu sangue eu dei pro senhor pra transposição.

E voltou de guarda pra montar guarda. Com amargura, Montalbano previu que o esperavam anos de patetice, sobrevivendo com o sangue de Catarella e nutrindo-se de papinhas de semolina.

Os primeiros da longa série de beijos que ele iria receber ao longo do dia foram os de Fazio.

— Doutor, o senhor é bom de tiro que eu vou te contar, sabia? Mandou um para o céu com um tiro só, e o outro saiu ferido.

— Eu feri o outro também?

— Sim, senhor, não se sabe em que parte, mas que feriu, feriu. Quem percebeu foi o dr. Jacomuzzi, assim uns dez metros adiante do carro tinha uma poça avermelhada, era sangue.

— Vocês identificaram o morto?

— Claro.

Fazio puxou um papelzinho do bolso e leu de arrancada:

— Gerlando Munafò, nascido em Montelusa em 6 de setembro de 1970, solteiro, residente em Montelusa na rua Crispi 43, sinais particulares nenhum.

"Ele não larga a mania do registro civil", pensou Montalbano.

— E perante a lei, como era a situação dele?

— Nadinha, doutor. Ficha limpa.

Fazio repôs o papelzinho no bolso.

— Para fazer esse tipo de coisa, eles ganham no máximo meio milhão.

Fazio fez uma pausa, evidentemente queria dizer algo mais, só que não tinha coragem. Montalbano decidiu dar-lhe uma mãozinha.

— Gegè morreu na hora?

— Ele não sofreu. A rajada arrancou metade da cabeça.

Entraram os outros. E foi um destempero de beijos e abraços.

De Montelusa chegaram Jacomuzzi e o dr. Pasquano.

— Todos os jornais andam falando de você — contou Jacomuzzi. Estava emocionado, mas um tantinho invejoso.

– Sinceramente, lamento não ter tido que fazer sua autópsia – revelou Pasquano. – Eu gostaria de saber como o senhor é feito por dentro.

– Fui o primeiro a chegar lá – disse Mimì Augello –, e quando vi você naquelas condições, naquele cenário, me deu um pavor que eu quase me caguei todo.

– Como foi que você soube?

– Ligou um anônimo para o comissariado dizendo que havia acontecido um tiroteio na parte baixa da Scala dei Turchi. Quem estava de guarda era Galluzzo, que me chamou na mesma hora. E me contou uma coisa que eu não sabia, ou seja, que você costumava se encontrar com Gegè no lugar onde ocorreram os tiros.

– Ele sabia?!

– Pelo jeito, todo mundo sabia! Metade de Vigàta sabia! Aí eu nem troquei de roupa, saí como estava, de pijama...

Montalbano ergueu uma mão cansada, interrompendo-o.

– Você dorme de pijama?

– Durmo – respondeu Augello, encabulado. – Por quê?

– Nada, não. Continue.

– Saí correndo para pegar o carro, enquanto chamava a ambulância pelo celular. E foi bom, porque você estava perdendo muito sangue.

– Obrigado – disse Montalbano, agradecido.

– Ora, que é isso, você não teria feito o mesmo por mim?

Montalbano fez um rápido exame de consciência e preferiu não responder.

– Ah, queria lhe contar um fato curioso – prosseguiu Augello. – A primeira coisa que você me pediu, ainda estendido no chão e gemendo, foi para tirar as lesmas que estavam rastejando pelo seu corpo. Como você tinha caído numa espécie de delírio, eu respondi que sim, que ia tirar, mas não vi lesma nenhuma.

Livia chegou, deu-lhe um forte abraço e começou a chorar, deitando-se como podia junto dele, no leito do hospital.

– Fique assim – disse Montalbano.

Era gostoso sentir o cheiro dos cabelos dela, que havia pousado a cabeça sobre o peito dele.

– Como foi que você soube?

– Pelo rádio. Ou melhor, minha prima foi quem ouviu a notícia. Foi realmente um belo despertar.

– E aí, o que você fez?

– Telefonei logo para a Alitalia e fiz uma reserva para Palermo, depois chamei seu comissariado em Vigàta e me passaram Augello, que foi gentilíssimo, me tranquilizou e se ofereceu para me buscar no aeroporto. Durante a viagem de carro, ele me contou tudo.

– Livia, qual é a minha situação?

– Boa, considerando o que aconteceu.

– Estou acabado para sempre?

– Não diga isso!

– Vou ter que comer sem tempero nem molho pelo resto da vida?

– O senhor me deixa de mãos atadas – disse, sorridente, o chefe de polícia.

– Por quê?

– Porque se mete a xerife, ou, se preferir, a vingador noturno, e acaba em todas as televisões e em todos os jornais.

– Não é culpa minha.

– Não, não é, mas também não será culpa minha se eu for obrigado a promovê-lo. O senhor tem que ficar quieto por uns tempos. Por sorte, durante uns vinte dias não pode sair daqui.

– Tudo isso?!

– A propósito, o subsecretário Licalzi está em Montelusa. Ele disse que veio para sensibilizar a opinião pública na luta contra a máfia, e manifestou a intenção de vir visitá-lo à tarde.

– Eu não quero ver esse cara! – gritou Montalbano, agitado.

Tratava-se de um cidadão que se fartara largamente na máfia e agora, sempre com o consentimento da máfia, passava por limpo.

Nesse exato momento entrou o titular da equipe médica. No quarto havia seis pessoas e ele não gostou disso.

– Não me levem a mal, mas peço que o deixem sozinho, ele precisa de repouso.

Todos começaram a despedir-se, enquanto o médico dizia em voz alta à enfermeira:

– Por hoje, chega de visitas.

– O subsecretário vai embora hoje, às 17h – cochichou o chefe a Montalbano. – Considerando as ordens médicas, infelizmente não vai poder visitar o senhor.

Os dois trocaram um sorriso.

Depois de alguns dias, tiraram-lhe os tubos dos braços e puseram um telefone na mesinha. Na mesma manhã, Montalbano recebeu a visita de Nicolò Zito, que parecia um Papai Noel.

– Eu trouxe um aparelho de tevê, um videocassete e uma fita. Também trouxe os jornais que falaram de você.

– O que é que tem na fita?

– Regravei e montei todas as besteiras que eu e o pessoal da Televigàta, assim como de outras emissoras, dissemos sobre o fato.

– Alô, Salvo? Mimì. Como se sente hoje?

– Melhor, obrigado.

– Estou ligando para contar que mataram o nosso amigo Ingrassia.

– Eu já previa isso. Quando foi?

– Hoje de manhã. Foi alvejado quando vinha para Vigàta, de carro. Dois caras que estavam numa moto daquelas poderosas. O agente que o seguia não pôde fazer nada além de tentar socorrê-lo, mas não havia mais jeito. Escuta, Salvo, amanhã de manhã passo por aí. Você precisa me contar oficialmente todos os detalhes do tiroteio em que foi ferido.

Não por estar muito curioso, mas para matar o tempo, Montalbano pediu que Livia pusesse a fita no vídeo. Na Televigàta, o cunhado de Galluzzo se entregava a uma fantasia digna de roteirista de filme do gênero *Caçadores da arca perdida*. Segundo ele, o tiroteio era consequência direta da descoberta dos dois cadáveres mumificados na gruta. Que segredo, terrível e indecifrável, existiria por trás daquele crime longínquo? O jornalista, ainda que de passagem, não se envergonhou de relembrar o triste fim dos descobridores das tumbas dos faraós, ligando-o com o atentado contra o comissário.

Montalbano riu até sentir uma fisgada no flanco. A seguir apareceu a cara de Pippo Ragonese, o comentarista político da mesma rede privada, ex-comunista, ex-democrata-cristão, agora ilustre expoente do Partido da Renovação. Sem meios-termos, Ragonese lançou uma pergunta: o que o comissário Montalbano estaria fazendo com um cafetão e traficante de drogas de quem, segundo se dizia, era amigo? Será que uma tal convivência se coadunava com o rigor moral que todo funcionário público devia observar? Os tempos mudaram, concluiu severamente o comentarista, um ar de renovação vem sacudindo esta terra, graças ao novo governo, e é preciso situar-se à altura disso. As velhas atitudes, os velhos conluios devem acabar para sempre.

Montalbano gemeu, sentia no flanco outra fisgada, esta, de raiva. Livia ergueu-se de um pulo e desligou o aparelho.

– E você vai dar bola ao que esse babaca diz?

Depois de meia hora de insistência e súplicas, Livia cedeu e voltou a rodar a fita. O comentário de Nicolò Zito era afetuoso, indignado, racional. Afetuoso para com o amigo comissário, ao qual enviava os mais sinceros votos de recuperação; indignado porque, apesar de todas as promessas dos homens do governo, a máfia agia livremente na ilha; racional, por vincular a prisão de Tano Grego à descoberta das armas. Esses dois poderosos reveses infligidos ao crime organizado tinham como autor Montalbano, que com isso passara a ser visto como um perigoso adversário, a ser eliminado a qualquer preço. Zito ridicularizava a hipótese de que o atentado fosse uma vingança dos mortos profanados: com que dinheiro eles teriam pago os assassinos de aluguel, perguntava-se, talvez com as moedinhas fora de circulação que estavam na tigela?

A seguir, o jornalista da Televigàta retornava à telinha para apresentar uma entrevista com Alcide Maraventano, definido para a ocasião como "especialista do oculto". O ex-padre envergava uma batina remendada com pedaços de pano de várias cores e chupava a mamadeira. Diante das insistentes perguntas que pretendiam levá-lo a reforçar a hipótese de um possível vínculo entre o atentado ao comissário e a suposta profanação, Maraventano, com uma mestria de ator consumado, admitiu e não admitiu, deixando todo mundo em nebulosa incerteza. A fita montada por Zito parecia terminar com a vinheta do comentário político de Ragonese, mas em vez dele apareceu um jornalista desconhecido para informar que, naquela noite, seu colega estava impossibilitado de comparecer, pois tinha sido vítima de uma agressão brutal. Marginais não identificados haviam espancado e furtado o comentarista na noite anterior, quando ele retornava à sua casa depois do programa na Televigàta. O jornalista se lançava numa violenta acusação à polícia, que já não tinha competência para garantir a segurança dos cidadãos.

– Por que será que Zito quis te mostrar esse trecho, que não tem nada a ver com você? – perguntou candidamente Livia, que era do norte e não compreendia certas sutilezas.

Augello o interrogava e Tortorella anotava o depoimento. Montalbano contou que fora colega de escola e amigo de Gegè, e que a amizade continuara através dos anos, embora os dois tivessem ido parar em lados opostos da barricada. Fez constar que Gegè pedira para vê-lo naquela noite, mas que eles só tinham conseguido trocar algumas palavras, pouco mais que os cumprimentos de praxe.

– Ele chegou a mencionar o tráfico de armas, disse que havia sabido por aí de alguma coisa que podia me interessar. Mas não teve tempo de dizer o que era.

Augello fingiu acreditar e Montalbano pôde narrar detalhadamente os vários momentos da troca de tiros.

– E agora me conte você – pediu ele a Mimì.

– Primeiro assine o depoimento – disse Augello.

Montalbano assinou, Tortorella se despediu e voltou para o comissariado. Não havia muito o que contar, disse Augello. O carro de Ingrassia foi ultrapassado pela motocicleta e o carona se virou para trás, abriu fogo e pronto. O carro de Ingrassia foi parar numa vala.

– Quiseram cortar o galho seco – comentou Montalbano. Depois, com certa melancolia por sentir-se fora do jogo, perguntou: – O que vocês pretendem fazer?

– Falei com o pessoal de Catânia, e eles prometeram ficar de olho em Brancato.

– Vamos ver – disse Montalbano.

Augello não sabia, mas, ao alertar os colegas de Catânia, talvez tivesse assinado a condenação de Brancato à morte.

– Quem foi? – perguntou de chofre Montalbano, depois de uma pausa.

– Quem foi o quê?

– Olha isto aqui.

Montalbano ligou o controle remoto e mostrou o trecho da fita que dava a notícia da agressão a Ragonese. Mimì representou muito bem o papel de quem se sente absolutamente surpreso.

– E você vem perguntar a mim? Aliás, não temos nada a ver com isso, Ragonese mora em Montelusa.

– Ah, como você é inocente, Mimì! Aqui, ó, morde aqui o dedinho!

E estendeu-lhe o mindinho, como se faz com uma criança.

18

Passada uma semana, em vez das visitas, dos abraços, dos telefonemas, dos parabéns, insinuaram-se a solidão e o tédio. Ele convencera Livia a retornar à casa da prima milanesa. Não havia razão para que ela desperdiçasse suas férias. Quanto à projetada viagem ao Cairo, não era o caso de se falar agora. Combinaram que Livia voltaria a Vigàta assim que o comissário saísse do hospital. Só então ela poderia resolver como e onde passar as duas semanas livres que ainda lhe restavam.

Também o estardalhaço sobre Montalbano e sobre o que lhe acontecera foi-se tornando pouco a pouco uma espécie de eco, até desaparecer de todo. Diariamente, porém, Augello ou Fazio vinham fazer-lhe companhia, demorando-se pouco, apenas o tempo de contar as novidades, dizer a quantas andavam certas investigações.

Todas as manhãs, ao abrir os olhos, Montalbano atribuía-se a tarefa de raciocinar, de especular sobre o caso dos mortos do Carneirinho, perguntando-se quando lhe seria dada novamente a possibilidade de estar num silêncio como aquele, sem perturbações de qualquer gênero, para poder desenvolver uma reflexão ininterrupta que lhe trouxesse uma luz, um estímulo. Você tem que aproveitar a situação atual, dizia a si mesmo, e começava a recapitular a história com o ímpeto de um cavalo a galope; daí a pouco via-se avançando a trote, depois a passo ordinário, e por fim, devagarinho, uma espécie de torpor se apoderava dele, corpo e mente.

"Deve ser a convalescença", pensava.

Sentava-se na poltrona, pegava um jornal ou uma revista, entediava-se no meio de uma matéria um pouco maior que as outras, começava a pestanejar e deslizava para um sono cansativo.

"O ajente Fassio me deu a boa notisia que oje osenho volta pra casa. Dezejo suas melhora. O ajente dise que osenho precisa pega leve. Adellina." O bilhete da empregada estava sobre a mesa da cozinha, e Montalbano apressou-se em verificar o que ela entendia por pegar leve: havia duas merluzas fresquíssimas, a temperar com azeite e limão. Tirou o telefone da tomada, queria reabituar-se à sua casa com calma. Havia muita correspondência, mas ele não abriu nenhuma carta nem olhou nenhum cartão. Comeu e deitou-se.

Antes de adormecer, fez-se uma pergunta: se os médicos tinham garantido que ele estava absolutamente recuperado, por que sentia um nó de melancolia na garganta?

Durante os primeiros dez minutos, dirigiu com preocupação, mais atento às reações de seu flanco do que à pista. Depois, vendo que suportava bem os trancos, acelerou, atravessou Vigàta e pegou a estrada para Montelusa. Na bifurcação de Montaperto, dobrou à esquerda, percorreu alguns quilômetros, entrou por uma trilha esburacada e chegou a uma pequena esplanada, na qual se via uma casa rústica. Desceu do carro. Mariana, a irmã de Gegè que havia sido sua professora no primário, estava sentada numa cadeira de palha ao lado da porta, consertando um cesto. Mal viu o comissário, foi ao encontro dele.

– Salvù! Eu sabia que você viria me ver.

– A senhora é a primeira visita que eu faço depois do hospital – disse Montalbano, abraçando-a.

Mariana começou a chorar devagarinho, sem ruído, somente lágrimas, e Montalbano sentiu os olhos úmidos.

– Pegue uma cadeira – disse Mariana.

Montalbano sentou-se junto da mulher. Ela pegou-lhe uma das mãos e acariciou-a.

– Ele sofreu?

– Não. Eu compreendi, enquanto ainda estavam atirando, que Gegè tinha morrido na hora. Depois me confirmaram. Acho que ele nem teve tempo de entender o que estava acontecendo.

– É verdade que você matou o indivíduo que matou Gegè?

– É.

– Esteja onde estiver, Gegè deve ter gostado disso.

Mariana suspirou e apertou a mão do comissário com mais força.

– Gegè lhe queria bem do fundo do coração.

Pela mente de Montalbano passou um título: *Meu amigo de alma.**

– Eu também queria muito bem a ele – disse Montalbano.

– Lembra como ele era sonso?

Sonso, menino mau, insubordinado. Porque, evidentemente, Mariana não se referia aos tempos mais recentes, às problemáticas relações de Gegè com a lei, mas à época distante

---

* Em português no original. (N.T.)

em que seu irmão caçula era pequeno, um moleque, um baguinceiro. Montalbano sorriu:

– Lembra daquela vez em que ele jogou uma bombinha dentro de um caldeirão de cobre que alguém estava consertando, e a pessoa desmaiou de susto?

– E o dia em que ele virou um tinteiro na bolsa da professora Longo?

Durante umas duas horas, falaram de Gegè e de suas travessuras, detendo-se sempre em episódios que remontavam, no máximo, à adolescência.

– Está ficando tarde, já vou indo – disse Montalbano.

– Eu convidaria você para comer comigo, mas o que tenho aqui talvez lhe pese no estômago.

– O que é?

– *Attuppateddri al sugo.*

Attuppateddri, ou seja, aqueles pequenos caracóis marrom-claros que, quando entravam em letargia, secretavam uma baba que se solidificava, tornando-se uma lâmina branca que servia para fechar, tapar mesmo, a entrada da concha. O primeiro impulso de Montalbano foi o de recusar, enojado. Até quando seria perseguido por aquela obsessão? Depois, pensando friamente, decidiu aceitar o duplo desafio ao estômago e à psique. Diante do prato, que exalava um odor finíssimo de cor ocre, precisou fazer um esforço, mas, depois de extrair o primeiro *attuppateddru* com uma pinça e de tê-lo degustado, de repente sentiu-se livre: desaparecida a obsessão, exorcizada a melancolia, não havia dúvida de que também o estômago iria se adequar.

No comissariado, foi sufocado pelos abraços. Tortorella chegou até a enxugar uma lágrima.

— Sei muito bem o que significa voltar depois de ter levado um tiro.

— Onde está Augello?

— No gabinete do senhor – informou Catarella.

Montalbano abriu a porta sem bater. Mimì, ruborizado, pulou da cadeira como se tivesse sido flagrado em pleno roubo.

— Não mexi em nada. É que, daqui, os telefonemas...

— Mimì, você fez muito bem – cortou Montalbano, reprimindo a vontade que sentia de chutar a bunda de quem havia ousado sentar-se na sua cadeira.

— Hoje mesmo eu pretendia ir à sua casa – disse Augello.

— Fazer o quê?

— Organizar a proteção.

— De quem?

— Como, de quem? A sua. Não é garantido que eles não tentem de novo, já que a primeira vez deu chabu.

— Você se engana, não vai acontecer mais nada comigo. Porque, veja bem, Mimì, foi você quem mandou atirarem em mim.

Augello ficou mais vermelho ainda, começou a tremer, parecia que lhe haviam metido no traseiro um fio de alta voltagem. Depois o sangue foi embora, não se sabe para onde, deixando-o amarelo como um morto.

— Mas o que foi que lhe deu na cabeça? – conseguiu articular, com dificuldade.

Montalbano calculou estar suficientemente vingado pela ocupação de sua escrivaninha.

— Calma, Mimì. Eu não soube escolher as palavras. Queria dizer: foi você quem acionou o mecanismo pelo qual atiraram em mim.

— Não entendi – disse Augello, arriado na cadeira, passando o lenço na testa e ao redor da boca.

— Meu querido, você, sem me consultar, sem perguntar se eu estava ou não de acordo, botou uns agentes para vigiar Ingrassia. Mas estava achando o quê? Pensou que ele era bobo a ponto de não perceber? Ele deve ter levado no máximo algumas horas para descobrir que estava sendo seguido. Mas, justamente, pensou que a ordem tinha partido de mim. Sabia que havia feito uma série de besteiras, pelas quais eu estava de olho nele. Então alugou dois idiotas para me eliminar, a fim de limpar a barra perante Brancato, que pretendia liquidá-lo. Você mesmo me contou o telefonema entre os dois. Só que esse projeto não deu em nada. A essa altura, Brancato, ou alguém sob seu comando, encheu-se de Ingrassia e suas invenções perigosas, tais como o assassinato inútil do pobre *cavaliere* Misuraca, e tomou providências para que ele seguisse desta para melhor. Se você não tivesse dado bandeira com Ingrassia, Gegè ainda estaria vivo e eu não teria esta dor no flanco. É isso aí.

— Se as coisas são assim, você tem razão — disse Mimì, arrasado.

— Elas são assim, pode apostar seu próprio rabo.

O avião aterrissou pertíssimo do desembarque, os passageiros não precisaram de transbordo. Montalbano viu Livia descer a escada e aproximar-se do portão, de cabeça baixa. Escondeu-se no meio das pessoas e ficou olhando para ela, que, depois de uma longa espera, agora recolhia a bagagem da esteira rolante, instalava-a num carrinho e se aproximava do ponto de táxi. Na noite anterior, por telefone, os dois tinham combinado que Livia pegaria um trem de Palermo para Montelusa, e ele se limitaria a ir buscá-la na estação. Mas já estava decidido a fazer-lhe uma surpresa, apresentando-se no aeroporto de Punta Ràisi.

— A senhorita está sozinha? Aceita uma carona?

Livia, que se dirigia para o primeiro táxi da fila, parou e deu um berro.

– Salvo!

Os dois se abraçaram, felizes.

– Mas você está ótimo!

– Você também – disse Montalbano. – Faz mais de meia hora que eu estava só olhando para você, desde que desembarcou.

– E por que não me chamou antes?

– Gosto de observar você existindo sem mim.

Entraram no carro e de repente Montalbano, em vez de dar partida, abraçou-a, beijou-a, botou uma mão no seio dela, inclinou a cabeça, acariciou-lhe os joelhos e o ventre com a face.

– Vamos sair daqui – disse Livia, sufocada –, ou acabamos presos por atentado público ao pudor.

Na estrada para o centro de Palermo, o comissário fez uma proposta que só então lhe ocorrera.

– Vamos parar na cidade? Queria lhe mostrar a Vuccirìa.

– Já conheço. Guttuso.*

– Mas esse quadro dele é uma merda, acredite. Nós vamos para um hotel, damos uma volta, passeamos pela Vuccirìa, dormimos e amanhã de manhã seguimos para Vigàta. Até porque não tenho nada para fazer, posso me considerar um turista.

Chegados ao hotel, mandaram às favas o propósito de tomar um banho rápido e sair. Ficaram por ali mesmo, fizeram amor, dormiram. Acordaram algumas horas depois e fizeram de novo. Já era quase noite quando saíram do hotel e se dirigiram

---

* Renato Guttuso (1912-1987), pintor italiano. (N.E.)

à Vuccirìa. Livia sentia-se atordoada pelas vozes, os pregões, os reclames das mercadorias, o sotaque, os bate-bocas, as brigas enfurecidas, as cores tão acesas que pareciam de mentira, pintadas. O cheiro de peixe fresco mesclava-se ao das tangerinas, dos miúdos de cordeiro refogados e salpicados de *caciocavallo* – a chamada *mèusa* –, das frituras, e o conjunto era uma fusão irrepetível, quase mágica. Montalbano parou diante de uma lojinha de roupas usadas.

– Quando eu estava na universidade e vinha aqui para comer pão com *mèusa*, que hoje simplesmente me arrebentaria o fígado, esta loja era única no mundo. Hoje eles vendem roupa usada, mas naquela época todas as prateleiras estavam sempre vazias. O proprietário, *don* Cesarino, ficava sentado atrás do balcão, também cuidadosamente limpo de qualquer coisa, e recebia os fregueses.

– Mas se não tinha nada nas prateleiras! Que fregueses?

– Elas não ficavam exatamente vazias, ficavam, vamos dizer assim, cheias de intenções, de pedidos. Esse homem vendia coisas roubadas por encomenda. Você procurava *don* Cesarino e dizia: estou pensando num relógio assim e assado; ou então: eu quero um quadro, sei lá, uma marina do século XIX; ou ainda: preciso de um anel de tal tipo. Ele ouvia o pedido, escrevia tudo num pedaço de papel de embrulho, daquele amarelo e áspero de antigamente, combinava o preço e dizia quando você devia passar de novo. Na data marcada, sem atrasar nem um dia, ele puxava de debaixo do balcão a mercadoria encomendada e entregava. Não aceitava reclamações.

– Espera aí, mas para que ele precisava ter uma loja? Quero dizer: esse tipo de comércio podia ser feito em qualquer lugar, num café, numa esquina...

– Sabe como ele era chamado pelos seus amigos da Vuccirìa? *Don* Cesarino *u putiàru*, o merceeiro. Porque *don*

Cesarino não se considerava um repassador, como se diz hoje, nem um receptor, mas um comerciante igual a outro qualquer. E a loja, da qual ele pagava o aluguel e a luz, era a prova disso. Não era uma fachada, uma cobertura.

– Vocês são todos malucos.

– Como um filho! Quero abraçá-lo como a um filho! – exclamou dona Angelina, apertando-o contra o peito por alguns segundos.

– O senhor não imagina o quanto nos deixou preocupados! – reforçou o marido.

O diretor havia telefonado de manhã, convidando-o para jantar. Montalbano tinha recusado, sugerindo uma visita à tarde. Instalaram-no na saleta.

– Vamos logo ao que interessa, não tomaremos seu tempo – começou o diretor Burgio.

– Eu tenho todo o tempo que desejarem. Por enquanto, estou desocupado.

– Quando o senhor jantou aqui, minha mulher lhe contou que costumo chamá-la de mulher fantástica, no sentido de fantasiosa. Pois bem, mal o senhor saiu, ela começou a fantasiar. Queríamos ter lhe telefonado, mas aí aconteceu aquilo que aconteceu.

– Vamos deixar o senhor comissário julgar se são fantasias ou não? – disse dona Angelina, um tantinho irritada, e continuou em tom polêmico: – Fala você ou falo eu?

– As fantasias são suas.

– Não sei se o senhor ainda se lembra, mas, quando perguntou ao meu marido onde podia encontrar Lillo Rizzitano, ele respondeu que não tinha notícias do amigo desde julho de 1943. Então me lembrei de uma coisa. Naquela mesma época, uma amiga minha também desapareceu, ou melhor, até deu sinal de vida algum tempo depois, mas de um modo estranho, que...

Montalbano sentiu um arrepio na espinha. Os dois do Carneirinho tinham sido assassinados extremamente jovens.

– Essa sua amiga tinha que idade?

– Dezessete anos. Mas era muito mais madura do que eu, que ainda era uma bobinha. Íamos juntas para a escola.

A sra. Burgio abriu um envelope que estava sobre a mesinha, puxou uma fotografia e mostrou-a a Montalbano.

– Foi feita no último dia de aula, no terceiro ano do liceu. Ela é a primeira à esquerda, na última fila, e ao lado sou eu.

Todas sorridentes, no uniforme fascista da Juventude Italiana. Um professor fazia a saudação romana.

– Dada a pavorosa situação que reinava na ilha por causa dos bombardeios, as escolas fecharam no último dia de abril e nós escapamos da terrível prova final. Fomos aprovados ou reprovados por escrutínio entre os professores. Lisetta, esse era o nome da minha amiga, o sobrenome era Moscato, mudou-se com a família para uma aldeiazinha do interior. Ela me escrevia dia sim, dia não. Eu guardo todas essas cartas, pelo menos as que chegaram. O senhor sabe, o correio, naqueles dias... Minha família também se mudou, inclusive fomos para o continente, morar com um irmão do meu pai. Quando a guerra acabou, eu escrevi à minha amiga, tanto para o endereço da aldeia como para o de Vigàta. Nunca recebi resposta, e isso me preocupou. Finalmente, no finzinho de 1946, voltamos para Vigàta. Fui procurar os pais de Lisetta. A mãe tinha morrido. O pai primeiro tentou me evitar e depois me tratou de um jeito arrevesado, dizendo que Lisetta tinha se apaixonado por um soldado americano e o acompanhou contra a vontade da família. E acrescentou que, para ele, era como se a filha estivesse morta.

— Sinceramente, a história me parece plausível – disse Montalbano.

— Eu não disse? – interveio o diretor, indo à forra.

— Veja bem, doutor, a coisa era mesmo estranha, ainda que não consideremos o que aconteceu depois. Em primeiro lugar, estranha porque Lisetta, se estivesse apaixonada por um soldado americano, teria me contado isso de algum modo. E depois, nas cartas que me mandou de Serradifalco, esse era o nome da aldeia onde a família dela tinha ido se refugiar, ela continuou a bater e rebater sempre na mesma tecla: o tormento que sofria com a distância de seu avassalador amor misterioso. Um rapaz cujo nome ela jamais quis me dizer.

— Você tem certeza de que esse amor misterioso existia mesmo, Angelina? Não seria uma fantasia de juventude?

— Lisetta não era do tipo que se perde em fantasias.

— A senhora sabe – interrompeu Montalbano –, aos dezessete anos, e infelizmente depois também, não se pode garantir a constância dos sentimentos.

— Ouviu? Bem feito para você – disse o diretor.

Sem responder, a sra. Burgio tirou outra foto do envelope. A imagem mostrava uma jovem vestida de noiva, de braço dado com um belo rapaz em uniforme de soldado americano.

— Esta aqui recebi de Nova York, era o que constava do carimbo do correio, nos primeiros meses de 1947.

— E isso elimina qualquer dúvida, acho eu – concluiu o diretor.

— Ah, não, isso até reforça a dúvida.

— Em que sentido, senhora?

— Porque no envelope só havia esta foto, esta foto de Lisetta com o soldado e nada mais, não vinha nem um bilhetinho, nada. Nem mesmo no verso da foto há uma linha sequer, o senhor pode conferir. E agora quem me explica por que uma amiga de verdade, íntima, me remete somente uma foto, sem uma palavrinha?

– A senhora reconheceu a letra da sua amiga no envelope?

– O envelope estava datilografado.

– Ah – disse Montalbano.

– E vou lhe contar uma última coisa: Elisa Moscato era prima de primeiro grau de Lillo Rizzitano. E Lillo queria muito bem a ela, como a uma irmã mais nova.

Montalbano olhou para o diretor.

– Ele a adorava – admitiu Burgio.

19

Quanto mais meditava sobre o assunto, quanto mais girava à sua volta, mais o comissário se convencia de que estava no caminho certo. Sequer precisara do habitual passeio meditativo até o final do quebra-mar; assim que saíra da casa dos Burgio com a fotografia nupcial no bolso, correra em direção a Montelusa.

– O doutor está?

– Sim, mas está trabalhando. Eu vou avisar – disse o guarda.

Pasquano e seus dois assistentes se distribuíam ao redor da mesa de mármore sobre a qual havia um cadáver, nu e de olhos arregalados. E tinha razão, o morto, em manter os olhos esbugalhados de assombro, visto que os três erguiam copos de papel, num brinde. O doutor segurava uma garrafa de espumante.

– Entre, entre, estamos comemorando.

Montalbano agradeceu a um assistente que lhe passava um copo, Pasquano serviu-lhe dois dedos de espumante.

— À saúde de quem? – quis saber o comissário.

— À minha. Com este aí, cheguei à minha milésima autópsia.

Montalbano tomou um gole, chamou o doutor à parte e mostrou-lhe a foto.

— A morta do Carneirinho poderia ter um rosto como o desta jovem da foto?

— Por que o senhor não vai se catar? – perguntou docemente Pasquano.

— Queira desculpar – disse o comissário.

Girou sobre os calcanhares e saiu. O babaca era ele mesmo, e não o doutor. Deixando-se levar pelo entusiasmo, tinha ido fazer a Pasquano a pergunta mais cretina que alguém podia conceber.

Na Perícia, não teve melhor sorte.

— Jacomuzzi está?

— Não, foi falar com o chefe.

— Quem cuida do laboratório fotográfico?

— É De Francesco, no subsolo.

De Francesco olhou a foto como se ainda não o tivessem informado sobre a possibilidade de se reproduzirem imagens sobre películas sensíveis à luz.

— O que o senhor quer de mim?

— Saber se isto é uma fotomontagem.

— Ah, isso não é comigo, não. Eu só entendo de fotografar e revelar. As coisas mais difíceis a gente manda para Palermo.

Depois, o caminho se firmou na direção certa, e teve início a série de acertos. Montalbano telefonou ao fotógrafo da revista que publicara a resenha do livro de Maraventano e de cujo sobrenome ele se lembrava.

— Desculpe incomodar, é o sr. Contino?
— Sim, sou eu, quem está falando?
— O comissário Montalbano. Preciso falar com o senhor.
— Prazer em conhecê-lo. Pode vir agora mesmo, se quiser.

O fotógrafo morava na parte velha de Montelusa, numa das raras casas sobreviventes a um deslizamento que destruiu um bairro inteiro de nome árabe.

— Na verdade, eu ensino história no liceu, não sou fotógrafo de profissão, mas amador. Estou às suas ordens.
— O senhor conseguiria me dizer se isto aqui é uma fotomontagem?
— Posso tentar – disse Contino, olhando a foto. – Quando foi tirada? O senhor sabe?
— Pelo que me disseram, mais ou menos em 1946.
— Volte depois de amanhã.

Montalbano inclinou a cabeça e não disse nada.

— É urgente? Então vamos fazer o seguinte: daqui a umas duas horas, mais ou menos, eu posso lhe dar uma primeira resposta, mas vai precisar de confirmação.
— Tudo bem.

O comissário passou as duas horas numa galeria de arte onde havia uma exposição de um pintor siciliano de seus setenta anos, ainda preso a uma certa retórica populista mas feliz no uso das cores, intensas, vivíssimas. Porém, impaciente como estava pela resposta de Contino, olhou as telas distraidamente. De cinco em cinco minutos, consultava o relógio.

— Então? Me diga.
— Acabei agora mesmo. Em minha opinião, trata-se realmente de uma fotomontagem. Muito bem-feita, aliás.
— Como foi que o senhor percebeu?

— Pelas sombras no fundo. A cabeça da moça foi montada em substituição à da verdadeira noiva.

E isso Montalbano não havia dito. Contino não tinha sido posto de sobreaviso, não tinha sido induzido àquela conclusão pelo próprio comissário.

— E digo mais: a imagem da moça foi retocada.

— Em que sentido?

— No sentido de que ela foi, como direi, um pouquinho envelhecida.

— Posso pegar de volta?

— Claro, não preciso mais dela. Achava que ia ser mais difícil, mas não há necessidade de confirmação, ao contrário do que eu supunha.

— O senhor me ajudou extraordinariamente.

— Escute, comissário, meu parecer é totalmente privado, entendeu? Não tem qualquer valor legal.

O chefe de polícia não só o recebeu de imediato como abriu os braços, todo alegre.

— Que bela surpresa! Está com tempo? Então venha comigo, vamos à minha casa. Estou esperando um telefonema do meu filho, e minha mulher vai ficar felicíssima de ver o senhor.

O filho do chefe, Massimo, era um médico que pertencia a uma associação de voluntários. Estes se definiam sem fronteiras e andavam pelos países devastados por alguma guerra, prestando serviço o melhor que podiam.

— Meu filho é pediatra, sabe? Atualmente se encontra em Ruanda. Fico realmente preocupado por ele.

— Ainda estão acontecendo confrontos?

— Eu não me referia a isso. É que, a cada vez que ele consegue telefonar, sinto que está mais arrasado pelo horror, pelo estrago que vê.

Depois o chefe se calou. E foi certamente para distraí-lo das preocupações em que ele havia mergulhado que Montalbano lhe comunicou a notícia.

– Tenho 99 por cento de certeza de que já sei nome e sobrenome da moça encontrada morta no Carneirinho.

O chefe não falou. Limitou-se a olhá-lo, de boca aberta.

– Chamava-se Elisa Moscato e tinha dezessete anos.

– Como diabos o senhor descobriu?

Montalbano contou tudo.

A mulher do chefe segurou a mão do comissário, como se ele fosse um menino, e levou-o para sentar-se no sofá. Conversaram um pouco, mas Montalbano logo se levantou, dizendo que precisava ir embora por causa de um compromisso. Era mentira: ele não queria era estar ali quando viesse o telefonema. O chefe e a esposa deviam alegrar-se sozinhos e sossegados com a voz longínqua do filho, ainda que as palavras dele fossem carregadas de angústia e dor. Quando o comissário deixou a casa, o telefone já estava tocando.

– Mantive a minha palavra, como a senhora pode ver. Trouxe a foto de volta.

– Entre, entre.

A sra. Burgio afastou-se para deixá-lo passar.

– Quem é? – perguntou em voz alta o marido, lá da sala de jantar.

– O comissário.

– Mas convide-o a entrar! – rugiu o diretor, como se sua mulher se tivesse recusado a isso.

Estavam jantando.

– Posso botar mais um prato? – sugeriu dona Angelina.

E, sem esperar resposta, arrumou o lugar para Montalbano. Este se sentou e ela serviu-lhe sopa de peixe, concentrada até onde Deus permitia e incrementada com salsa. – Conseguiu descobrir alguma coisa? – perguntou ela, sem dar importância à olhadela do marido, que considerava inoportuna aquela invasão.

– Infelizmente, sim, senhora. Acho que se trata de uma fotomontagem.

– Meu Deus! Então, quem mandou a foto queria me fazer acreditar numa coisa por outra!

– Sim, parece que o objetivo foi esse. Tentar botar um ponto final nas suas perguntas sobre Lisetta.

– Viu como eu tinha razão? – quase gritou a sra. Burgio ao marido, começando a chorar.

– Mas por que você está assim? – perguntou o diretor.

– Porque Lisetta morreu mas quiseram me convencer de que ela estava viva, feliz e casada!

– Sabe, pode ter sido a própria Lisetta quem...

– Pare de falar imbecilidades! – disse dona Angelina, jogando o guardanapo em cima da mesa.

Seguiu-se um silêncio embaraçado. Depois, ela recomeçou.

– Lisetta morreu mesmo, não foi, comissário?

– Temo que sim.

A sra. Burgio levantou-se e deixou a sala de jantar, cobrindo o rosto com as mãos. Assim que ela saiu, ouviram-na abandonar-se a uma espécie de ganido lamentoso.

– Sinto muito – disse o comissário.

– Foi ela quem procurou – rebateu impiedoso o diretor, seguindo uma lógica muito particular quanto a brigas conjugais.

– Permita-me uma pergunta. Tem certeza de que entre Lillo e Lisetta só existia aquele tipo de afeto que vocês mencionaram?

– Não entendi bem.

Montalbano decidiu falar às claras.

– O senhor exclui a possibilidade de que Lillo e Lisetta fossem amantes?

O diretor começou a rir e descartou a hipótese com um aceno da mão.

– Lillo era inteiramente apaixonado por uma moça de Montelusa, que não teve mais notícias dele desde julho de 1943. E ele não pode ser o morto do Carneirinho pela simples razão de que o camponês que o viu ferido, sendo acomodado num caminhão e transportado não sei aonde pelos soldados, era uma pessoa correta, séria.

– Então – disse Montalbano –, tudo isso significa uma coisa só, ou seja, não é verdade que Lisetta tenha fugido com um soldado americano. Consequentemente, o pai de Lisetta contou à sua mulher uma farsa, uma mentira. Quem era o pai de Lisetta?

– Ao que me lembro, chamava-se Stefano.

– Ainda é vivo?

– Não, morreu bem velho, uns cinco anos atrás.

– Ele vivia de quê?

– Era negociante de madeira, acho. Mas em nossa casa não se falava de Stefano Moscato.

– Por quê?

– Porque ele também não era uma pessoa correta. Estava mancomunado com seus parentes Rizzitano, entende? Tinha tido problemas com a justiça, não sei de que tipo. Naquela época, nas famílias das pessoas direitas, de bem, não se comentava sobre essa gente. Era como falar de cocô, desculpe o termo.

A sra. Burgio voltou, olhos vermelhos, uma velha carta nas mãos.

– Esta aqui é a última que me chegou de Lisetta, quando eu estava em Acquapendente, para onde minha família tinha se mudado.

Serradifalco, 10 de junho de 1943

Querida Angelina, como vai você? Como estão todos os seus? Você não pode calcular o quanto eu a invejo, porque sua vida numa aldeia do norte não pode ser, nem de longe, comparável à prisão em que passo os meus dias. Não julgue exagerada a palavra prisão. Além da vigilância asfixiante de papai, temos a vida monótona e estúpida de uma aldeia de quatro casas. Imagine que domingo passado, na saída da igreja, um rapaz daqui, que nem conheço, me cumprimentou. Papai percebeu, chamou-o à parte e deu-lhe umas bofetadas. Uma coisa de louco! Minha única distração é a leitura. Como amigo, tenho Andreuccio, um menino de dez anos, filho dos meus primos. Ele é muito inteligente. Você já imaginou que as crianças pudessem ser mais espirituosas do que nós? De alguns dias para cá, querida Angelina, vivo desesperada. De um modo um tanto aventuroso, que seria longo demais para explicar, recebi um bilhetinho de quatro linhas que Ele mandou, Ele, Ele. Diz que está desesperado, que não suporta mais não me ver, que receberam ordem de partir daqui a alguns dias, depois de tanto tempo estacionados em Vigàta. Sinto que vou morrer se não o vir mais. Antes dessa partida, eu tenho, tenho, tenho que passar algumas horas com ele, nem que seja ao preço de fazer uma loucura. Avisarei a você, e, até lá, abraço-a bem forte. Sua

LISETTA

— Quer dizer que a senhora nunca soube quem era esse *ele*? — perguntou o comissário.

— Não. Ela jamais quis me contar.

– Depois desta carta, a senhora não recebeu mais nenhuma?

– Está brincando? Já foi um milagre ter recebido esta. Naquele período, não se podia atravessar o Estreito de Messina, que vivia sendo bombardeado. Depois, em 9 de julho, os americanos desembarcaram, e as comunicações se interromperam definitivamente.

– Desculpe, mas a senhora se lembra do endereço de sua amiga em Serradifalco?

– Claro. Aos cuidados da família Sorrentino, rua Crispi, 18.

Montalbano ia metendo a chave no buraco da fechadura mas parou, alarmado. De dentro da sua casa vinham vozes e ruídos. Pensou em voltar ao carro e armar-se com a pistola, mas desistiu. Abriu a porta cuidadosamente, sem fazer o menor barulho.

E na mesma hora se deu conta de que se esquecera completamente de Livia, que devia estar esperando por ele havia horas.

Levou boa parte da noite para conseguir fazer as pazes.

Às sete horas, Montalbano levantou-se pé ante pé, discou um número de telefone e falou baixinho.

– Fazio? Você vai me fazer um favor, e alegue doença.

– Sem problema.

– Até à noite, eu quero saber tudo, vida, morte e milagres, sobre um tal de Stefano Moscato, falecido aqui em Vigàta uns cinco anos atrás. Informe-se por aí, fuxique nos arquivos do registro civil e mais onde lhe ocorrer. Faça o melhor que puder.

– Pode deixar.

Montalbano desligou, pegou papel e caneta e escreveu:

Amor, preciso sair para um compromisso urgente e não quero acordá-la. Devo estar de volta no início da tarde, sem falta. Por que você não chama um táxi e vai rever os templos? Eles continuam esplêndidos. Um beijo.

Saiu como um ladrão. Se Livia abrisse o olho, a coisa ia ficar feia.

Gastou uma hora e meia para chegar a Serradifalco. O dia estava claro, o comissário até assoviou, sentia-se contente. Lembrou-se de Caifás, o cachorro de seu pai, que rodava pela casa entediado e melancólico, mas que ficava irrequieto assim que via o dono dedicar-se à preparação dos cartuchos, e depois virava uma massa de energia quando se via levado à caça. Logo encontrou a rua Crispi, o número 18 era um casarão oitocentista de três andares. Havia uma campainha, com a tarja "Sorrentino". Uma jovem simpática, de uns vinte anos, perguntou-lhe o que desejava.

– Queria falar com o senhor Andrea Sorrentino.
– É o meu pai, mas não está. O senhor pode encontrá-lo na prefeitura.
– Ele trabalha lá?
– Mais ou menos. É o prefeito.

– Claro que me lembro de Lisetta – disse Andrea Sorrentino. Tinha ótima aparência para os seus sessenta e poucos anos, somente alguns cabelos brancos, jeito vigoroso. – Mas por que o senhor me pergunta por ela?

– É uma investigação muito reservada. Lamento não poder dizer-lhe nada. Acredite, porém, que para mim é muito importante obter alguma informação.

– Tudo bem, comissário. Tenho lembranças belíssimas de Lisetta. Fazíamos longos passeios pelo campo, e eu me sentia orgulhoso ao seu lado, como um adulto. Ela me tratava como se tivéssemos a mesma idade. Depois que sua família deixou Serradifalco para retornar a Vigàta, não tive mais notícias diretas dela.

– Como assim?

O prefeito hesitou por um momento.

– Bom, estou contando porque são histórias do passado. Acho que o meu pai e o pai de Lisetta tiveram uma briga feia, um desentendimento muito sério. Certa noite, por volta do final de agosto de 1943, meu pai voltou para casa transtornado. Tinha ido a Vigàta para tratar de algum assunto com o *zu*** Stefanu, como eu o chamava. Estava pálido, com febre, lembro-me de que mamãe se assustou muito e, consequentemente, eu também. Não sei o que aconteceu entre os dois, mas no dia seguinte, à mesa, o meu pai disse que em nossa casa o nome dos Moscato nunca mais devia ser pronunciado. Eu obedeci, embora tivesse uma vontade enorme de pedir a ele notícias de Lisetta. O senhor sabe, esses terríveis litígios entre parentes...

– O senhor se lembra do soldado americano que Lisetta conheceu aqui?

– Aqui? Um soldado americano?

– Sim. Pelo menos, foi o que acho que entendi. Ela conheceu em Serradifalco um soldado americano, os dois se apaixonaram, ela fugiu com ele e, algum tempo depois, casaram-se na América.

– Dessa história do casamento ouvi falar vagamente, porque uma tia minha, irmã do meu pai, recebeu uma foto que mostrava Lisetta vestida de noiva ao lado de um soldado americano.

– Então por que o senhor ficou surpreso agora?

---

* Corruptela de zio, tio. (N.T.)

— Fiquei surpreso porque o senhor disse que Lisetta conheceu o americano aqui. Veja bem, quando os americanos ocuparam Serradifalco, Lisetta tinha desaparecido da nossa casa há pelo menos dez dias.

— Como é que é?

— Sim, senhor. Certa tarde, podiam ser 15h ou 16h, vi Lisetta se arrumando para sair. Então perguntei qual seria o trajeto do nosso passeio naquele dia. Ela respondeu que eu não me ofendesse, mas que naquele dia preferia passear sozinha. Claro que fiquei profundamente ofendido. À noite, na hora do jantar, Lisetta não tinha voltado. O tio Stefano, o meu pai e alguns camponeses saíram para procurá-la, mas não a encontraram. Passamos horas terríveis, andavam por aí soldados italianos e alemães, os adultos pensaram em alguma violência... Na tarde do dia seguinte, o *zu* Stefanu se despediu e disse que não voltaria enquanto não achasse a filha. Em nossa casa ficou a mãe de Lisetta, arrasada, coitadinha. Depois aconteceu o desembarque e nós ficamos separados pelo *front*. No mesmo dia em que o *front* passou, Stefano Moscato voltou para buscar a mulher, disse-nos que havia encontrado Lisetta em Vigàta e que a fuga havia sido uma criancice. Ora, se o senhor me acompanhou até agora, deve ter compreendido que Lisetta não pode ter conhecido seu futuro marido aqui em Serradifalco, mas sim em Vigàta, na terra dela.

20

Os templos eu sei que são esplêndidos desde que o conheci fui obrigada a visitá-los umas cinquenta vezes portanto pode enfiá-los coluna por coluna no lugar que você sabe eu vou aonde me der na telha não sei quando volto.

O bilhete de Livia, escrito de supetão, transpirava raiva. Montalbano engoliu em seco. Mas como, ao voltar de Serradifalco, bateu-lhe uma fome de lobo, abriu a geladeira: nada. Abriu o forno: nada. O sadismo de Livia, que não queria a empregada por perto enquanto estivesse em Vigàta, estendera-se até a mais rigorosa limpeza. Não havia sequer uma migalha de pão. Montalbano voltou ao carro e chegou à *osteria* San Calogero na hora em que estavam abaixando as portas.

— Para o senhor, estamos sempre abertos, comissário.

Por fome e por vingança contra Livia, ele comeu até quase passar mal.

— Tem uma frase que me dá o que pensar – disse Montalbano.

– Quando ela diz que quer fazer uma loucura?

Estavam sentados na saleta, tomando um café, o comissário, o diretor e dona Angelina.

Montalbano segurava a carta da jovem Moscato e acabara de relê-la em voz alta.

– Não, senhora. A loucura nós sabemos que ela depois fez, quem contou foi o senhor Sorrentino, que não teria motivo para me enganar. Ou seja, poucos dias antes do desembarque, Lisetta faz esta bela proeza de fugir de Serradifalco para vir a Vigàta, a fim de se encontrar com seu amado.

– Como será que ela conseguiu? – perguntou dona Angelina, angustiada.

– Deve ter pedido carona a algum veículo militar. Naqueles dias, certamente havia um contínuo vaivém de italianos e alemães. Para uma moça bonita, como era ela, não deve ter sido difícil – interveio o diretor, que decidira colaborar, rendendo-se de má vontade ao fato de que, pelo menos daquela vez, as fantasias de sua mulher tinham peso real.

– E as bombas? E a fuzilaria? Meu Deus, que coragem! – exclamou dona Angelina.

– Mas então, qual é a frase? – perguntou o diretor, impaciente.

– Quando Lisetta diz ter sido informada por ele de que, depois de tanto tempo em Vigàta, haviam recebido ordem de partir.

– Não entendo.

– Veja bem, senhora, essa frase nos diz que ele se encontrava em Vigàta havia muito tempo e isso significa, implicitamente, que não se tratava de alguém do lugar. Segundo: ele informa a Lisetta que estava para ser constrangido, obrigado a sair daqui. Terceiro: adota o plural, e portanto quem deve abandonar Vigàta não é só ele, mas um grupo de pessoas. Tudo isso me faz pensar num militar. Posso estar enganado, mas me parece a indicação mais lógica.

– Lógica – secundou o diretor.

– Dona Angelina, quando foi que Lisetta lhe disse, pela primeira vez, que estava apaixonada? A senhora se lembra?

– Sim, porque nestes últimos dias a coisa que mais fiz foi tentar me lembrar de cada minuto específico dos meus encontros com Lisetta. Foi seguramente em maio ou junho de 1942. Refresquei a memória com um velho diário que achei.

– Ela virou a casa pelo avesso – resmungou o diretor.

– Precisaríamos saber quais as guarnições militares fixas que estavam aqui entre o início de 1942, ou mesmo antes, e julho de 1943.

– E o senhor acha fácil? – duvidou o diretor. – Eu, por exemplo, me lembro de um monte. Havia as baterias antiaéreas, as navais, havia um trem armado de canhões que ficava escondido num túnel, havia os militares do quartel, os do bunker... Os marinheiros, não, estes iam e vinham. É uma pesquisa praticamente impossível.

Calaram-se, desconsolados. Minutos depois, o diretor se levantou.

– Vou telefonar a Burruano. Ele ficou o tempo todo em Vigàta, antes, no decorrer e depois da guerra. Eu, não. Em certo momento, dei o fora.

Dona Angelina recomeçou a falar.

– Talvez tenha sido uma empolgação exagerada. Naquela idade, não se sabe distinguir. Mas certamente foi uma coisa séria, tão séria que a fez sair de casa e indispor-se com o pai, que era um carcereiro, ou pelo menos assim ela me contava.

Montalbano sentiu uma pergunta chegar-lhe aos lábios. Não queria fazê-la, mas o instinto de caçador levou a melhor.

– A senhora me desculpe a interrupção. Poderia especifi... ou melhor, saberia me dizer em que sentido Lisetta usava essa palavra, carcereiro? Era o tradicional ciúme siciliano da filha mulher? Um ciúme obsessivo?

Dona Angelina encarou-o por um instante e depois baixou os olhos.

– Escute, como lhe disse, Lisetta era bem mais amadurecida do que eu, que ainda era uma menina. Meu pai tinha proibido que eu fosse à casa dos Moscato. Por isso, nós nos víamos na escola ou na igreja. Nessas ocasiões, conseguíamos ficar em paz algumas horas, conversávamos. E agora ando moendo e remoendo o que ela dizia ou insinuava. Acho que, na época, eu não compreendia certas coisas...

– Quais?

– Por exemplo, até um dado momento Lisetta se referia ao pai como "meu pai". Mas, de um certo dia em diante, passou a chamá-lo de "aquele homem". Isso talvez não signifique nada. De outra vez, ela me disse: "aquele homem vai acabar me fazendo mal, muito mal". Então pensei em palmadas, surra, sabe como é? Agora me vem uma dúvida terrível sobre o verdadeiro significado daquela frase.

Dona Angelina parou, tomou um gole de chá e continuou.

– Corajosa ela era, e muito. No abrigo, quando caíam as bombas e nós tremíamos e chorávamos de pavor, de medo, era ela quem nos dava coragem, nos consolava. Mas deve ter precisado do dobro daquela coragem para fazer o que fez: desafiar o pai, sair por aí sob a fuzilaria, chegar aqui e fazer amor com um homem que não era nem seu noivo oficial. Naquela época, éramos diferentes das jovens de dezessete anos de hoje.

O monólogo da sra. Burgio foi interrompido pelo reaparecimento do diretor, agitadíssimo.

— Não encontrei Burruano, ele havia saído. Venha, comissário, vamos.

— Procurar o contador?

— Não, não, é que me veio uma ideia. Se tivermos sorte, se eu tiver acertado, doarei para São Calógero 50 mil liras na próxima festa.

São Calógero era um santo negro, adorado pela gente do lugar.

— Se o senhor tiver acertado, acrescento outras 50 mil – prometeu Montalbano, entusiasmado.

— Posso saber o que vão fazer?

— Depois eu conto – disse o diretor.

— E me deixam aqui sobrando? – insistiu dona Angelina.

O diretor já estava lá fora, frenético. Montalbano inclinou-se.

— Pode deixar que mantenho a senhora informada de tudo.

— Mas como fui me esquecer da *Pacinotti*? – murmurou o diretor, assim que os dois se viram na rua.

— Quem é essa senhora? – perguntou Montalbano, imaginando-a uma cinquentona gordinha e baixinha.

O diretor não respondeu. Montalbano fez outra pergunta:

— Vamos precisar pegar o carro? É longe?

— Que longe, que nada! Quatro passos.

— Pode me explicar quem é essa sra. Pacinotti?

— Mas por que a chama de senhora? Era uma embarcação de apoio, para o conserto das avarias que podiam ocorrer nos navios de guerra. Ancorou no porto no final de 1940 e não saiu mais. A tripulação se compunha de marinheiros que eram também mecânicos, carpinteiros, eletricistas, bombeiros... Todos bem jovens. Dada a longa permanência, muitos se tornaram de casa, acabaram sendo como gente do lugar. Fizeram amizades, houve até mesmo noivados. Dois se casaram com moças daqui. Um deles, chamado Tripcovich, já morreu. O outro é Marin, o dono da oficina de automóveis da praça Garibaldi. Conhece?

– É o meu mecânico – disse o comissário, pensando com amargura que estava recomeçando sua viagem pela memória dos velhos.

Gordo e mal-humorado, metido num macacão imundo, o cinquentão não cumprimentou o comissário e falou rispidamente com o diretor.

– O senhor perdeu seu tempo, sabia? Ainda não ficou pronto, eu avisei que era um trabalho demorado.

– Não vim por causa do carro. Seu pai está?

– Claro que está! Aonde o senhor queria que ele fosse? Vive aí me enchendo o saco, dizendo que eu não sei trabalhar, que os gênios mecânicos da família são ele e o neto.

Um jovem de uns vinte anos, também de macacão, que estava debruçado sob um capô, examinando um motor, ergueu a cabeça e cumprimentou os dois com um sorriso. Montalbano e o diretor atravessaram a oficina, que originariamente devia ter sido uma loja, e chegaram a uma espécie de boxe feito de tábuas.

Dentro, atrás de uma mesa de trabalho, estava Antonio Marin.

– Escutei tudo – disse ele. – Se a artrite não tivesse me atacado, saberia dar uma lição naquele ali.

– Viemos pedir uma informação.

– Pode falar, comissário.

– É melhor que o diretor Burgio fale.

– O senhor se lembra de quantos integrantes da tripulação da *Pacinotti* morreram, ficaram feridos ou foram declarados desaparecidos por ocasião da guerra?

– Nós tivemos sorte – disse o velho, animando-se. Falar daquele tempo heroico lhe dava um evidente prazer, a família certamente o mandava calar a boca quando ele mencionava o assunto. – Tivemos um morto por estilhaço de bomba, chamado Arturo Rebellato; um ferido, também por estilhaço, cujo nome era Silvio Destefano; e um desaparecido, Mario Cunich. Éramos muito unidos, nossa grande maioria era de venezianos, triestinos...

– Desaparecido no mar? – quis saber o comissário.

– Mar? Que mar? Ficamos o tempo todo atracados. Éramos praticamente um prolongamento do cais.

– Então por que ele foi declarado desaparecido?

– Porque, na noite de 7 de julho de 1943, não retornou a bordo. Durante a tarde havia acontecido um bombardeio violento, e ele estava de folga. Era de Monfalcone, esse Cunich, e tinha um amigo de sua terra, Stefano Premuda, que era também amigo meu. Bom, na manhã seguinte Premuda obrigou toda a tripulação a procurar Cunich. Passamos o dia inteiro perguntando por ele de casa em casa, e nada. Fomos ao hospital militar, ao hospital civil, estivemos no lugar para onde levavam os cadáveres encontrados sob os escombros... Nada. Até os oficiais se juntaram a nós, porque algum tempo antes havíamos recebido um pré-aviso, uma espécie de alerta, informando que nos dias próximos deveríamos zarpar... Não zarpamos nunca, os americanos chegaram antes.

– Ele não pode simplesmente ter desertado?

– Cunich? De jeito nenhum! Aquele acreditava na guerra. Era fascista. Um bravo rapaz, mas fascista. Além do mais, estava caído.

– Como assim?

– Caído, apaixonado. Por uma moça daqui. Como eu, aliás. Ele dizia que iria se casar com ela assim que a guerra acabasse.

– E vocês não tiveram mais notícias dele?

– Pois é, os americanos, ao desembarcarem, acharam que um barco de apoio como o nosso, uma verdadeira joia, era conveniente para eles. Então nos mantiveram de serviço, em uniforme italiano, e nos deram uma faixa que nós usávamos no braço para evitar equívocos. Cunich dispunha do tempo que quisesse para se reapresentar, mas não apareceu. Evaporou-se. Eu me mantive em contato com Premuda, de vez em quando perguntava se Cunich tinha dado sinal de vida, se ele tinha alguma notícia... Nada, nada.

– O senhor disse que Cunich tinha uma namorada aqui. O senhor a conheceu?

– Nunca.

Ainda havia uma coisa para perguntar, mas Montalbano se calou e, com uma olhadela, cedeu o privilégio ao diretor.

– Ele pelo menos disse o nome dela? – perguntou o diretor, aceitando a generosa proposta que Montalbano lhe fizera.

– Cunich era uma pessoa muito reservada, sabe? Somente uma vez mencionou o nome dela: Lisetta.

E agora, o que foi? Passou um anjo, o tempo parou? Montalbano e o diretor se imobilizaram. Depois o comissário levou uma mão ao flanco, viera-lhe uma violenta fisgada, enquanto o diretor comprimia o coração e se apoiava num automóvel para não cair. Marin se apavorou.

– O que foi que eu disse? Meu Deus, o que foi que eu disse?

Mal saíram da oficina, o diretor começou a dar gritos de alegria.

– Acertamos!

E esboçou passos de dança. Dois transeuntes que o conheciam, e sabiam-no severo e circunspecto, pararam embasbacados. Por fim desafogado, o diretor recuperou a sisudez.

– Olha que fizemos a São Calógero uma promessa de 50 mil liras por cabeça. Convém não esquecer.
– Não esquecerei.
– O senhor conhece São Calógero?
– Desde quando estou em Vigàta, assisti à festa todos os anos.
– Isso não significa conhecê-lo. São Calógero é, como direi, um que não deixa barato. Estou avisando em seu próprio interesse.
– Está brincando?
– Nem um pouco. É um santo vingativo, facilmente se irrita. Se alguém prometer a ele alguma coisa, deve manter a palavra. Se, por exemplo, o senhor escapa de um acidente de carro, faz uma promessa ao santo e não a cumpre, pode botar a mão no fogo como vai lhe acontecer outro acidente e o senhor no mínimo perde as pernas. Compreendeu bem?
– Perfeitamente.
– Vamos voltar à minha casa, assim o senhor conta tudo à minha mulher.
– Eu?
– Sim, porque não quero dar-lhe a satisfação de ouvir de mim que ela estava com a razão.

– Resumindo – disse Montalbano –, as coisas podem ter acontecido assim.

Agradava-lhe essa investigação em clima íntimo, numa casa de outros tempos, diante de uma xícara de café.

– O marinheiro Mario Cunich, que em Vigàta virou quase um conterrâneo, se apaixona por Lisetta Moscato e é correspondido. Como faziam para se encontrar, para conversar, só Deus sabe.

– Pensei bastante sobre isso – disse dona Angelina. – Houve um certo período, acho que entre o ano de 1942 e março ou abril de 1943, em que Lisetta teve mais liberdade, porque o pai havia se afastado de Vigàta a negócios. O namoro, os encontros clandestinos devem ter sido possíveis nessa época.

– Que eles se apaixonaram é um fato – recomeçou Montalbano. – Depois, o retorno do pai impediu os encontros. Talvez a retirada tenha coincidido com essa fase. Então chegou a notícia da iminente partida dele... Lisetta foge, vem até aqui e se encontra com Cunich, não sabemos onde. O marinheiro, para ficar com Lisetta o maior tempo que pudesse, não se reapresenta a bordo. A certa altura, os dois são assassinados dormindo. Até aqui, tudo bem.

– Como, tudo bem? – espantou-se dona Angelina.

– Desculpe, eu quis dizer que, até aqui, a reconstituição faz sentido. O assassino pode ter sido um namorado rejeitado, o próprio pai de Lisetta, que pode tê-los surpreendido, sentindo-se assim desonrado, ou sabe-se lá quem.

– Como, sabe-se lá? – revoltou-se dona Angelina. – O senhor não está interessado em descobrir quem matou aquelas duas pobres crianças?

Montalbano não teve coragem de responder que o assassino não lhe importava tanto, o que o intrigava era o porquê de uma pessoa, talvez o próprio assassino, se dar o trabalho de transportar os cadáveres para a gruta e preparar a encenação da tigela, do pote e do cão de terracota.

Antes de voltar para casa, o comissário passou numa loja de produtos alimentícios para comprar duzentos gramas de queijo apimentado e um pão de trigo de grão duro. Fez a provisão por ter certeza de que não iria encontrar Livia. Ela realmente não estava: tudo permanecia do jeito como havia ficado quando ele saíra para ir falar com os Burgio.

Não deu nem tempo de largar a sacola em cima da mesa e o telefone tocou. Era o chefe de polícia.

– Montalbano, gostaria de informá-lo de que hoje me telefonou o subsecretário Licalzi. Queria saber por que eu ainda não encaminhei um pedido de promoção para o senhor.

– Mas o que será que esse cara quer comigo?

– Eu me permiti inventar uma história de amor, misteriosa, contei e não contei, deixei as coisas subentendidas... Ele mordeu a isca, tudo indica que é leitor apaixonado de fotonovelas cor-de-rosa. Mas resolveu a questão. Mandou que eu escrevesse a ele pedindo uma gratificação consistente para o senhor. Já redigi e expedi a solicitação. Quer que eu leia?

– Me poupe.

– Que pena, acho que fiz uma pequena obra-prima.

Montalbano arrumou a mesa, cortou uma generosa fatia de pão, mas o telefone tocou outra vez. Não era Livia, como ele esperava, mas Fazio.

– Doutor, trabalhei o dia inteirinho para o senhor. Esse Stefano Moscato não era mesmo flor que se cheire.

– Mafioso?

– Mafioso, mafioso, acho que não. Cara violento, isso ele era. Não sei quantas condenações por briga, violência, agressão. Não parece coisa de máfia, um mafioso não cai nessa de se condenar por besteira.

– A última condenação foi quando?

– Em 1981, imagine o senhor. Já com o pé na cova e ainda quebrou a cabeça de um a caldeiradas.

– Sabe se ele esteve preso durante algum tempo entre 1942 e 1943?

– Claro. Briga com lesões corporais. De março de 1942 até 21 de abril de 1943 ele estava em Palermo, na prisão do Ucciardone.

Com as informações dadas por Fazio, Montalbano achou ainda mais gostoso o queijo apimentado, que por si só já era uma delícia.

21

O cunhado de Galluzzo abriu o telejornal com a notícia de um grave atentado, claramente de cunho mafioso, ocorrido na periferia de Catânia. Um comerciante muito conhecido e estimado na cidade, um certo Corrado Brancato, proprietário de um grande estabelecimento que abastecia supermercados, havia decidido presentear-se com uma tarde de descanso numa casa de campo que possuía perto da cidade. Bastou que ele enfiasse a chave no buraco e a porta se escancarou praticamente sobre o nada; uma pavorosa explosão, obtida mediante um engenhoso dispositivo que conectava a fechadura a uma carga de explosivos, havia literalmente pulverizado a casa, o comerciante e a esposa dele, a sra. Giuseppa Tagliafico. As investigações, acrescentou o jornalista, apresentavam-se difíceis, visto que Brancato não era fichado na polícia nem parecia ter qualquer envolvimento com assuntos de máfia.

Montalbano desligou o televisor e pôs-se a assoviar a *Sinfonia n. 8* de Schubert, a *Inacabada*. Saiu-se muitíssimo bem, acertou todos os compassos.

Discou o número de Mimì Augello, seguramente o vice saberia algo mais sobre o fato. Ninguém atendeu.

Tendo finalmente acabado de comer, Montalbano removeu todos os vestígios da refeição e lavou cuidadosamente até o copo no qual bebera três dedos de vinho. Despiu-se e preparava-se para se deitar quando escutou um veículo estacionando, vozes, portas de carro batendo, o barulho do automóvel arrancando. Rápido como um relâmpago, meteu-se embaixo do lençol, apagou a luz e fingiu um sono profundo. Ouviu a porta da casa abrir-se e fechar-se e, a seguir, os passos de Livia, que de repente cessaram. Montalbano compreendeu que ela havia parado na porta do quarto e estava olhando para ele.

– Não se faça de palhaço.

Montalbano entregou os pontos e acendeu a luz.

– Como foi que descobriu que eu estava fingindo?

– Pela respiração. Você sabe como respira dormindo? Não. Mas eu sei.

– Por onde você andou?

– Fui a Eraclea Minoa e Selinunte, ver os templos.

– Sozinha?

– Senhor comissário, conto tudo, confesso qualquer coisa, mas pelo amor de Deus suspenda o interrogatório! Fui com Mimì Augello.

Montalbano amarrou a cara e apontou para ela um dedo ameaçador:

– Estou avisando, Livia: Augello já ocupou a minha mesa e não gostaria que ele ocupasse qualquer outra coisa que me pertença.

Livia se crispou.

– Vou fingir que não entendi, é melhor para nós dois. De qualquer modo, saiba que não sou um objeto de sua propriedade, seu siciliano babaca.

– Está bem, desculpe.

Continuaram discutindo, até mesmo depois que Livia tirou a roupa e se deitou. Mas, no que se referia a Mimì, Montalbano estava decidido a não deixar aquilo passar em branco. Levantou-se.

– Aonde você vai?

– Telefonar para Mimì.

– Deixa o homem em paz, ele nem sonhou em fazer qualquer coisa que pudesse ofender você.

– Alô, Mimì? Montalbano. Ah, você acabou de chegar? Ótimo. Não, não, não se preocupe, Livia está muito bem, e extremamente agradecida pelo belo dia que você proporcionou a ela. E eu também lhe agradeço. Ah, Mimì, sabia que explodiram Corrado Brancato em Catânia? Não, não é brincadeira, não, deu na televisão. Você não sabe de nada sobre isso? Mas como não sabe? Ah, sim, entendi, claro, você passou o dia inteiro fora. Aliás, os nossos colegas de Catânia andaram à sua procura em tudo quanto foi canto. E o chefe também deve ter perguntado onde você tinha ido parar. O que se pode fazer, não é mesmo? Veja se dá um jeito nisso. Durma bem, Mimì.

– Dizer que você é um canalha é pouco – falou Livia.

– Está bem – respondeu Montalbano. Afinal, já eram três da madrugada. – Reconheço que a culpa é toda minha. Se eu fico em casa, acabo agindo como se você não existisse, envolvido com minhas preocupações. O problema é que eu me acostumei demais a estar sozinho. Vamos dar o fora daqui.

– E a cabeça, você deixa onde? – perguntou Livia.

– Como assim?

– Porque você carrega sua cabeça para onde for, com tudo o que tem dentro. Portanto, inevitavelmente, continua pensando nas suas coisas mesmo que a gente esteja a mil quilômetros de distância.

— Juro que vou esvaziar a cabeça antes de sair.
— E aonde a gente vai?

Já que Livia entrara naquela onda turístico-arqueológica, Montalbano achou conveniente ir atrás.

— Você nunca esteve na ilha de Mozia, certo? Vamos fazer o seguinte: hoje mesmo, ali pelas onze horas, seguimos para Mazara del Vallo. Tenho um amigo lá, o subchefe de polícia Valente, que não vejo há tempos. Depois continuamos por Marsala e de lá visitamos Mozia. Quando voltarmos a Vigàta, organizamos outro passeio.

Fizeram as pazes.

Giulia, a mulher do subchefe Valente, não só era da mesma idade que Livia como, além disso, tinha nascido em Sestri. A simpatia entre as duas foi instantânea. O mesmo não aconteceu com Montalbano em relação à sra. Valente, em virtude da massa vergonhosamente cozida além do ponto, do guisado concebido por uma mente claramente enferma, do café que nem a bordo dos aviões ousavam empurrar. Ao término do assim chamado almoço, Giulia sugeriu que Livia ficasse com ela em casa, mais tarde sairiam. Montalbano então acompanhou o amigo ao trabalho. Esperando o subchefe, estava um homem de seus quarenta anos, com longas costeletas e cara de siciliano queimado de sol.

— É cada dia uma coisa! Desculpe, mas preciso falar com o senhor. É importante.

— Quero lhe apresentar o professor Farid Rahman, um amigo de Túnis – disse Valente, voltando-se para Montalbano. Depois, virou-se para o professor: – É coisa demorada?

— No máximo uns quinze minutos.

— Vou dar uma volta pelo bairro árabe – disse Montalbano.

— Se o senhor esperar por mim – interveio Farid Rahman –, seria realmente um prazer servir-lhe de guia.

— Faça o seguinte – sugeriu Valente. — Sei que a minha mulher não sabe fazer café. A trezentos metros daqui fica a praça Mokarta. Você se senta no bar e toma um dos bons. Depois o professor o encontra lá.

O comissário não pediu logo o café: primeiro, dedicou-se a um substancioso e perfumado prato de *pasta al forno* que o levantou do baixo-astral em que a arte culinária da sra. Giulia o afundara. Quando Rahman chegou, ele já havia dado sumiço nos vestígios da massa e tinha à sua frente uma inocente e pequenina xícara de café, vazia. Os dois foram ver o bairro.

— Vocês são quantos em Mazara?

— Já ultrapassamos um terço da população local.

— Acontecem muitos incidentes entre vocês e os mazarenses?

— Não, pouca coisa, eu diria mesmo nada, em comparação com outras cidades. Sabe, acho que, para os mazarenses, nós somos como uma memória histórica, um fato quase genético. Somos de casa. Al-Imam al-Mazari, o fundador da escola jurídica do Magrebe, nasceu em Mazara, assim como o filólogo Ibn al-Birr, que foi expulso da cidade em 1068 porque gostava demais de vinho. Porém, o fato substancial é que os mazarenses são gente do mar. E o homem do mar tem muito bom senso, entende o que significa manter os pés na terra. Por falar em mar: o senhor sabia que os barcos de pesca daqui têm tripulação mista, sicilianos e tunisianos?

— O senhor ocupa algum cargo oficial?

— Não, Deus nos livre da oficialização. Aqui tudo anda às mil maravilhas porque cada coisa se desenvolve de forma oficiosa. Sou professor primário, mas faço a ligação entre a minha gente e as autoridades locais. Outro exemplo de bom senso: depois que um diretor nos cedeu algumas salas, nós, professores, viemos de Túnis e criamos nossa própria escola. Mas, oficialmente, a direção provincial de educação ignora o fato.

O bairro era um pedaço de Túnis, arrancado e levado tal e qual para a Sicília. Como era sexta-feira, dia de repouso, as lojas estavam fechadas, mas a vida, nas vielas estreitas, mantinha-se colorida e vivaz do mesmo jeito. A primeira coisa que Rahman mostrou a Montalbano foi o grande espaço público das termas, o tradicional local de encontros sociais para os árabes. Depois, levou-o a uma *fumeria*, isto é, um café com narguilés. Passaram diante de uma espécie de armazém vazio onde um ancião de fisionomia grave, sentado no chão com as pernas dobradas, lia e comentava um livro. Diante dele, sentados do mesmo modo, uns vinte rapazes escutavam atentamente.

– É um religioso nosso explicando o Alcorão – disse Rahman, sem se deter.

Montalbano segurou-o pelo braço. Estava impressionado com aquela atenção verdadeiramente religiosa da parte de garotos que, mal saíssem dali, certamente iriam desembestar em algazarras e palavreado chulo.

– O que ele está lendo?

– A décima oitava sura, a da caverna.

Sem saber explicar a si mesmo o motivo, Montalbano sentiu uma leve fisgada na espinha dorsal.

– Caverna?

– Sim, *al-kahf*, caverna. A sura diz que Deus, indo ao encontro do desejo de alguns jovens que não queriam se corromper nem se distanciar da verdadeira religião, fez com que eles caíssem num sono profundo dentro de uma caverna. E, para que na caverna reinasse sempre a mais completa escuridão,

Deus inverteu o curso do sol. Dormiram durante cerca de 309 anos. Com eles, também dormindo, havia um cão, diante da entrada, em posição de guarda, as patas anteriores distendidas...

Rahman interrompeu-se ao perceber que Montalbano começava a ficar branco, branco e abria e fechava a boca como se o ar lhe faltasse.

– Comissário, o que o senhor tem? Está se sentindo mal? Quer que eu chame um médico? Comissário!

Montalbano assustou-se com sua própria reação: sentia-se fraco, a cabeça girava, as pernas moles como ricota, evidentemente ele ainda sofria as consequências do ferimento e da cirurgia. Enquanto isso, juntava-se ao redor dele e de Rahman uma pequena multidão. O professor deu algumas ordens, um árabe saiu correndo e voltou com um copo d'água, outro chegou com uma cadeira de palha e obrigou Montalbano, que se sentia ridículo, a sentar-se. A água o revigorou.

– Como é que se fala na sua língua: Deus é grande e misericordioso?

Rahman disse, e Montalbano esforçou-se por imitar o som das palavras. A pequena multidão riu de sua pronúncia, mas secundou-o em coro.

Rahman dividia um apartamento com um colega mais velho, El Madani, que naquele momento estava em casa. Rahman preparou chá de menta, enquanto Montalbano lhe explicava as razões de seu mal-estar. Sobre a descoberta dos dois jovens assassinados no Carneirinho, Rahman ignorava tudo, mas El Madani tinha ouvido falar.

– Eu queria pedir-lhes o favor de me esclarecer – disse o comissário – até que ponto os objetos dispostos na gruta podem relacionar-se com o que diz a sura. Quanto ao cão, não resta dúvida.

— O nome do cão é Kytmyr — disse El Madani —, mas também o chamam Quotmour. Sabe? Entre os persas, esse cão, o da caverna, é o guardião da correspondência.

— A sura fala de uma tigela cheia de dinheiro?

— Não, essa tigela não existe na sura, pela simples razão de que os jovens adormecidos têm dinheiro nos bolsos. Quando acordam, dão moedas a um deles para que compre a melhor comida que encontrar. Estão com fome. O enviado, no entanto, se trai pelo fato de que aquelas moedas não só estão fora de circulação como valem agora uma fortuna. E as pessoas o seguem até a caverna, justamente em busca daquele tesouro: eis como os adormecidos são descobertos.

— Mas, neste meu caso, a tigela se explica — disse Montalbano a Rahman —, porque o rapaz e a moça foram deitados na gruta nus, e portanto o dinheiro tinha que ser posto em algum lugar.

— Isto mesmo — respondeu El Madani —, mas no Alcorão não está escrito que eles tivessem sede. Nesse sentido, o recipiente de água, em relação à sura, é um objeto completamente estranho.

— Eu conheço muitas lendas sobre adormecidos — reforçou Rahman —, mas não se fala de água em nenhuma delas.

— Quantos eram os jovens adormecidos na gruta?

— A sura deixa isso vago, talvez o número não importe: três, quatro, cinco, seis, excluindo-se o cão. Mas convencionou-se que eles fossem sete, oito com o cão.

— Talvez lhe seja útil saber que a sura retoma uma lenda cristã, a dos adormecidos de Éfeso — disse El Madani.

— Há também um drama egípcio moderno, *Ahl al-kahf*, ou seja, a gente da caverna, do escritor Taufik al-Hakim. Nele os jovens cristãos, perseguidos pelo imperador Décio, caem num sono profundo e acordam no tempo de Teodósio II. São três, e com eles está o cão.

– Portanto – concluiu Montalbano –, quem pôs os corpos na gruta certamente conhecia o Alcorão e também a peça desse egípcio.

– Senhor diretor? Montalbano. Estou ligando de Mazara del Vallo, e de saída para Marsala. Desculpe a pressa, mas preciso lhe perguntar uma coisa muito importante. Lillo Rizzitano sabia árabe?

– Lillo? Nem pensar!
– Ele não pode ter estudado esse idioma na universidade?
– De jeito nenhum.
– Ele se formou em quê?
– Em italiano, com o professor Aurelio Cotroneo. Talvez me tenha dito qual era o tema da tese, mas eu esqueci.
– Ele tinha algum amigo árabe?
– Que eu saiba, não.
– Havia árabes em Vigàta entre 1942 e 1943?
– Comissário, os árabes estiveram aqui no tempo do domínio deles e retornaram em nossos dias, mas não como conquistadores, coitados. Naquela época, não havia nenhum. Mas o que foi que os árabes lhe fizeram?

Quando partiram em direção a Marsala, já escurecera. Livia estava contente, animada, o encontro com a mulher de Valente havia sido agradável. No primeiro cruzamento, em vez de dobrar à direita, Montalbano entrou à esquerda. Livia logo percebeu e o comissário foi obrigado a uma difícil inversão de sentido. No segundo cruzamento, talvez por simetria com o erro anterior, Montalbano fez tudo ao contrário: em vez de seguir pela esquerda, pegou à direita, sem que Livia, empolgada com seu próprio discurso, tivesse tempo de se dar conta. Espantadíssimos, os dois se viram em Mazara outra vez. Livia explodiu:

– Com você, só com muita paciência mesmo!
– Mas você também podia *addunaritìni**!
– Não venha me falar em dialeto siciliano! Você é desleal! Antes de sair de Vigàta, prometeu que ia esvaziar a cabeça, mas continua se distraindo com as suas histórias!
– Desculpe, desculpe.

Montalbano se manteve atentíssimo na primeira meia hora de estrada. Depois, à sua revelia, o pensamento voltou: o cão encaixava, a tigela com as moedas encaixava; o pote, não. Por quê?

Não chegou nem a iniciar uma hipótese. Ofuscado pelos faróis de um caminhão, percebeu que estava muito fora de sua faixa, e que, naquelas condições, uma batida seria pavorosa. Deu uma guinada desesperada, atordoado pelo urro de Livia e pela buzina furiosa do caminhão. Entraram derrapando por um campo recém-arado e depois o carro parou, atolado. Nenhum dos dois falou, não havia nada a dizer. Livia respirava pesadamente. Montalbano entrou em pânico quanto ao que aconteceria dali a pouco, assim que ela se recuperasse um pouquinho. Covardemente, ergueu as mãos em prece, pedindo compaixão.

– Sabe, não quis lhe dizer antes para você não ficar preocupada, mas o fato é que hoje à tarde eu me senti tão mal...

Depois, a situação ficou entre tragédia e filme do Gordo e o Magro. O carro não se mexeu nem a pontapés, e Livia se fechou num silêncio desdenhoso. A certa altura, Montalbano desistiu da tentativa de sair do buraco, por medo de fundir o motor. Pendurou as bagagens a tiracolo. Livia o seguia à distância de alguns passos. Um motorista se compadeceu daqueles dois

---

* "Dar-se conta", em dialeto siciliano. (N.E.)

desvalidos à beira da estrada e levou-os até Marsala. Montalbano deixou Livia num hotel e dirigiu-se ao comissariado local. Identificou-se e, com a ajuda de um agente, acordou um infeliz proprietário de reboque. Entre uma coisa e outra, quando se deitou ao lado de Livia, que dormia um sono agitado, já eram quatro da manhã.

22

Para obter o perdão, Montalbano se dispôs a ser afetuoso, paciente, sorridente e obediente. E conseguiu, tanto que Livia recuperou o bom humor. Ela adorou Mozia, maravilhou-se com a estrada quase à flor d'água que ligava a ilha ao litoral fronteiro, encantou-se com o pavimento em mosaicos de uma *villa*, feito de seixos de rio, brancos e negros.

– Este aqui é o *tophet* – disse o guia –, a área sagrada dos fenícios. Não havia construções: os rituais se desenvolviam ao ar livre.

– Os costumeiros sacrifícios aos deuses? – perguntou Livia.

– Ao deus – corrigiu o guia –, ao deus Baal Hammon. Sacrificavam a ele o primogênito: primeiro o estrangulavam e a seguir o queimavam, e então metiam os restos num vaso que eles fincavam na terra e, ao lado, punham uma estela funerária. Aqui foram encontradas mais de setecentas.

– Ah, meu Deus! – exclamou Livia.

– Minha senhora, neste lugar a vida não era nada fácil para as crianças. Quando o almirante Leptines, enviado por Dionísio de Siracusa, conquistou a ilha, os mozianos degolaram os filhos antes de se renderem. Ou seja, de um jeito ou de outro, o destino dos meninos de Mozia era ver a coisa ficar preta.

– Vamos embora daqui, e já – disse Livia. – Não quero saber mais nada sobre essa gente.

Decidiram seguir para Pantelleria e ali ficaram seis dias, finalmente sem discussões nem brigas. Era o lugar adequado para, certa noite, Livia perguntar:

– Por que a gente não se casa?

– Pois é, por que não?

Sensatamente, combinaram pensar nisso com calma. As principais mudanças caberiam a Livia, que precisaria abandonar sua casa em Boccadasse e adaptar-se a novos ritmos de vida.

Assim que o avião decolou, levando Livia, Montalbano correu para um telefone público e chamou seu amigo Zito, em Montelusa. Pediu-lhe um nome e teve como resposta um número de Palermo, que ele logo discou.

– O professor Riccardo Lovecchio está?

– Sou eu.

– Quem me indicou seu nome foi Nicolò Zito, um amigo comum.

– Como vai aquele vermelho safado? Faz tempo que não falo com ele.

O alto-falante que convocava os passageiros do voo para Roma a dirigirem-se ao portão de embarque deu a Montalbano uma ideia para que fosse recebido logo.

– Nicolò vai bem e lhe manda um abraço. Escute, professor, eu me chamo Montalbano, estou no aeroporto de Punta Ràisi e disponho de mais ou menos quatro horas antes de pegar outro avião. Preciso falar com o senhor.

A voz no alto-falante repetiu a chamada, como se tivesse combinado com o comissário, que precisava de respostas, e já.

– Ah, é o comissário Montalbano de Vigàta, aquele que descobriu os dois jovens assassinados na gruta? É? Mas que coincidência! Sabia que pretendia procurá-lo um dia destes? Venha à minha casa. Estou esperando, anote o endereço.

– Eu, por exemplo, dormi quatro dias e quatro noites seguidos, sem comer, sem viver. Para tanto sono contribuíram uns vinte baseados, cinco trepadas e uma cacetada da polícia na cabeça. Isso foi em 1968. Minha mãe se preocupou, queria chamar um médico, achou que eu estava em coma profundo.

O professor Lovecchio parecia um bancário. Não demonstrava seus 45 anos e iluminava-lhe os olhos um sutilíssimo brilho de loucura. Funcionava a uísque puro, às onze horas.

– Nesse meu sono não havia nada de miraculoso – prosseguiu Lovecchio. – Para alcançar o milagre, é preciso ultrapassar pelo menos vinte anos de dormida. No próprio Alcorão, na segunda sura, se não me engano, está escrito que um certo homem, no qual os comentaristas identificaram Ezra, dormiu durante cem anos. Já o profeta Salih teve vinte anos de sono, também ele numa espelunca, que não é um lugar cômodo para se dormir. Os hebreus não ficam atrás e, no Talmude hierosolimitano, exaltam um tal de Hammaagel que dormiu setenta anos, sempre dentro de uma gruta. E não esqueçamos os gregos! Epimênides, dentro de uma caverna, acordou depois de cinquenta anos. Em suma, naqueles tempos bastava uma gruta e um cara morto de sono para o milagre acontecer. Os dois jovens descobertos pelo senhor dormiram quantos anos?

– Cinquenta, de 1943 a 1994.

– Tempo perfeito para serem acordados. Complicaria suas deduções se eu lhe dissesse que, em árabe, usa-se um só verbo para significar tanto *dormir* quanto *morrer*? E que sempre se emprega um mesmo verbo para *acordar* e para *ressuscitar*?

– Professor, suas explicações são fascinantes, mas eu tenho que pegar um avião e estou com pouquíssimo tempo. Por que o senhor havia pensado em me procurar?

– Para lhe dizer que não se deixe enganar pelo cão. Porque o cão parece contradizer o pote e vice-versa. Entendeu?

– Nadinha.

– Veja bem, a lenda dos adormecidos não tem origens orientais, mas cristãs. Foi introduzida na Europa por Gregório de Tours. Fala de sete jovens de Éfeso que, para fugir às perseguições anticristãs de Décio, se refugiaram numa gruta, onde o Senhor os fez adormecer. A gruta de Éfeso existe, está inclusive reproduzida na enciclopédia *Treccani*. Por cima construíram um santuário que depois foi derrubado. Ora, a lenda cristã narra que na gruta havia uma nascente. Então os adormecidos, assim que acordaram, primeiro beberam água e depois enviaram um deles em busca de alimento. Mas em nenhum momento da lenda cristã, e tampouco em suas infinitas variantes europeias, se fala da presença de um cão. O cão, chamado Kytmyr, é pura e simples invenção poética de Maomé, que amava os animais a ponto de cortar uma manga de sua túnica para não acordar o gato que dormia em cima dela.

– Perdi o fio da meada – disse Montalbano.

– Mas não há motivo para se perder, comissário! Eu quis dizer simplesmente que o pote foi usado como símbolo da nascente que existia na caverna de Éfeso. Concluindo: o pote, que portanto pertence à lenda cristã, só pode conviver com o cão, que pertence à invenção poética do Alcorão, se tivermos uma visão global de todas as variantes que as diversas culturas trouxeram... Em minha opinião, o autor do cenário da gruta só pode ser alguém que, por razões de estudo...

Como nas histórias em quadrinhos, Montalbano viu a lampadazinha que se acendera em seu cérebro.

Diante do escritório da Antimáfia, o comissário freou tão de repente que o sentinela se alarmou e apontou a metralhadora.

– Eu sou o comissário Montalbano! – gritou ele, exibindo a carteira de motorista, a primeira coisa que lhe saiu do bolso.

Ofegante, passou correndo por outro agente, encarregado da recepção:

– Avise ao doutor De Dominicis que o comissário Montalbano está subindo, rápido!

No elevador, aproveitando que estava sozinho, Montalbano despenteou os cabelos, afrouxou o nó da gravata e abriu o botão do colarinho. Pensou inclusive em puxar um pouco a camisa para fora das calças, mas depois achou que era exagero.

– De Dominicis, cheguei! – disse, levemente arfante e fechando a porta atrás de si.

– Chegou onde? – perguntou De Dominicis, alarmado com o aspecto do comissário e erguendo-se da poltrona dourada de seu dourado gabinete.

– Se o senhor estiver disposto a me dar uma mãozinha, eu o farei participar de uma investigação que...

Montalbano calou-se e levou uma das mãos à boca, como que para impedir-se de continuar.

– De que se trata? Me dê pelo menos uma dica!

– Não posso, acredite, não posso mesmo.

– O que tenho de fazer?

– Até esta noite, no máximo, preciso saber qual foi o tema de Calogero Rizzitano em sua tese de formatura em italiano. O professor dele era um tal de Cotroneo, se não me engano. Ele deve ter se diplomado no final de 1942. O objeto dessa tese é a chave de tudo, poderemos dar um golpe mortal na...

Interrompeu-se de novo, arregalou os olhos e disse, como se assustado:

– Não falei nada, hein?

A agitação de Montalbano se comunicou a De Dominicis.

– Mas como é que vou fazer? Naquela época devia haver milhares de estudantes! E isso se os papéis ainda existirem.

– Que nada! Não eram milhares, eram dezenas. Justamente naquela época, os jovens estavam todos no exército. É fácil.

– Então, por que o senhor mesmo não se vira?

– Eles seguramente me fariam perder um tempo com aquela burocracia, enquanto para vocês escancaram todas as portas.

– Onde posso encontrá-lo?

– Estou correndo de volta para Vigàta, não posso perder de vista certos desdobramentos. Assim que tiver alguma informação, me telefone. Para casa, por favor, e não para o comissariado. Alguém pode estar na escuta.

Esperou até a noite o telefonema de De Dominicis, que não aconteceu. Mas isso não o preocupou. Era óbvio que De Dominicis tinha mordido a isca. Sem dúvida, também para ele o caminho não estava sendo fácil.

Na manhã seguinte, teve o prazer de rever Adelina, a empregada.

– Por que você não apareceu nos últimos dias?

– Ora, por quê! Porque a sinhorita não gosta de me ver aqui quando ela tá.

– Como foi que você soube que Livia já foi?

– Sube por aí.

Todos, em Vigàta, sabiam tudo sobre todos.

– O que foi que você fez pra mim?

– Tô fazeno massa com sardinha fresca e, pra depois, polvo à carreteira.

Deliciosos, mas mortais. Montalbano abraçou-a.

Por volta do meio-dia, o telefone tocou e Adelina, que estava dando uma faxina geral, sem dúvida para eliminar qualquer vestígio da passagem de Livia, foi atender.

– Dotor, o dotor Diduminici quer falar com o senhor.

Montalbano, que estava sentado na varanda e, pela quinta vez, relia *Pylon*, de Faulkner, correu para dentro. Antes de pegar o fone, estabeleceu rapidamente um plano de ação para se livrar de De Dominicis assim que obtivesse a informação.

– Sim? Alô? Quem está falando? – perguntou, com voz cansada e cheia de desânimo.

– Você tinha razão, foi fácil. Calogero Rizzitano diplomou-se com nota máxima em 13 de novembro de 1942. Pegue aí uma caneta, o título é comprido.

– Espera aí que vou pegar alguma coisa para anotar. Também, a utilidade disso...

De Dominicis percebeu o desalento na voz do outro.

– O que você tem?

A cumplicidade fizera-o passar do senhor ao você.

– Como, o que eu tenho? Você ainda pergunta? Eu tinha dito que precisava dessa resposta até ontem à noite! Agora não me interessa mais! Por causa desse seu atraso, foi tudo por água abaixo!

– Não consegui antes, acredite.

– Está bem, pode ditar.

– *Uso do macarrônico na representação sacra dos Sete Adormecidos por um anônimo do século XVI*. Agora, você pode me explicar o que tem a ver com a máfia um título...

– Claro que tem a ver! Tudo a ver! Só que agora, por sua culpa, não vai me servir de nada. Claro que eu não posso lhe agradecer.

Montalbano desligou e explodiu num estridente relincho de alegria. De repente, veio da cozinha um barulho de vidro quebrado: com o susto, Adelina devia ter derrubado alguma coisa. O comissário arrancou, pulou da varanda para a areia, deu uma primeira cambalhota, fez uma pirueta no ar e cabriolou outra vez. A terceira cambalhota falhou, e ele estabacou-se de bunda na areia. Adelina precipitou-se aos gritos até a varanda:

– Valha-me Nossenhora! O dotor endoidou! Capaz que quebre o osso do rabo!

Por uma questão de puro escrúpulo, Montalbano pegou o carro e foi à biblioteca pública de Montelusa.

– Estou procurando uma representação sacra – informou à diretora.

A diretora, que o conhecia como comissário, estranhou um pouco, mas não disse nada.

– Tudo o que temos são os dois volumes de D'Ancona e os dois de De Bartholomæis – disse ela. – Mas esses livros não podem ser emprestados, têm que ser consultados aqui.

O comissário achou a *Rappresentazione dei Sette Dormienti* (Representação dos sete adormecidos) no segundo volume da antologia de D'Ancona. Era um texto curto, muito ingênuo. A tese de Lillo certamente havia sido desenvolvida em torno do diálogo entre dois doutores heréticos, que se expressavam num divertido latim macarrônico. Porém, o que deixou Montalbano mais interessado foi o longo prefácio escrito por D'Ancona. Estava tudo ali: a citação da sura do Alcorão e a trajetória da lenda pelos países europeus e africanos, com modificações e variantes. O professor Lovecchio tinha razão: a décima oitava sura do Alcorão, tomada isoladamente, teria resultado num verdadeiro quebra-cabeça. Era preciso completá-la com os acréscimos de outras culturas.

– Eu queria esboçar uma hipótese e preciso de sua ajuda – disse Montalbano, que informara o casal Burgio sobre suas últimas descobertas. – Os senhores me disseram, com extrema convicção, que Lillo considerava Lisetta uma irmã caçula, que ele a adorava. Certo?

– Sim – afirmaram em coro os velhinhos.

– Pois muito bem. Então vou fazer uma pergunta. Os senhores acham que Lillo teria sido capaz de matar Lisetta e seu jovem amante?

– Não – garantiram juntos os dois, sem pensar nem um instante.

– Eu também sou da mesma opinião – disse Montalbano –, até porque foi Lillo quem pôs os dois mortos, digamos assim, em condições de hipotética ressurreição. Quem mata não quer que suas vítimas ressuscitem.

– E então? – perguntou o diretor.

– Em sua opinião, se Lisetta, numa situação de emergência, pedisse a Lillo que a hospedasse, junto com o namorado, na casa dos Rizzitano, na montanha do Carneiro, como se comportaria ele?

Dona Angelina nem precisou refletir.

– Ele faria tudo o que Lisetta pedisse.

– Então vamos tentar imaginar o que pode ter acontecido naqueles dias de julho. Lisetta foge de Serradifalco, tem a sorte de chegar a Vigàta e se encontra com Mario Cunich, o namorado que desertou, ou melhor, não voltou ao seu navio. Mas os dois não sabem onde se esconder. Ir para a casa de

Lisetta equivaleria a entrar na toca do lobo, seria o primeiro lugar onde o pai iria procurá-la. Então ela pede ajuda a Lillo Rizzitano, sabendo que ele não se negará. Lillo hospeda o casal na casa do Carneiro, onde vive sozinho, porque sua família está asilada fora. Quem mata os dois jovens, e por quê, não sabemos, e talvez jamais saibamos. Mas não pode haver dúvida de que Lillo é o autor do sepultamento na gruta, porque ele segue, passo a passo, tanto a versão cristã quanto a do Alcorão. Nos dois casos, os adormecidos despertarão. O que ele quer significar, o que quer dizer com aquela encenação? Quer dizer que os dois jovens estão dormindo e que um dia acordarão ou serão acordados? Ou, quem sabe, espera justamente isto, que no futuro venha alguém que os descubra e os desperte? Por acaso, quem os descobriu, quem os despertou, fui eu. Mas, acreditem, preferiria mil vezes não ter achado aquela gruta.

Os dois velhinhos compreenderam que estava sendo sincero.

– Por mim, pararia aqui. Já consegui satisfazer minha curiosidade pessoal. Faltam certas respostas, é verdade, mas as que tenho me bastam. Eu poderia, como disse, parar aqui.

– Ao senhor elas podem bastar – disse dona Angelina –, mas eu gostaria de ver cara a cara o assassino de Lisetta.

– Se você o vir, será em fotografia – retrucou ironicamente o diretor –, porque, a esta altura, temos 99 por cento de possibilidade de que o assassino esteja morto e enterrado, por uma questão de limite de idade.

– Agora – disse Montalbano –, eu lhes pergunto: o que faço? Continuo? Interrompo tudo? Decidam, porque esses homicídios não interessam a mais ninguém. Os senhores talvez sejam o único vínculo que esses mortos ainda têm com esta terra.

— Quero que o senhor continue – disse a sra. Burgio, sempre ousada.

— Eu também – admitiu o diretor, depois de uma pausa.

Chegando à altura de Marinella, em vez de ir para casa, Montalbano deixou que o carro prosseguisse, quase por sua própria conta, ao longo da litorânea. Havia pouco tráfego e, em poucos minutos, ele estava ao pé da montanha do Carneiro. Desceu e caminhou pelo aclive que levava ao Carneirinho. Perto da gruta das armas, sentou-se na grama e acendeu um cigarro. Ficou ali sentado, olhando o pôr do sol, enquanto a cabeça trabalhava: sentia, confusamente, que Lillo ainda estava vivo. Mas como descobri-lo, como fazê-lo sair da toca? Quando começou a escurecer, Montalbano se dirigiu para o carro, e foi então que seu olhar se deteve sobre o enorme buraco no corpo da montanha: a boca do túnel inutilizado, fechada com traves e tábuas desde muito tempo antes. Bem junto a essa entrada havia um barraco feito de chapas de zinco e, ao lado deste, uma placa pregada em duas estacas. O comissário precipitou-se até lá, antes mesmo de receber a ordem do cérebro. Chegou sem fôlego: o flanco lhe doía por causa da corrida. A placa dizia:

Construtora Gaetano Nicolosi & Filho – Palermo – Rua Lamarmora, 33 – Obra para a escavação de um túnel viário – Engenheiro responsável: Cosimo Zirretta – Assistente: Salvatore Perricone.

Seguiam-se outras indicações que não o interessavam.

Montalbano deu outra corrida até o carro e partiu disparado para Vigàta.

23

Na construtora Gaetano Nicolosi & Filho, de Palermo, cujo telefone ele pedira ao serviço de auxílio ao assinante, ninguém atendia. Já era muito tarde e o escritório devia estar deserto. Montalbano tentou e voltou a tentar, perdendo aos poucos a esperança. Depois de desafogar-se com uma sequência de palavrões, solicitou ao auxílio o número do engenheiro Cosimo Zirretta, supondo que ele também fosse de Palermo. Acertou.

– Boa noite, aqui é o comissário Montalbano, de Vigàta. Como foi que vocês conseguiram a desapropriação?

– Que desapropriação?

– A dos terrenos onde passariam a estrada e o túnel que vocês andaram construindo por aqui.

– Olha, isso não é da minha competência. Cuido apenas das obras. Ou melhor, cuidava, até o momento em que um decreto mandou parar tudo.

– Então, com quem eu deveria falar?

– Com alguém da construtora.

– Já telefonei, ninguém atende.

– Bom, então com o comendador Gaetano ou com o filho dele, Arturo. Isso quando eles saírem do Ucciardone.
– É mesmo?
– É. Corrupção e peculato.
– Quer dizer que não tenho mesmo esperança?
– Só se for na clemência dos juízes, para soltarem os dois pelo menos daqui a uns cinco anos. Estou brincando. O senhor poderia tentar com o assessor jurídico da empresa, o advogado Di Bartolomeo.

– Veja bem, comissário, cuidar da desapropriação não é tarefa da empresa. Isso cabe à prefeitura em cuja circunscrição se incluam os terrenos a desapropriar.
– E os senhores fazem o quê, então?
– Isso não é da sua conta.

E o advogado desligou. Estava um tantinho irritado, esse Di Bartolomeo. Sua função talvez fosse a de livrar a cara dos Nicolosi pai & filho das encrencas em que se metiam. Mas, desta vez, não tinha conseguido.

A repartição estava aberta havia menos de cinco minutos quando o agrimensor Tumminello viu aparecer à sua frente o comissário, que não mostrava boa cara. De fato, Montalbano tivera uma noite agitada: não conseguira pegar no sono e passara as horas lendo Faulkner. O agrimensor, pai de um filho desencaminhado, amante de badernas, confusões e motocicletas, filho esse que naquela noite não havia voltado para casa, ficou branco, e suas mãos tremiam. Montalbano percebeu a reação do outro quando ele entrou e teve um pensamento maldoso – afinal, era um tira, apesar das boas leituras: "Este aí tem alguma coisa a esconder".

— O que foi? – perguntou Tumminello, preparando-se para ouvir que o filho tinha sido preso. O que, aliás, talvez fosse bom, ou menos ruim: o rapaz também podia ter sido esganado pelos companheiros.

— Preciso de uns dados. Sobre uma desapropriação.

A tensão de Tumminello aliviou-se visivelmente.

— Passou o susto? – perguntou Montalbano, sem conseguir conter-se.

— Passou – admitiu francamente o agrimensor. – Estou preocupado com o meu filho. Ontem à noite ele não voltou.

— Ele faz isso sempre?

— Faz. Veja o senhor, ele frequenta...

— Então, não se preocupe – cortou Montalbano, que não tinha tempo a perder com o problema dos jovens. – Eu gostaria de ver os documentos da venda ou da desapropriação dos terrenos para a construção do túnel do Carneiro. Isso é com vocês aqui, não?

— Sim, senhor, é aqui. Mas não é necessário pegar os documentos, são coisas que eu conheço. É só o senhor me dizer especificamente o que deseja saber.

— Quero saber a respeito das terras dos Rizzitano.

— Eu já imaginava – disse o agrimensor. – Quando soube da descoberta das armas e, depois, dos dois jovens mortos, me perguntei: mas essas terras não são as dos Rizzitano? E fui olhar os papéis.

— E o que os papéis dizem?

— Antes, eu queria lembrar uma coisa. Os proprietários dos terrenos que seriam, digamos assim, prejudicados pelas obras da estrada e do túnel eram 45.

— Nossa Senhora!

— Veja bem, às vezes se trata de uma faixazinha de terreno com 2 mil metros quadrados que, por razões de herança, tem cinco proprietários. A notificação aos herdeiros não pode ser feita em bloco, tem que ser remetida a cada um. Quando sai o decreto da desapropriação, oferecemos aos donos um valor baixo, considerando que os terrenos, na maioria, são agrícolas. Para Calogero Rizzitano, suposto proprietário, já que não existe nenhum documento que garanta isso, ou seja, não existe o ato de sucessão e o pai morreu sem deixar testamento, tivemos que recorrer ao artigo 143 do código de processo civil, aquele que se refere à impossibilidade de localização. Como o senhor deve saber, o artigo 143 prevê...

– Não me interessa. Há quanto tempo os senhores fizeram essa notificação?

– Dez anos.

– Então, dez anos atrás, Calogero Rizzitano não era localizável.

– E depois também! Porque, dos 45 proprietários, 44 recorreram contra o valor oferecido. E ganharam.

– O quadragésimo quinto, aquele que não recorreu, foi Calogero Rizzitano.

– Isso. Deixamos reservada a quantia que cabe a ele. Porque, para todos os efeitos, para nós Rizzitano ainda está vivo. Ninguém solicitou uma declaração de morte presumida. Quando reaparecer, ele recebe o dinheiro.

Quando reaparecer, dissera o agrimensor. Mas tudo fazia supor que Lillo Rizzitano não tinha nenhuma vontade de reaparecer. Ou, hipótese provável, não estava mais em condições de reaparecer. O diretor Burgio e ele mesmo, Montalbano, estavam dando por certo que Lillo, recolhido com ferimentos por um caminhão militar e levado não se sabia aonde na noite daquele 9 de julho, tivesse sido salvo. Mas se eles sequer sabiam qual era a gravidade dos ferimentos! Lillo também podia ter morrido durante a viagem ou no hospital, se é que o haviam levado a um hospital. Por que se obstinar em dar corpo a uma sombra? Era até possível que houvesse muito tempo que os mortos do Carneirinho estivessem, no momento de sua descoberta, em melhores condições do que as de Lillo Rizzitano. Em pouco mais de cinquenta anos, nem uma palavra, uma linha, nunca. Nada. Nem mesmo quando desapropriaram seu terreno, quando destruíram os restos de sua casa, as coisas de sua propriedade. Os meandros do labirinto no qual havia querido entrar, pensou Montalbano, terminavam agora diante de uma parede, e talvez o labirinto estivesse demonstrando generosidade, proibindo-o de prosseguir e detendo-o diante da solução mais lógica, mais natural.

Muito leve, o jantar, mas tudo preparado com aquele toque que o Senhor muito raramente concede aos Eleitos. Montalbano não agradeceu à mulher do chefe de polícia: limitou-se a mirá-la com um olhar de cão sem dono que ganhou um cafuné. Depois, os dois homens se retiraram para o escritório a fim de conversar. O convite do chefe parecera ao comissário um salva-vidas atirado a quem estava para se afogar, não em um mar tempestuoso, mas na calmaria da chatice, do tédio.

Começaram falando de Catânia, e concordaram em que a comunicação das investigações sobre Brancato à chefatura daquela cidade tivera como primeiro efeito a eliminação do próprio Brancato.

– Somos como uma peneira – disse amargamente o chefe. – Não damos um passo sem que os nossos adversários saibam. Brancato mandou matar Ingrassia, que estava se agitando em excesso, mas, quando os que detêm o controle souberam que nós estávamos de olho em Brancato, providenciaram a eliminação dele, e assim a pista que vínhamos seguindo, com tanto trabalho, foi oportunamente desfeita.

O chefe estava nervoso. Aquela história de olheiros disseminados por tudo quanto era lugar deixava-o ferido, mais amargurado do que se fosse uma traição feita por algum parente.

Depois de longa pausa, durante a qual Montalbano não abriu a boca, o chefe perguntou:

– Como vão suas investigações sobre os mortos do Carneirinho?

Pelo tom de voz do seu superior, o comissário percebeu que este considerava aquela busca uma distração, um passatempo a ele concedido antes de voltar a trabalhar em coisas mais sérias.

– Também consegui descobrir o nome do rapaz – respondeu, em tom de desforra. O chefe teve um sobressalto de espanto e mostrou-se interessado.

– Mas o senhor é formidável! Conte-me.

Montalbano contou tudo, até mesmo a encenação com De Dominicis, e o chefe se divertiu bastante. O comissário concluiu com uma espécie de capitulação: dali em diante, a pesquisa já não fazia sentido, disse ele, até porque ninguém podia ter certeza de que Lillo Rizzitano não havia morrido.

– Mas quando existe a vontade de desaparecer, a pessoa consegue – disse o chefe. – Quantos casos já não aconteceram, de gente aparentemente sumida e que depois surge de repente? Não vou citar Pirandello, mas pelo menos Sciascia. O senhor leu o livro dele sobre o desaparecimento do físico Majorana?*

– Claro.

– Majorana, e eu estou convencido disso tanto quanto, no fundo, Sciascia, quis desaparecer e conseguiu. Não foi suicídio: ele era muito religioso.

---

* Ettore Majorana, estudioso de teoria atômica, que sumiu misteriosamente em março de 1938. (N.T.)

– Concordo.

– E não temos também o recentíssimo caso daquele professor universitário romano, que certa manhã saiu de casa e nunca voltou? Foi procurado por todo mundo, polícia civil, *carabinieri*, até pelos alunos, que o adoravam. Ele programou o próprio desaparecimento e conseguiu.

– É verdade – disse Montalbano.

Depois refletiu sobre o teor da conversa e encarou o seu superior.

– O senhor parece estar sugerindo que eu continue, ao passo que, em outra ocasião, me repreendeu porque eu estava me dedicando demais a esse caso.

– Não tem nada a ver. Hoje o senhor está em convalescença, daquela vez estava de serviço. Há uma bela diferença, acho – respondeu o chefe de polícia.

O comissário voltou para casa, perambulou de um cômodo a outro. Depois do encontro com o agrimensor, quase se decidira a jogar tudo para o alto, persuadido de que Rizzitano estava morto e enterrado. O chefe, contudo, de certa forma o ressuscitara. Os primeiros cristãos não usavam *dormitio* para referir-se à morte? Podia muito bem acontecer que Lillo tivesse entrado em sono, como diziam os maçons. Sim, mas, se as coisas estavam desse jeito, era necessário encontrar o modo de fazê-lo emergir do profundo poço onde se escondera. Porém tinha de ser algo barulhento, de grande repercussão, algo de que falassem os jornais e a televisão de toda a Itália. Como uma espécie de bomba. Mas o quê? Era preciso perder a lógica, criar uma fantasia.

Ainda era muito cedo, 23h, para ir dormir. Montalbano reclinou-se na cama, vestido, para ler *Pylon*.

À meia-noite de ontem, a procura pelo corpo de Roger Shumann, o piloto de corrida que afundou no lago na tarde de sábado, foi definitivamente abandonada por um biplano de três lugares, movido à potência de aproximadamente 80 cavalos, que manobrou de modo a voar sobre a água e retornar com segurança, após haver lançado uma coroa de flores à água, à distância de cerca de três quartos de milha em relação ao lugar onde se supõe estar o corpo de Shumann...

Faltavam pouquíssimas linhas para a conclusão do romance, mas o comissário se viu repentinamente erguido a meio na cama, olhos arregalados.
"É uma loucura", pensou, "mas eu vou fazer".

– Dona Ingrid está? Sei que é tarde, mas preciso falar com ela.
– Zenhora não gasa. Você valar, eu escrever.
Os Cardamone padeciam da especialidade de ir buscar as empregadas em lugares onde nem mesmo Tristão da Cunha tivera coragem de botar os pés.
– *Manau tupapau* – disse o comissário.
– Não entender.
Ele havia citado o título de um quadro de Gauguin. Portanto, era o caso de excluir que a empregada fosse da Polinésia ou daquelas paragens.
– Estar bronta escrevar? Zenhora Ingrid telefonar zenhor Montalbano guando voltar gasa.

Ingrid chegou a Marinella já depois das duas da manhã, vestida num longo chiquíssimo com a saia fendida até o bumbum. Ao ouvir o pedido do comissário para vê-la imediatamente, não tinha pensado duas vezes.

– Desculpe, mas não quis perder tempo trocando de roupa. Estive numa recepção chatíssima.

– O que houve? Não gostei da sua cara. É só porque você se chateou na festa?

– Não, você adivinhou. O meu sogro recomeçou a me encher o saco. Outro dia, de manhã, invadiu o meu quarto quando eu ainda estava na cama. Queria transar imediatamente. Consegui convencê-lo a sair porque ameacei gritar.

– Então, precisamos tomar providências – disse sorridente o comissário.

– E como?

– Vamos dar mais um susto nele.

Sob o olhar interrogativo de Ingrid, Montalbano abriu na escrivaninha uma gaveta trancada a chave, pegou um envelope e estendeu-o à moça. Ao ver as fotos que a mostravam sendo violentada pelo sogro, ela ficou branca e depois vermelha.

– Foi você?

Montalbano pesou os prós e os contras: se dissesse que havia sido uma mulher a fazer o flagra, Ingrid era capaz de esfaqueá-lo.

– Sim, fui eu.

O violento bofetão da sueca fez sua cabeça retumbar, mas isso era esperado.

– Já mandei três para o seu sogro. Ele se apavorou e, por algum tempo, desistiu de lhe encher o saco. Agora mando mais três.

Ingrid deu um pulo, seu corpo grudou-se ao de Montalbano e seus lábios forçaram os dele, num carinhoso beijo de língua. Montalbano sentiu as pernas se desmancharem como ricota. Por sorte, Ingrid se afastou.

– Calma, calma, foi só isso – disse ela. – Só um agradecimento.

Atrás de três fotos meticulosamente escolhidas pela própria Ingrid, Montalbano escreveu: "DESISTA DE TUDO OU DA PRÓXIMA VEZ ISTO SAI NA TELEVISÃO".
– As outras ficam comigo – fez o comissário. – Me informe quando forem úteis.
– Espero que o mais tarde possível.
– Amanhã de manhã faço a remessa, e de quebra dou um telefonema anônimo daqueles de provocar infarto. Agora me escute, que preciso lhe contar uma longa história. E, no fim, vou lhe pedir uma mãozinha.

Montalbano levantou-se às sete horas: depois que Ingrid tinha ido embora, não conseguira nem cochilar. Olhou-se no espelho. A cara estava abatida, talvez mais do que quando ele levara os tiros. Tinha de ir ao hospital para um controle. Disseram que ele estava perfeito: dos cinco remédios que haviam receitado só mantiveram um. Depois foi à Caixa de Poupança de Montelusa, onde guardava os caraminguás que conseguia economizar, e pediu uma conversa privada com o gerente.
– Preciso de 10 milhões de liras.
– O senhor tem isso na conta ou quer um empréstimo?
– Tenho.
– Então, queira desculpar, qual é o problema?
– O problema é que se trata de uma operação policial que eu quero fazer com o meu dinheiro, sem arriscar o do Estado. Só que, se eu for agora até o caixa e pedir 10 milhões em notas de 100 mil, vai ser um saque estranho. Por isso, o senhor precisa me ajudar.
Compreensivo, e orgulhoso por participar de uma operação policial, o gerente se desdobrou.

Ingrid parou o carro junto ao do comissário, justamente sob a placa que, bem na saída de Montelusa, indicava a rodovia para Palermo. Montalbano entregou-lhe o envelope inchado pelos 10 milhões e ela meteu-o numa bolsa tipo saco.

– Ligue para mim em casa, assim que terminar. E não seja roubada, por favor.

Ela sorriu, jogou-lhe um beijo com a ponta dos dedos e arrancou.

Já em Vigàta, Montalbano reabasteceu-se de cigarros. Quando saía da tabacaria, viu um enorme cartaz verde, de letras pretas, com a cola ainda fresca. Convidava a população para assistir à grande competição de motocross que se realizaria no domingo, a partir das 15h, na localidade chamada de Esplanada do Carneirinho.

Com uma coincidência dessas ele realmente não contava. Será que o labirinto, compadecido, agora lhe abria outro caminho?

24

A Esplanada do Carneirinho, que se estendia a partir do esporão de rocha, de plana não tinha absolutamente nada: valas, lombadas e atoleiros faziam dela o lugar ideal para uma corrida de motociclismo campestre. O dia parecia realmente uma antecipação do verão, e as pessoas não esperaram as 15h para se dirigirem até lá; começaram a chegar já antes do meio-dia, com avós, avôs, filhotes e pequerruchos, todos com o propósito de usufruir, mais que da competição, da oportunidade de um passeio ao ar livre.

De manhã cedo, Montalbano havia telefonado a Nicolò Zito.

– Você vai à competição de motocross hoje à tarde?

– Eu? Para quê? Já escalamos um comentarista esportivo e um cinegrafista.

– Não, eu quis dizer para nós irmos juntos, você e eu, por diversão.

Chegaram à esplanada por volta das 15h30, quando ainda nem se pensava em iniciar a competição, mas já se ouvia um rumor de ensurdecer, produzido sobretudo pelos motores das motocicletas, umas cinquenta, em teste e aquecimento, e pelos alto-falantes, que transmitiam música barulhenta a todo o volume.

– Desde quando você se interessa por esporte? – quis saber Zito, surpreso.

– Ah, de vez em quando me dá isso.

Para conversar, embora estivessem ao ar livre, era preciso falar alto. Por isso, quando o aviãozinho de turismo apareceu lá em cima, por sobre o Carneirinho, puxando uma faixa de propaganda, poucos o perceberam: o barulho da aeronave, que faria erguer instintivamente os olhos para o céu, não conseguia alcançar os ouvidos das pessoas. Depois de três voltas fechadas ao redor do topo do Carneirinho, o piloto, talvez por ter compreendido que daquele jeito jamais chamaria a atenção, apontou na direção da esplanada, sobre a multidão, e, mergulhando com elegância, voou baixíssimo, quase tocando a cabeça das pessoas. Praticamente obrigou-as a ler a faixa e a segui-lo depois com os olhos, enquanto, depois de uma leve pirueta, ele voltava a sobrevoar o topo mais três vezes, descia até quase tocar o chão diante da entrada escancarada da gruta das armas e, por fim, soltava uma chuva de pétalas de rosa. A multidão emudeceu: todos pensaram nos dois mortos do Carneirinho, enquanto o avião mudava outra vez de rumo e retornava bem rente ao solo, deixando cair, desta vez, milhares de volantes. Depois, apontou para o horizonte e desapareceu. Se o texto da faixa já despertara enorme curiosidade, porque não propagandeava nem bebida nem fábrica de móveis, mas trazia somente dois nomes, Lisetta e Mario, e se a chuva de pétalas já provocara no público uma espécie de arrepio, a leitura dos volantes, todos iguais, precipitou as pessoas num animado debate de suposições e hipóteses, num frenético jogo de adivinhação. O que significava LISETTA E MARIO ANUNCIAM O SEU DESPERTAR? Participação de casamento não era, de batismo também não. E agora? Na ciranda de perguntas, de uma coisa a multidão teve certeza: o avião, as pétalas, os volantes, a faixa, tudo isso tinha a ver com os mortos do Carneirinho.

Depois teve início a competição e as pessoas se distraíram, começaram a assistir. Na hora em que o avião tinha lançado as pétalas, Nicolò Zito pedira a Montalbano que não se movesse dali e desaparecera no meio do tumulto.

Zito voltou depois de uns quinze minutos, seguido pelo cinegrafista da Retelibera.

– O senhor me daria uma entrevista?

– Com todo o prazer.

Foi exatamente essa inesperada concordância que confirmou para o jornalista a suspeita que lhe surgira na cabeça, ou seja, a de que, naquela história do avião, Montalbano estava metido até o pescoço.

– Agora há pouco, durante os preparativos para a competição de motocross que está acontecendo em Vigàta, assistimos a um fato extraordinário. Um monomotor de propaganda...

A esta altura, Zito narrou o que havia acontecido.

– Para nossa sorte, está aqui presente o comissário Salvo Montalbano, e gostaríamos de fazer a ele algumas perguntas. Na opinião do senhor, quem seriam Lisetta e Mario?

– Eu poderia evitar a sua pergunta – respondeu categórico o comissário –, dizendo que não sei de nada, que eles talvez sejam um casal que decidiu comemorar sua união de maneira original. Só que seria desmentido pelo conteúdo do volante, que não fala de casamento, mas de despertar. Portanto, vou responder honestamente à sua pergunta: Lisetta e Mario são os nomes dos dois jovens encontrados assassinados dentro da gruta do Carneirinho, o esporão rochoso que está à nossa frente.

– Mas o que significa tudo isso?

– Não sei, seria preciso perguntar a quem providenciou o voo.

– Como foi que o senhor chegou à identificação?

– Por acaso.

– Poderia nos revelar os sobrenomes dos jovens?

– Não. Eu sei quais são, mas não vou dizer. Posso contar que ela era uma mocinha daqui e ele, um marinheiro do norte. E acrescento: quem quis reiterar de modo tão enfático a descoberta dos dois corpos, à qual alude o termo despertar, esqueceu-se do cão, que também tinha um nome, coitadinho: chamava-se Kytmyr, era um cão árabe.

– Mas por que o assassino faria aquela encenação toda?

– Um momento: quem disse que o assassino e o autor da encenação seriam a mesma pessoa? Eu, por exemplo, não acredito nisso.

– Eu vou correndo editar a matéria – disse Nicolò Zito, após concluir a entrevista, e dando uma olhadela intrigada para Montalbano.

Depois chegaram as equipes da Televigàta, do noticiário regional da RAI e de outras emissoras privadas. A todas as perguntas, Montalbano respondeu com cortesia e, dado o personagem, com surpreendente desembaraço.

Bateu-lhe uma fome violenta. Na *osteria* San Calogero, empanturrou-se de *antipasti di mare* e depois correu para casa, ligou o televisor e sintonizou-o na Retelibera. Ao divulgar a notícia do misterioso voo, Nicolò Zito o fez com um destaque em regra, esticando-a de todas as maneiras possíveis. A matéria não fechou com a entrevista de Montalbano, transmitida na íntegra, mas com a do diretor da agência Publi2000, de Palermo, a qual Zito havia facilmente identificado por ser a única, na Sicília ocidental, a dispor de um avião para propaganda.

Ainda visivelmente emocionado, o diretor disse que uma jovem lindíssima (meu Deus, que mulher!), que mais parecia de mentira, uma espécie de modelo daquelas de revista (Deus do céu, como era bonita!), claramente estrangeira, porque falava um italiano ruim (eu disse ruim? Engano meu, nos lábios dela nossa língua parecia mel), não, sobre a nacionalidade não dava para ser preciso, alemã ou inglesa, quatro dias antes se apresentara na agência (meu Deus! uma aparição!) e encomendara o avião. Explicara minuciosamente o que devia estar escrito na faixa e nos volantes. Sim, também tinha sido ela quem quis as pétalas de rosa. Ah, e quanto ao lugar, fora de uma minúcia...! Exatíssima. O piloto, disse o diretor, por conta própria tomara uma iniciativa: em vez de jogar os volantes ao acaso, sobre a litorânea, preferira lançá-los sobre um enorme ajuntamento de pessoas que assistiam a uma competição. A moça (Nossa Senhora, é melhor eu parar de falar dela, senão a minha mulher me mata!) pagara antecipadamente, em espécie, e mandara preencher o recibo em nome de Rosemarie Antwerpen, com um endereço de Bruxelas. Ele não tinha perguntado mais nada à desconhecida (meu Deus!), e também para quê? Ela não havia pedido para jogar uma bomba! E era tão linda! E delicada! E fina! E como sorria! Um sonho.

Montalbano adorou. Havia recomendado a Ingrid:

"Você precisa se apresentar mais bonita do que nunca. Assim, quando a virem, aí é que as pessoas não vão entender nada mesmo."

Na esteira da misteriosa mulher lindíssima lançou-se a Televigàta, chamando-a "Nefertiti renascida" e construindo uma história fantástica, que misturava as pirâmides ao

Carneirinho, mas ficava claro que a matéria ia a reboque das notícias dadas por Nicolò Zito na emissora concorrente. Também a edição regional da RAI se interessou largamente pelo acontecimento.

O estardalhaço, a barulheira, a repercussão que Montalbano havia procurado estavam acontecendo. A ideia que ele tivera parecia mesmo certa.

– Montalbano? Fala o chefe de polícia. Soube agora da história do avião. Parabéns, foi uma ideia genial.
– O mérito é do senhor, que foi quem me mandou insistir, lembra-se? Estou tentando desentocar o nosso homem. Se ele não aparecer dentro de um prazo razoável, é porque não está mais entre nós.
– Boa sorte. Mantenha-me informado. Ah, naturalmente foi o senhor quem pagou o aluguel do avião?
– Foi. Estou contando com a gratificação prometida.

– Comissário? É o diretor Burgio. Minha mulher e eu estamos maravilhados por sua iniciativa.
– Vamos torcer.
– Por favor, comissário: se por acaso Lillo se manifestar, avise-nos.

No noticiário da meia-noite, Nicolò Zito deu mais espaço ainda à notícia, mostrando imagens detalhadas dos dois mortos do Carneirinho.

"Gentilmente cedidas pelo zeloso Jacomuzzi", pensou Montalbano.

Zito destacou o corpo do jovem a quem chamou Mario, depois o da jovem a quem se referiu como Lisetta, mostrou o avião espargindo as pétalas de rosa e a seguir exibiu um close do texto dos volantes. A partir daí, começou a tecer uma história tão misteriosa quanto lacrimogênea, mais parecida com o estilo da Televigàta do que com o da sua própria emissora, a Retelibera. Por que os dois jovens amantes haviam sido assassinados? Que triste destino os conduzira àquele fim? Quem os havia piedosamente disposto na gruta? Será que a mulher belíssima que se apresentara na agência de propaganda ressurgia do passado para exigir vingança em nome dos mortos? E que ligações existiriam entre essa linda mulher e os dois jovens assassinados cinquenta anos atrás? Que sentido teria a palavra "despertar"? Por que o comissário Montalbano tinha sido capaz até de dar um nome ao cão de terracota? O que saberia ele desse mistério?

– Salvo? Ingrid. Espero que não tenha pensado que eu havia sumido com o seu dinheiro.

– Imagina! Por quê? Sobrou algum?

– Sobrou, aquilo custou menos da metade do valor que você me entregou. O resto está comigo, devolvo assim que retornar a Montelusa.

– Você está ligando de onde?

– De Taormina. Conheci um cara. Volto daqui a uns quatro ou cinco dias. Fiz tudo certo? As coisas funcionaram como você queria?

– Você foi perfeita. Divirta-se.

– Montalbano? Nicolò. Gostou das matérias? Pode ir me agradecendo.

– De quê?

– Fiz exatamente o que você queria.

– Eu não lhe pedi nada.

– É verdade. Diretamente, não. Mas não nasci ontem, e compreendi que você queria o máximo de publicidade para a história, e que ela fosse apresentada de um jeito que empolgasse as pessoas. Eu disse coisas das quais vou me envergonhar pelo resto da vida.

– Muito obrigado, embora eu não saiba, repito, o motivo do agradecimento que você está cobrando.

– Sabia que o nosso telefonista não deu conta das ligações? O material gravado foi pedido pela RAI, pela Fininvest, pela Ansa, por todos os jornais italianos. Você marcou um belo tento. Posso fazer uma pergunta?

– Claro.

– Quanto lhe custou o aluguel do avião?

Montalbano dormiu esplendidamente, como se afirma dormirem os deuses satisfeitos com suas obras. Fizera o possível e até o impossível. Agora, era só aguardar a resposta: a mensagem havia sido lançada, na expectativa de que alguém lhe decifrasse o código, como diria Alcide Maraventano. O primeiro telefonema veio às sete horas. Era Luciano Acquasanta, do jornal *Il Mezzogiorno*, que gostaria de confirmar uma opinião. Não seria possível que os dois jovens tivessem sido sacrificados durante algum ritual satânico?

– Por que não? – disse Montalbano, cortês e indulgente.

O segundo veio quinze minutos depois. A teoria de Stefania Quattrini, da revista *Essere Donna*, era que Mario, ao fazer amor com Lisetta, havia sido flagrado por uma outra mulher enciumada – todo mundo sabe como são os marinheiros, não? –, que liquidara os dois. Depois essa mulher fugira para o exterior, mas, na hora da morte, confidenciara tudo à filha, a qual, por sua vez, revelou à própria filha a culpa da avó. A moça, a fim de reparar o crime de algum modo, tinha ido a

Palermo – falava com sotaque estrangeiro, não? – e providenciado o episódio do avião.

– Por que não? – disse Montalbano, cortês e indulgente.

A hipótese de Cosimo Zappalà, da revista semanal *Vivere!*, foi comunicada a Montalbano às 7h25. Lisetta e Mario, ébrios de amor e juventude, costumavam passear pelo campo de mãos dadas, nuzinhos como Adão e Eva. Surpreendidos num dia infeliz por um destacamento de alemães em retirada – tambêm estes ébrios de medo e ferocidade – haviam sido violentados e eliminados. Tempos depois, um dos alemães, na hora da morte... E aqui a história, curiosamente, ia ao encontro da suposição de Stefania Quattrini.

– Por que não? – disse Montalbano, cortês e indulgente.

Às oito horas chegou Fazio, que, como lhe fora ordenado na noite anterior, trouxera todos os jornais que chegavam a Vigàta. Enquanto continuava a atender aos telefonemas, Montalbano folheou-os. Todos traziam a notícia, com maior ou menor destaque. O título que mais o divertiu foi o do *Corriere*. Dizia assim: *Comissário identifica cão de terracota, morto há cinquenta anos*. Tudo podia ajudar, até a ironia.

Adelina estarreceu-se ao ver que ele, ao contrário do que sempre acontecia, estava em casa.

– Adelina, eu vou ficar em casa por alguns dias, aguardando um telefonema importante. Por isso, trate de me proporcionar um assédio confortável.

– Não entendi nadinha disso que o senhor falou.

Montalbano explicou-lhe então que a ela cabia a tarefa de aliviar aquela reclusão voluntária com uma dose extra de fantasia na preparação de almoço e jantar.

Por volta das dez horas, Livia ligou.

– Mas o que foi que houve? Seu telefone só dá ocupado!

– Desculpe, é que eu estou recebendo um monte de chamadas por um fato que...

– O fato eu sei qual é. Vi você na televisão. Desembaraçado, fluente, nem parecia você. Dá para perceber que, quando não estou, você fica melhor.

Montalbano ligou para Fazio no comissariado a fim de pedir que lhe trouxesse a correspondência e comprasse uma extensão para o fio do telefone. A correspondência, acrescentou, deveria ser levada à sua casa todos os dias, assim que chegasse. E que Fazio avisasse a todo mundo: a quem telefonasse para o comissariado perguntando por ele, dessem o seu número particular sem fazer perguntas.

Menos de uma hora depois, chegou Fazio com dois cartões-postais sem importância e a extensão do fio.

– O que estão comentando lá no comissariado?

– O senhor quer que comentem o quê? Nada. O senhor é que atrai as coisas grandes, o doutor Augello só atrai coisa mixuruca, um furto aqui outro ali, trombadinha, briga de rua.

– O que significa isso de eu atrair coisas grandes?

– Isso mesmo que eu disse. Minha mulher, por exemplo, tem pavor de rato. Pois muito bem, o senhor acredita que ela atrai os ratos? Onde ela vai, eles aparecem.

Fazia 48 horas que Montalbano estava como um cachorro acorrentado. Seu campo de ação tinha o tamanho que a extensão do fio consentia, mas não lhe era permitido nem passear à beira-mar nem dar uma corrida. Aonde ia, levava junto o telefone, até mesmo para o banheiro, e de vez em quando, mania que lhe deu após as primeiras 24 horas, ele pegava o fone e o levava ao ouvido para ver se estava funcionando. Na manhã do terceiro dia, veio-lhe um pensamento:

"Tomar banho para quê, se você não pode sair?"

O pensamento seguinte, estreitamente ligado ao primeiro, foi:

"Então qual é a necessidade de fazer a barba?"

Na manhã do quarto dia, sujo, hirsuto, de chinelos, havia dias com a mesma camisa, fez Adelina apavorar-se.

– Maria Santíssima, dotor, o que foi? Tá doente?
– Estou.
– E por que não chama o médico?
– Minha doença não é coisa de médico.

Ele era um grande tenor, aclamado no mundo inteiro. Naquela noite, devia cantar no teatro da Ópera do Cairo, aquele antigo, ainda não incendiado; ele sabia muito bem que dali a algum tempo as chamas devorariam o prédio. Tinha pedido a um servente que o informasse assim que o senhor Gegè ocupasse seu camarote, o quinto da direita, na segunda fileira. Já vestira o figurino, haviam acabado de retocar-lhe a maquiagem. Ouviu o "Quem entra agora?". Não se mexeu: o servente chegava, esbaforido, para dizer que o senhor Gegè – que não tinha morrido, isso todos sabiam, mas sim fugido para o Cairo – ainda não aparecera. Ele correu para o palco e, através de um buraquinho na cortina, olhou a sala: o teatro estava superlotado, com um só camarote vazio, o quinto da direita, segunda fileira. Então tomou uma decisão imediata: voltou ao camarim, despiu o figurino e vestiu suas próprias roupas, deixando intactas a maquiagem, a longa barba grisalha, as sobrancelhas brancas e espessas. Ninguém o reconheceria e, portanto, ele não cantaria mais. Compreendia muito bem que sua carreira estava acabada, que ele precisaria se virar para sobreviver, mas não sabia o que fazer: sem Gegè, não podia cantar. Acordou banhado em suor. Tinha concebido, ao seu modo, um clássico sonho freudiano, o do camarote vazio. O que significava? Que a inútil espera por Lillo Rizzitano lhe arruinaria a existência?

– Comissário? Aqui é o diretor Burgio. Faz tempo que não nos falamos. Tem notícias do nosso amigo comum?
– Não.

Monossilábico, rápido, ao preço de parecer indelicado. Era preciso desestimular os telefonemas compridos ou inúteis. Rizzitano, se finalmente se decidisse mas encontrasse a linha ocupada, era capaz de desistir.

– Eu acho que, agora, a única maneira que nos resta para falar com Lillo, me perdoe a brincadeira, é recorrer à mesa de três pernas.

Com Adelina, saiu a maior briga. Mal a empregada entrou na cozinha, ele ouviu-a resmungar. Depois a viu comparecer ao quarto.

– Vosmecê não comeu nem ontem meio-dia nem ontem de noite.
– Tava sem apetite, Adelì.
– Eu aqui me matano de trabalhar pra fazer umas coisa deliciosa e vosmecê nem liga!
– Não é que eu não ligue, mas já falei: estou sem apetite.
– E também a casa virou um chiqueiro! Vosmecê não quer que eu faça faxina, não quer que eu lave a roupa! Cinco dia com a mesma camisa e a mesma cueca! Vosmecê tá fedendo!
– Desculpe, Adelina, você vai ver que isso passa.
– Pois então vosmecê me avisa quando passar e eu volto. Eu não boto mais o pé aqui. Quando vosmecê ficar bom, me chama.

Montalbano foi até a varanda, sentou-se no banco, pôs o telefone ao lado e ficou olhando o mar. Não podia fazer mais nada. Nem ler, nem pensar, nem escrever, nada. Olhar o mar. Começava a perder-se, compreendia agora, no poço sem fundo de uma obsessão. Lembrou-se de um filme a que havia assistido, adaptado talvez de um enredo de Dürrenmatt, no qual um comissário obstinava-se em esperar um assassino que devia passar por certo lugar montanhoso, só que não passaria nunca mais, mas o comissário não sabia disso, e esperava, esperava, e enquanto isso transcorriam dias, meses, anos...

Por volta das onze horas daquela mesma manhã, o telefone tocou. Depois da ligação matutina do diretor, ninguém havia chamado ainda. Montalbano não pegou logo o fone, tinha ficado meio paralisado. Sabia com certeza absoluta – e não conseguia explicar a si mesmo por quê – quem ele iria escutar do outro lado do fio.

    Fez um esforço e atendeu.
    – Alô? É o comissário Montalbano?
    Uma bela voz profunda, ainda que de velho.
    – Sim, sou eu – respondeu. E não conseguiu impedir-se de acrescentar: – Finalmente!
    – Finalmente – repetiu o interlocutor.
    Ficaram um instante em silêncio, escutando a respiração um do outro.
    – Cheguei agora a Punta Ràisi. Posso estar com o senhor aí em Vigàta às 13h30, no máximo. Se estiver de acordo, explique-me exatamente onde me espera. Faz muito tempo que saí daí. Cinquenta e um anos.

25

Montalbano espanou, varreu, limpou a casa inteira com a velocidade de certos comediantes de cinema mudo. Depois entrou no banheiro e deu em si mesmo uma faxina como só uma vez na vida havia feito: quando, aos dezesseis anos, se preparava para o seu primeiro encontro amoroso. Tomou uma chuveirada interminável, cheirou as axilas e a pele dos braços, espargindo-se finalmente, por via das dúvidas, com água-de-colônia. Sabia que estava sendo ridículo, mas escolheu o melhor terno, a gravata mais discreta, e escovou os sapatos até fazê-los parecer como se tivessem uma luzinha acoplada. Depois veio-lhe a ideia de arrumar a mesa, mas com um só lugar: embora, a esta altura, estivesse atacado por uma fome canina, tinha certeza de que não conseguiria comer.

Esperou, esperou interminavelmente. Deu 13h30 e ele se sentiu mal, teve uma espécie de ausência. Serviu-se de três dedos de uísque puro e bebeu tudo de uma vez. Depois, a libertação: o ruído de um automóvel ao longo da viela de acesso. Precipitou-se para escancarar o portãozinho. Ali estava um táxi com placa de Palermo, do qual saltou um velho muito bem-vestido, com uma bengala numa das mãos e, na outra, uma pasta. O ancião pagou e, enquanto o táxi manobrava, olhou ao redor. Era empertigado, tinha a cabeça erguida, mostrava certa autoridade. De repente, Montalbano teve a impressão de que já o vira em algum lugar. Caminhou ao encontro dele.

– Tudo isso são casas? – perguntou o velho.

– Sim.

– Antigamente não havia nada, era somente mato, areia e mar.

Não tinham precisado cumprimentar-se nem se apresentar. Já se conheciam.

– Estou quase cego, enxergo com muita dificuldade – disse o ancião, sentado no banquinho da varanda –, mas isto aqui me parece muito bonito, transmite tranquilidade.

Só nesse momento o comissário percebeu onde tinha visto o velho. Não exatamente ele, mas um sósia perfeito, numa fotografia de orelha de livro: Jorge Luis Borges.

– O senhor deseja comer alguma coisa?

– Muita gentileza sua – disse o velho, depois de alguma hesitação. – Mas veja, somente uma saladinha, um pedacinho de queijo magro e um copo de vinho.

– Vamos entrar, eu prepararei a mesa.

– O senhor come comigo?

Montalbano sentia um aperto na boca do estômago e, ainda por cima, uma estranha comoção. Por isso, mentiu.

– Já almocei.

– Então, se não for incômodo, pode me *conzare* aqui?

Conzare, servir. Rizzitano usou aquele verbo siciliano como um estrangeiro que se esforçasse por falar a língua do lugar.

– Eu me dei conta de que o senhor havia compreendido quase tudo – disse Rizzitano, enquanto comia devagar – a partir de um artigo do *Corriere*. Sabe, eu já não consigo assistir à televisão: vejo sombras que me fazem mal à vista.

– Também fazem a mim, que enxergo muito bem – disse Montalbano.

– Eu já sabia, porém, que Lisetta e Mario tinham sido encontrados pelo senhor. Tenho dois filhos homens: um, engenheiro, e o outro, professor como eu, ambos casados. Pois bem: uma das minhas noras é furiosa militante de liga regionalista, uma cretina insuportável. Gosta muito de mim mas me considera uma exceção, porque acha que todos os meridionais são uns delinquentes ou, na melhor das hipóteses, uns preguiçosos. Por isso, vive me contando: sabia, papai, lá pelas suas bandas – as minhas bandas se estendem da Sicília a Roma, inclusive – mataram fulano, sequestraram beltrano, prenderam sicrano, explodiram uma bomba, encontraram dentro de uma gruta, bem na sua terra, dois jovens assassinados cinquenta anos atrás...

– Mas como? – interveio Montalbano. – Os seus familiares sabem que o senhor é de Vigàta?

– Claro que sabem, mas eu não disse a ninguém que ainda tinha propriedades aqui, nem mesmo à santa da minha mulher. Contei que os meus pais e grande parte dos parentes tinham sido exterminados pelas bombas. Em nenhum momento eles poderiam me associar aos mortos do Carneirinho, pois ignoram que aquele pedaço de terra me pertence. Eu, porém, com aquela notícia, adoeci, tive febre alta. Tudo voltava a fazer-se violentamente presente. Retomando o artigo do *Corriere*, de que eu estava falando: nele contavam que um comissário de Vigàta, o mesmo que encontrara os mortos, não só havia conseguido identificar os dois jovens assassinados, mas também descobrira que o cão de terracota se chamava Kytmyr. Então eu tive certeza de que o senhor tinha conseguido saber da minha tese de formatura. Portanto, estava me enviando uma mensagem. Perdi algum tempo convencendo meus filhos a me deixarem viajar sozinho: aleguei que, antes de morrer, gostaria de rever o lugar onde nasci e vivi minha juventude.

Montalbano ainda não estava convencido e voltou à pergunta.

– Então, todos, em sua casa, sabem que o senhor é de Vigàta?

– Por que eu lhes esconderia isso? E nunca mudei de nome, nunca tive documentos falsos.

– Quer dizer que o senhor conseguiu desaparecer sem nunca ter desejado desaparecer?

– Exatamente. Um indivíduo é encontrado quando os outros têm realmente necessidade, ou intenção, de encontrá-lo... Seja como for, o senhor deve acreditar em mim quando digo que sempre vivi usando meu nome e sobrenome, fiz concursos, tive êxito, ensinei, casei, tive filhos, tenho netos que usam meu sobrenome. Estou aposentado, e a minha pensão é paga em nome de Calogero Rizzitano, nascido em Vigàta.

– Mas o senhor deve ter precisado escrever, sei lá, para a prefeitura, para a universidade, a fim de obter os documentos necessários!

– Claro, eu escrevi e eles me enviaram o que pedi. Comissário, não cometa um erro de perspectiva histórica. Naquela época, ninguém estava à minha procura.

– O senhor nem ao menos recebeu o dinheiro que a prefeitura lhe deve pela desapropriação de suas terras.

– Este é o ponto. Fazia uns trinta anos que eu não mantinha qualquer contato com Vigàta. Porque, envelhecendo, os documentos da terra natal servem cada vez menos. Mas os que eram necessários para receber o dinheiro da desapropriação, estes eram arriscados. Podia acontecer de alguém se lembrar de mim. E eu, ao contrário, tinha rompido com a Sicília havia muito tempo. Não queria mais nada com a ilha, e não quero. Se me extraíssem das veias, com um aparelho especial, o sangue que nelas corre, eu ficaria feliz.

– Quer dar um passeio à beira-mar? – convidou Montalbano, depois que o outro acabou de comer.

Com cinco minutos de caminhada, Rizzitano, que passeava apoiando-se na bengala mas com o outro braço sobre o do comissário, perguntou:

– Poderia dizer-me como fez para identificar Lisetta e Mario? E como pôde perceber que eu tinha a ver com aquilo? Desculpe, mas para mim é cansativo caminhar e falar ao mesmo tempo.

Enquanto Montalbano contava tudo, volta e meia o ancião retorcia os lábios, como para significar que as coisas não tinham acontecido daquele jeito.

Depois, Montalbano sentiu que o peso do braço de Rizzitano sobre o seu tinha ficado maior; empolgado pela narrativa, ele não percebera que o ancião estava cansado do passeio.

– Quer voltar?

Sentaram-se novamente no banco da varanda.

– Bem – disse Montalbano. – O senhor pode me dizer como foram exatamente as coisas?

– Claro, estou aqui para isso. Mas fiquei muito cansado.

– Vou tentar poupar o senhor. Façamos o seguinte: eu digo o que imaginei e o senhor me corrige, se eu estiver errado.

– Está bem.

– Num dos primeiros dias de julho de 1943, Lisetta e Mario vão procurá-lo em sua casa ao pé do Carneiro, onde o senhor está vivendo momentaneamente sozinho. Lisetta fugiu de Serradifalco para encontrar o namorado, Mario Cunich, um marinheiro da embarcação de apoio *Pacinotti*, o qual dentro de alguns dias deverá zarpar...

O velho ergueu a mão e o comissário se interrompeu.
– Desculpe, não foi bem assim. Eu me lembro de tudo, nos mínimos detalhes. Quanto mais o tempo passa, mais nítida se torna a memória dos velhos. E impiedosa. Na noite de 6 de julho, por volta das nove, ouvi baterem desesperadamente à porta. Fui abrir e encontrei-me diante de Lisetta, que havia fugido. Tinha sido violentada.
– Durante a viagem de Serradifalco a Vigàta?
– Não. Pelo pai, na noite anterior.
Montalbano não teve forças nem para abrir a boca.
– E isso é apenas o começo, o pior ainda está por vir. Lisetta havia me confidenciado que seu pai, o tio Stefano, como eu o chamava, afinal éramos parentes, de vez em quando tomava certas liberdades com ela. Um dia, Stefano Moscato, que fugira da prisão e estava escondido com a família em Serradifalco, descobriu as cartas de Mario endereçadas à filha. Então disse a ela que precisava falar-lhe de um assunto importante, levou-a para o campo, jogou-lhe as cartas na cara, espancou-a e violentou-a. Lisetta era… jamais tinha estado com um homem. Ela não fez escândalo, tinha nervos fortíssimos. No dia seguinte, simplesmente fugiu e foi procurar a mim, que para ela era mais do que um irmão. Na manhã seguinte, fui à cidade a fim de avisar Mario sobre a chegada de Lisetta. Mario chegou no início da tarde, eu deixei-os sozinhos e fui espairecer no campo. Retornei por volta das dezenove horas. Lisetta estava só, Mario havia voltado à *Pacinotti*. Jantamos e depois nos debruçamos a uma janela para ver os fogos de artifício, assim pareciam, de um ataque sobre Vigàta. Lisetta foi dormir lá em cima, no meu quarto. Eu permaneci embaixo, lendo um livro à luz de uma lamparina a óleo. Foi então que…

Rizzitano interrompeu-se, cansado, e deu um longo suspiro.
– O senhor quer um copo d'água?

O velho pareceu não ter ouvido.

– ...foi então que escutei alguém gritando, de longe. Ou melhor, primeiro me pareceu um animal se lamentando, um cão uivando. Mas era o tio Stefano chamando a filha. Era uma voz dilacerada e dilacerante, que me deu arrepios, porque era a de um amante cruelmente abandonado, que sofria e gritava animalescamente a sua dor, não era a de um pai à procura da filha. Fiquei transtornado. Abri a porta, lá fora estava um breu. Gritei que em casa só estava eu, por que ele vinha procurar a filha ali? De repente ele surgiu à minha frente, uma catapulta, foi entrando como um louco, tremendo e insultando a mim e a Lisetta. Na tentativa de acalmá-lo, eu me aproximei. Ele me deu um soco na cara e eu caí de costas, atordoado. A esta altura, vi que ele tinha na mão um revólver, e dizia que iria me matar. Então cometi um erro: joguei-lhe na cara que ele queria a filha para violentá-la novamente. Ele atirou, mas sem acertar, pois estava também muito transtornado. Depois, chegou a fazer pontaria em minha direção, mas, naquele momento, ouviu-se outro tiro. No meu quarto, junto à cama, eu mantinha um fuzil de caça carregado. Lisetta o pegara e, do alto da escada, tinha disparado contra o pai. Ferido num dos ombros, o tio Stefano cambaleou e a arma caiu de sua mão. Friamente, Lisetta o intimou a ir embora, ou ela acabaria com ele. Tive certeza de que ela não hesitaria em fazer isso. O tio Stefano olhou demoradamente a filha nos olhos, começou a ganir de boca fechada, não creio que somente pelo ferimento, e depois virou-se e saiu. Travei as portas e as janelas. Estava apavorado, e Lisetta foi quem me animou, me deu forças. Ficamos entrincheirados ali até a manhã seguinte. Por volta das 15h, Mario chegou. Nós lhe contamos o que havia acontecido com o tio Stefano e ele então decidiu passar a noite conosco. Não queria deixar-nos sozinhos, certamente o pai de Lisetta faria nova tentativa. Em torno da meia-noite, desencadeou-se um bombardeio terrível sobre Vigàta, mas Lisetta continuou tranquila, porque o seu Mario estava com ela. Na manhã de 9 de julho, eu fui a Vigàta para verificar se a casa que possuíamos na cidade ainda estava de pé. Recomendei a Mario que não abrisse a porta para ninguém e que mantivesse o fuzil ao alcance da mão.

Interrompeu-se.

– Minha garganta está seca.

Montalbano correu à cozinha e voltou com um copo e uma garrafa de água fresca. O velho agarrou o copo com as duas mãos, tremendo dos pés à cabeça. O comissário sentiu uma enorme pena dele.

– Se o senhor quiser parar um pouquinho, podemos recomeçar depois.

O velho fez sinal negativo com a cabeça.

– Se eu parar, não recomeço mais. Fiquei em Vigàta até o fim da tarde. A casa não tinha sido destruída, mas havia uma grande desordem, com portas e janelas arrancadas pelo deslocamento de ar, móveis caídos, vidros quebrados. Arrumei tudo como podia, trabalhando quase até à noite. No portão, já não encontrei minha bicicleta, tinha sido roubada. Dirigi-me a pé para o Carneiro, uma hora de estrada. Eu tinha de caminhar bem pela margem da estrada provincial, porque havia um grande movimento de veículos militares, italianos e alemães, nos dois sentidos. Justamente quando eu tinha acabado de chegar à altura da trilha que levava à minha casa, surgiram seis caças-bombardeiros americanos que começaram a metralhar e a lançar pequenas bombas. Os aviões voavam baixíssimo, faziam um barulho de trovão. Joguei-me numa vala e quase na mesma hora fui fortemente golpeado nas costas por um objeto que, à primeira vista, parecia uma grande pedra deslocada pela explosão de uma bomba. Mas era uma botina militar, e dentro dela vinha um pé, cortado pouco acima do tornozelo. Eu dei um pulo e enveredei pela trilha, mas tive de parar para vomitar. As pernas não me aguentavam, caí duas ou três vezes, enquanto, às minhas costas, o barulho dos aviões se enfraquecia e ouviam-se mais claramente gritos, lamentos, súplicas, ordens entre os caminhões que ardiam. No instante em que eu punha o pé na entrada de minha casa, ouvi no andar de cima dois disparos, a curtíssimo intervalo entre um e outro. O tio Stefano, pensei eu, conseguiu entrar na casa e executou sua vingança. Junto à porta havia uma grossa barra de ferro, que servia de trava. Peguei-a e subi sem fazer ruído. A porta do meu quarto estava aberta, e um homem, pouco adiante da soleira, ainda segurava o revólver, de costas para mim.

O ancião, que em nenhum momento havia encarado o comissário, agora olhava-o nos olhos.

– O senhor acha que eu tenho cara de assassino?

– Não – disse Montalbano. – E, se estiver se referindo ao homem que se encontrava no quarto, com a arma empunhada, pode ficar sossegado. O senhor agiu em estado de necessidade, em legítima defesa.

– Um indivíduo que mata um homem é sempre um indivíduo que mata um homem. Isso que o senhor está dizendo são fórmulas legais, para depois. O que importa é a vontade do momento. E eu quis matar aquele homem, não importava o que ele tivesse feito a Lisetta e Mario. Ergui a barra e desfechei-lhe um golpe na nuca, com todas as forças e na esperança de esfacelar-lhe a cabeça. Ao cair, o homem deixou livre a visão da cama. Em cima dela, num mar de sangue, estavam Mario e Lisetta, nus e agarrados um ao outro. Deviam ter sido surpreendidos pelo bombardeio muito próximo à casa enquanto faziam amor, e tinham-se abraçado daquele jeito por medo. Por eles, não havia nada a fazer. Talvez houvesse alguma coisa a ser feita pelo homem que estava no chão, às minhas costas, estertorando. Virei a cara dele para cima com um pontapé: era um capanga do tio Stefano, um delinquente. Sistematicamente, com a barra de ferro, reduzi a cabeça dele a uma papa. Depois, enlouqueci. Comecei a andar de um cômodo para outro, cantando. O senhor já matou alguém?

– Já, infelizmente.

– O senhor disse infelizmente, e, portanto, não teve satisfação. Mas eu, não: mais do que satisfação, senti alegria. Estava feliz, cheguei a cantar, como disse. Depois desabei numa cadeira, transtornado pelo horror, horror a mim mesmo. Tive ódio de mim. Haviam conseguido transformar-me num assassino e eu não fui capaz de resistir, pelo contrário: tinha gostado. O sangue dentro de mim estava infectado, por mais que eu tivesse tentado purificá-lo com a razão, a educação, a cultura e tudo o mais que se queira. Era o sangue dos Rizzitano, do meu avô, do meu pai, de homens dos quais as pessoas de bem na região preferiam não falar. Eu era como eles, e pior do que eles. Depois, no meu delírio, surgiu uma possível solução. Se Mario e Lisetta tivessem continuado a dormir, todo aquele horror jamais teria acontecido. Um pesadelo, um sonho ruim. Então...

O velho não aguentava mais. Montalbano teve medo de que ele tivesse um colapso.

– Deixe-me continuar. O senhor pegou os cadáveres dos dois jovens, levou-os para a gruta e ali os recompôs.

– Sim, mas dizer é fácil. Eu tive de levá-los um de cada vez. Fiquei exausto, literalmente ensopado de sangue.

– A segunda gruta, na qual o senhor pôs os corpos, também tinha sido utilizada para guardar os gêneros do mercado negro?

– Não. Meu pai havia fechado a entrada com pedras, a seco. Eu as removi e, por fim, arrumei-as de volta. Para enxergar, usei lanternas de pilha, tínhamos várias lá no campo. A seguir, precisava achar os símbolos do sono, os da lenda. Quanto ao pote e à tigela com as moedas, foi fácil. Mas, e o cão? Em Vigàta, no último Natal...

– Sei de tudo – fez Montalbano. – Quando aconteceu o leilão, algum parente seu o comprou.

– Meu pai. Mas, como a minha mãe não tinha gostado do objeto, ele ficou guardado num cantinho da adega, e eu me lembrei. Quando terminei e fechei a gruta grande com o lajão que servia de porta, era noite alta, e eu me senti quase sereno. Agora Lisetta e Mario dormiam de verdade, não havia acontecido nada. Por isso, o cadáver que voltei a ver no andar de cima já não me impressionou, não existia, era fruto da minha imaginação perturbada pela guerra. Depois, desencadeou-se o fim do mundo. A casa vibrava sob os petardos que caíam a poucos metros, mas não se ouvia barulho de avião. Eram os navios, disparando do mar. Saí correndo, tive medo de ficar sob os escombros se a casa fosse derrubada. No horizonte, parecia estar raiando o dia. O que era aquela luz toda? Às minhas costas, a casa explodiu, literalmente. Fui atingido na cabeça por um estilhaço e desmaiei. Quando reabri os olhos, a luz no horizonte estava mais intensa, ouvia-se um barulho contínuo e longínquo. Consegui arrastar-me pela estrada, fazendo gestos e sinais, mas nenhum veículo parava. Todos fugiam. Quase fui atropelado por um caminhão. O motorista freou e um soldado italiano me içou a bordo. Pelo que diziam, compreendi que os americanos estavam desembarcando. Supliquei que me levassem com eles, não importava aonde estivessem indo. E fui atendido. O que me aconteceu depois não creio que lhe interesse. Estou esgotado.

– Quer descansar um pouco?

Montalbano quase precisou carregá-lo nos braços. Ajudou-o a tirar a roupa.

– Peço-lhe desculpas – disse – por haver despertado os adormecidos e por haver trazido o senhor à realidade.

– Isso tinha de acontecer.

– Seu amigo Burgio, que me ajudou bastante, gostaria muito de vê-lo.

– Mas eu não. E, se não houver nada em contrário, o senhor deve agir como se eu jamais tivesse aparecido.

– Claro, não há nada em contrário.

– Quer mais alguma coisa de mim?

– Nada. Apenas dizer que lhe sou profundamente grato por haver respondido ao meu chamado.

Não tinham mais nada para falar. O velho espiou as horas de tal modo que parecia estar metendo o relógio olho adentro.

– Façamos o seguinte. Dou um cochilo e depois o senhor me acorda, chama um táxi e eu sigo para Punta Ràisi.

Montalbano fechou os postigos da janela e foi saindo.

– Desculpe, comissário, um momento.

Da carteira que havia deixado sobre a mesa de cabeceira, o velho tirou uma foto e estendeu-a para Montalbano.

– Esta é a minha neta caçula. Tem dezessete anos e se chama Lisetta.

Montalbano aproximou-se de uma fresta de luz. Esta Lisetta, se não fosse pelo jeans que usava e pela bicicleta a motor na qual se apoiava, era igualzinha, sem tirar nem pôr, à outra Lisetta. O comissário devolveu a foto a Rizzitano.

– Desculpe de novo, mas o senhor me traria um copo d'água?

Sentado na varanda, Montalbano deu as respostas às perguntas que sua mente de policial formulava. O corpo do assassino de aluguel, ainda que tivesse sido encontrado sob os escombros, seguramente não pudera ser identificado. Quanto aos pais de Lillo, ou tinham acreditado que aqueles restos eram os do filho ou imaginado que este havia sido recolhido, já moribundo, pelos militares, segundo a versão do camponês. Mas, não tendo mais dado notícias, certamente morrera em algum lugar. Para Stefano Moscato, aqueles restos pertenciam ao assassino, o qual, depois de executar a tarefa, ou seja, matar Lisetta, Mario, Lillo, e de sumir com os corpos, teria voltado à casa para roubar alguma coisa, mas fora estraçalhado pelo bombardeio. Certo da morte de Lisetta, Moscato inventara a história do soldado americano. Mas o seu parente de Serradifalco, ao vir até Vigàta, não acreditara e cortara as relações com ele. Ao pensar na fotomontagem, Montalbano lembrou-se da fotografia que o velho lhe mostrara. Sorriu. As afinidades eletivas não passavam de rústico jogo diante dos insondáveis caprichos do sangue, capazes de dar peso, corpo e respiração à memória. Montalbano consultou o relógio e levou um susto. A hora havia passado, e muito. Entrou no quarto. O velho dormia. Um sono tranquilo, a respiração leve, a expressão distendida, calma. Agora viajava pelas regiões do sono sem qualquer estorvo de bagagem. Podia dormir um longo tempo, até porque, sobre a mesa de cabeceira, estavam a carteira de dinheiro e um copo d'água. O comissário lembrou-se do cachorrinho de pelúcia que havia comprado para Livia em Pantelleria. Achou-o sobre a cômoda, escondido atrás de uma caixa. Pegou-o e o depositou no chão, ao pé da cama. Depois, fechou devagarinho a porta atrás de si.

fim

Nota do autor

A ideia de escrever esta história me veio quando, em atenção a dois alunos egípcios de direção teatral, estudávamos em classe O povo da caverna, de Taufik al-Hakim.

Contudo, considero justo dedicá-la a todos os meus alunos da Accademia Nazionale d'Arte Drammatica Silvio d'Amico, onde leciono direção há mais de 23 anos.

É tedioso repetir, a cada livro que se publica, que os fatos, personagens e situações são fictícios. Mas parece que é necessário fazer isso. Portanto, já que o fiz, quero acrescentar que os nomes dos meus personagens nascem de assonâncias engraçadas, sem a menor intenção maliciosa.

Sobre o autor

Nascido em 1925 em Agriento, Itália, Andrea Camilleri trabalhou por muito tempo como roteirista e diretor de teatro e televisão, produzindo os famosos seriados policiais do comissário Maigret e do tenente Sheridan. Estreou como romancista em 1978, mas a consagração viria apenas no início dos anos 1990, quando publicou *A forma da água*, primeiro caso do comissário Salvo Montalbano. Desde então, Camilleri recebeu os principais prêmios literários italianos e tornou-se sucesso de público e crítica em todos os países onde foi editado, com milhões de exemplares vendidos no mundo.

lepmeditores
www.lpm.com.br
o site que conta tudo

IMPRESSÃO:

PALLOTTI
GRÁFICA

Santa Maria - RS | Fone: (55) 3220.4500
www.graficapallotti.com.br